August Gödecke

Gefährliche Gene

Der Autor

August Gödecke lernte mehrere Berufe und erlangte Abitur und Hochschulreife auf dem zweiten Bildungsweg. Er war Regierungsdirektor und zuletzt Verwaltungsdirektor eines psychiatrischen Krankenhauses mit Maßregelvollzugseinrichtung. Ein mehrjähriges Belletristikstudium an der Axel-Andersson-Akademie ergänzte er um den Zusatz Drehbuchautor. Bisher sind von ihm mehrere Kriminalromane und zahlreiche Kurzgeschichten erschienen. Gödecke ist Mitglied im Syndikat, der Autorengruppe deutschsprachiger Kriminalliteratur. Er lebt mit seiner Familie im Landkreis Hildesheim und war Bürgermeister seines Heimatortes.

August Gödecke

Gefährliche Gene

Hildesheim Krimi

Prolibris Verlag

Handlung und Figuren sind frei erfunden. Darum sind eventuelle Übereinstimmungen mit lebenden oder verstorbenen Personen zufällig und nicht beabsichtigt.

Originalausgabe
1. Auflage 2006

Tel.: 0561/766 449 0, Fax: 0561/766 449 29

Lektorat: Anette Kleszcz-Wagner
Titelfoto: Romy Hiller, Cottbus
Druck: Fuldaer Verlagsanstalt,Fulda
ISBN: 3-935263-42-2

www.prolibris-verlag.de

Danksagung

Mein Dank gilt den Angehörigen der Polizeiinspektion Hildesheim, des Instituts für Rechtsmedizin der Medizinischen Hochschule Hannover und der Justizvollzugsanstalt Sehnde. Sie haben mich alle freundlich aufgenommen, geduldig Fragen beantwortet und mich bei meinen Recherchen fachlich beraten.

August Gödecke

Die Sterne scheinen herab
Und lassen uns leben
Unsere kleinen Leben
Und weinen um uns

Prolog

Es war immer dasselbe Szenario, das ihn jede Nacht erneut quälte und nicht schlafen ließ. Manchmal kam es ihm so vor, als sei ihm der Traum ins Gehirn programmiert worden, Bild für Bild, unauslöschlich.

Abendbrotzeit. Sein Vater liest Zeitung, seine Mutter gibt ihm eine Scheibe Brot. Sie hat sie mit seiner Lieblingswurst belegt. Eine Schale mit Gurken und Tomaten steht auf dem Tisch. Sie reden miteinander, über die Schule, über die Arbeit, über ganz alltägliche Dinge.

Dann plötzlich flackert die Glühbirne auf und erlischt. Die Straßenlaterne wirft ein gespenstisches Licht durch die Fensterscheibe. Mit einem Mal ist er ganz allein am leeren Tisch, er sieht es wie durch einen Nebelschleier. Ängstlich ruft er nach seinen Eltern, aber er bekommt keine Antwort.

Als er wieder auf den Tisch schaut, sieht er viele bunte Pillen, die wie Perlen aussehen. Er versucht, sie zur Seite zu schieben, doch es werden mehr und mehr. Schließlich rollen sie vom Tisch herunter in seinen Schoß. Sie werden immer schwerer, drücken ihn fest auf seinen Stuhl.

Er hört Schritte hinter sich. Eine Frau legt ihren Arm um seinen schmächtigen Oberkörper und stopft ihm die bunten Pillen brutal in den Mund, bis er sich erbricht. Er versucht, sich zu wehren, hat jedoch keine Chance, denn sie ist wesentlich stärker.

Plötzlich zieht ihm jemand die Hose herunter. Er blickt über die Schulter und sieht durch den Nebelschleier eine Frau ohne Gesicht. Als sie ihm dunkel lachend zwischen die Beine greift, zuckt er heftig zusammen. Voller Abscheu und Schmerz beginnt er zu weinen. Aber die Frau lacht nur und quält ihn weiter, es scheint ihr Spaß zu machen. Der Stuhl kippt im Zeitlupentempo nach hinten, er liegt hilflos auf dem Boden, unfähig sich zu bewegen.

Wieder bildet sich eine graue Nebelwand, undurchdringlicher und kälter, aber auch schützender. Die Pillen scheinen zu wirken und er glaubt, fliegen zu können. Er fühlt sich leicht und gleichzeitig stark. Als er aufsteht, hält er plötzlich ein Messer in seiner Hand, er dreht sich um und rammt es der Frau in den Hals. Problemlos bohrt sich die Klinge in das Fleisch. Warmes Blut läuft über sein Gesicht in seine Augen. Doch trotz ihrer Verletzungen wirft sich seine überlebensgroße Peinigerin auf ihn, begräbt ihn unter sich und sie nimmt ihm die Luft zum Atmen.

Aber die Frau ist keine Unbekannte, hat plötzlich ein Antlitz, das er gut kennt und das ihm vertraut ist ...

An dieser Stelle hält er es nicht mehr aus, er wird wach. Jedes Mal. Früher, im Kindesalter, schweißgebadet und leise wimmernd. Später, als Jugendlicher, mit klopfendem Herzen - und jetzt, nachdem er weiß, dass sein Vater ihn nicht gezeugt und seine Mutter ihn nicht geboren hat, bleiben nach dem Traum nur noch Wut und Hass, unbändiger Hass.

1

Chefarzt Dr. Christian Kugler blätterte mit gemischten Gefühlen in der Akte und legte sie zögernd auf die rechte Seite seines Schreibtisches zu den Vorgängen, die für das Archiv bestimmt waren.

Morgen sollte der Patient entlassen werden.

Die 1. Schwurgerichtskammer des Landgerichtes Aurich hatte eine Gesamtfreiheitsstrafe von fünf Jahren und sechs Monaten für tat- und schuldangemessen gehalten und nach § 63 des Strafgesetzbuches die Unterbringung in ein psychiatrisches Krankenhaus angeordnet - so stand es in nüchternem Juristendeutsch in der Urteilsbegründung. Demnach hatte der Beschuldigte das Vertrauen seiner Lebensgefährtin ausgenutzt und sie brutal geschlagen und vergewaltigt. Aber nicht nur das! Während ihrer Abwesenheit war er über die drei sieben, zehn und elf Jahre alten Kinder hergefallen. Strafmildernd würdigten die Richter, dass er alles gestanden und es dadurch den missbrauchten Kindern erspart hatte, im Strafverfahren gegen ihn auszusagen. Strafverschärfend waren dagegen seine einschlägigen Vorstrafen ins Gewicht gefallen, und der zweimalige Abbruch einer Sexualtherapie. Gestützt auf das Gutachten eines renommierten Psychiaters hatte das Gericht eine mehrjährige Therapie verfügt, die ihn grundlegend ändern und sein Gewaltpotenzial eindämmen, wenn nicht gar ausmerzen sollte.

Wie sich während des Maßregelvollzugs gezeigt hatte, gehörte der Sexualstraftäter zu den therapierbaren Patienten. Er hatte gebüßt, wurde auf „ein Leben in Freiheit und Würde" vorbereitet und galt als geheilt.

Dr. Kugler sah ihn vor sich: drahtig, rothaarig, etwas trübe blaue Augen, auffallend schmale Nase mit einem kleinen Leberfleck unter dem linken Auge. Fünf Jahre lang hatte sich der heute 27-Jährige vorbildlich geführt, so stand es zumindest in den Akten.

Aber seine Hand würde Dr. Kugler für den Patienten nicht ins Feuer legen, dafür kannte er ihn zu wenig, denn schließlich wurde ihm erst vor fünf Monaten die Chefarztposition der forensischen Abteilung des Landeskrankenhauses Hildesheim übertragen. Gewiss, die verschiedenen Therapien hatten einen positiven Verlauf genommen, es gab keine Beanstandungen, die Sozialprognose schien positiv, und die letzten psychiatrischen Begutachtungen konnten nicht günstiger sein; ausgestellt nach bestem Wissen und Gewissen.

Nein, es gab eigentlich keinen Grund zur Sorge!

Trotz alledem beschlich den Psychiater gerade bei *diesem* Patienten ein ungutes Gefühl, er konnte es nicht begründen, es war da und kam aus dem Bauch heraus.

Er stand auf und trat, die Arme auf dem Rücken verschränkend, an das Fenster. Der traumhafte Ausblick auf den Park des Landeskrankenhauses konnte heute seine trüben Gedanken nicht verscheuchen. Es war Ende Juni, warm und sonnig, und Mitte Juli begannen die Sommerferien in Niedersachsen. Aber wie er in seinem Freundes- und Bekanntenkreis feststellen konnte, war schon jetzt überall die Ferienstimmung ausgebrochen. An Seen, in Bädern und Parkanlagen herrschte ein buntes Treiben, Frauen und Männer jeden Alters genossen das herrliche Wetter in der freien Natur. Überall im Land wurde die friedliche Idylle eines verheißungsvollen Sommers sichtbar. Aber es gab Menschen, die diese heitere Stimmung zerstören konnten, weil sie ihren Trieben und Aggressionen freien Lauf ließen ...

Dr. Kugler rieb sich die Stirn. Was wäre, wenn morgen eine tickende Zeitbombe die Anstalt verließe? Als der Psychiater dabei an seine Frau und an seine achtjährige Tochter dachte, lief es ihm kalt den Rücken hinunter.

*

Endlich frei. Jeden Tag beim Aufwachen genoss er wieder dieses Gefühl. Vor ein paar Tagen hatte er im Stadtteil Ochtersum an der Theodor-Storm-Straße eine möblierte 2-Zimmer-Sozialwohnung bezogen und damit begonnen, sich häuslich einzurichten. Er hatte einen Plan gemacht und am ersten Tag Getränke und verschiedene Lebensmittel aus dem nahen Aldi-Markt an der Kurt-Schumacher-Straße besorgt. Ganz bewusst hatte er auf Alkohol und teure Artikel verzichtet. Am zweiten Tag war er durch die Kaufhäuser der Hildesheimer Innenstadt gestreift und hatte sich neu eingekleidet; ausschlaggebend war für ihn der Preis, nicht die Qualität, denn er musste sein Geld zusammenhalten. In der Sportabteilung der Galeria Kaufhof konnte er günstig einen blauen Jogginganzug und weiße Turnschuhe kaufen, er wollte von nun an regelmäßig Sport treiben und jeden Morgen einige Kilometer in den Grünanlagen Hildesheims laufen. Sofort anschließend war er mit dem Stadtbus der Linie 9 vom Hauptbahnhof zurück in seine kleine Wohnung gefahren, hatte sich schnell umgezogen und war voller Vorfreude zu seinem ersten Lauf in Freiheit gestartet. Es war herrlich gewesen, ein irres Gefühl, das er nun, im Bett liegend, in seiner Erinnerung gerne wieder aufleben ließ.

Er verschränkte die Arme hinter seinem Kopf. Quälende Sorgen verscheuchten die angenehmen Gedanken. Bei aller Freude hatte er mit seiner wiedergewonnenen Freiheit auch einige Probleme.

Seit seiner Entlassung fühlte er sich häufig müde und konnte nicht schlafen, was bestimmt mit der ungewohnten Umgebung und den vielen neuen Eindrücken zusammenhing. Er war Lärm und Hektik nicht gewohnt. Es war gut, dass es hier im Stadtteil Ochtersum, im Süden der „Großstadt im Grünen", eher etwas dörflich zuging, westlich der Kurt-Schumacher-Straße gab es sogar Felder. Mitten in der Stadt hätte er es nicht ausgehalten.

Die Therapeuten des Landeskrankenhauses hatten ihr Bestes gegeben und versucht, ihn auf „ein Leben in Freiheit und Würde" vorzubereiten . So stand es in irgendwelchen Vorschriften. Aber insgeheim hielt er das für dummes Geschwätz, zumal die Realität völlig anders aussah, denn von heute auf morgen musste er sein Leben wieder selbst in die Hand nehmen. Außerdem hatte sich in den vergangenen Jahren vieles verändert, war ihm fremd geworden. Er fühlte sich oft unsicher.

In den letzten Jahren hatte er sich um alltägliche Dinge, wie das Beschaffen von Essen und Getränken, keine Sorgen machen müssen. Darum hatte sich das Personal des psychiatrischen Krankenhauses Hildesheim gekümmert. Und für sein seelisches Gleichgewicht gab es die verschiedenen Fachtherapeuten, Ärzte und Psychologen und, wenn er wollte, die Seelsorger beider Konfessionen, denn schließlich hatte er nicht in einer Justizvollzugsanstalt gesessen. So hatte er fast alles gehabt, was er brauchte, einzig die Freiheit hatte ihm gefehlt.

Er war müde, schloss die Augen, und in einem Zustand zwischen Wachen und Träumen tauchten Bilder des Entlassungstages auf: Dr. Kugler hatte ihm zum Abschied die Hand gegeben und ihm alles Gute für die Zukunft gewünscht. Dabei war auf dem Gesicht des Psychiaters ein angedeutetes Lächeln erschienen, das wie aufgesetzt gewirkt und seine Augen nicht erreicht hatte. Die Szene wurde sogleich überlagert von den Gesichtern einiger Mitpatienten, die zu seiner Verabschiedung gekommen waren. Einige von ihnen konnte er nicht ausstehen, ja, hasste sie sogar und hätte sie auf der Stelle umbringen können. Andere vermisste er schon jetzt, aber für die meisten empfand er nur Gleichgültigkeit.

Vor seinem Auge erschienen Bilder von seiner Verhandlung in Aurich. Dort hatte er seine Lebensgefährtin zuletzt gesehen. Ob er sie heute wiedererkennen würde? Plötzlich erschienen die Gesichter seiner Mutter und Geschwister, die seit der Urteilsverkündung nichts mehr mit ihm zu tun haben wollten. Weder Alfons, sein ältester Bruder, noch Bertram, Clemens oder seine Schwestern Doris und Ellen hatten zu ihm gehalten; als Beweis ihrer Verachtung hatten sie ihn im Landeskrankenhaus kein einziges Mal besucht oder ihm geschrieben. Er wusste auch gar nicht, wo und wie sie lebten oder ob es sie überhaupt noch gab.

Besonders enttäuscht war er von seiner Mutter. Offensichtlich wollte sie einfach nicht wahrhaben, was sogar das Gericht erkannt hatte: Er war krank, er konnte gar nichts für seine Taten! Vielleicht war sie auch einfach zu blöd, um das zu begreifen. Einen Vater, der es ihr hätte erklären können, gab es ja nicht. Seinen „Erzeuger" hatte er nie gesehen. Er legte auch keinen besonderen Wert darauf, ihn jetzt noch kennenzulernen. Von seinen Geschwistern wusste er lediglich, dass seine Mutter eine kurze Affäre mit ihm gehabt hatte.

So lange er denken konnte, hatte seine Mutter die Familie allein durchgebracht. Stets hatte sie es abgelehnt, Hilfe in Anspruch zu nehmen oder zum Sozialamt zu gehen. Jahrelang hatte sie, wie auch schon ihre Mutter, im Schichtdienst bei Bosch-Blaupunkt gearbeitet und die letzten Jahrzehnte als Haushaltshilfe in verschiedenen Familien. Er wusste nicht, wie es seiner Mutter ging und ob sie noch in ihrer alten Wohnung lebte. Fünfeinhalb Jahre waren eine verdammt lange Zeit, und obwohl es schmerzte, hatte er sich damit abgefunden, keine Familie mehr zu haben. Er musste mit der Vergangenheit abschließen, nach vorn sehen und neue Freunde gewinnen, die ihn so akzeptierten, wie er war. Aber das brauchte Zeit, und zunächst musste er mit sich selbst ins Reine kommen.

Immer noch hatte er Probleme damit, seine Gefühle im Zaum zu halten, wenn er an seine Verflossene dachte. Er hasste sie dafür, dass sie ihn vor Gericht gebracht hatte. Verdammt, warum musste sie ihn damals gleich anzeigen? Schließlich hatte er getrunken und sie hätte doch mit ihm reden können. Aber sie hatte nicht gewollt und einen Grund gesucht, ihn möglichst schnell loszuwerden. Schon kurz nach seiner Verurteilung hatte sie ihn wie ein Ersatzteil gegen einen anderen Mann ausgetauscht und war mit ihrem neuen Partner und den drei Kindern nach Süddeutschland gezogen.

Er entschloss sich, endlich aufzustehen, schlurfte zum Waschbecken und spritzte sich Wasser ins Gesicht. Während er sich mit einem Handtuch abtrocknete, betrachtete er kritisch sein Spiegelbild. Seine roten Haare und die Tränensäcke mochte er nicht besonders, auch das auffällige Muttermal unter dem linken Auge störte ihn. Aber alles andere gefiel ihm, auch wenn er vielleicht etwas älter als 27 wirkte. Er hatte in den letzten Jahren sein Gewicht gehalten und war mit seinen 68 Kilo bei einer Größe von 1,75 Metern nach wie vor schlank.

Er warf noch einmal einen prüfenden Blick auf sein Spiegelbild und fuhr mit den Händen über die rötlichen Bartstoppeln seines Gesichtes. Spätestens vor dem Vorstellungsgespräch musste er sich rasieren, schließlich wollte er einen guten Eindruck hinterlassen. Sein Sozialarbeiter hatte ihm mit großen Schwierigkeiten, wie er mehrfach betonte, eine Stelle als Hausmeister an der Robert-Bosch-Gesamtschule vermittelt.

Eigentlich hatte er keinen Bock darauf, sofort mit einer Arbeit zu beginnen. Aber nach Überzeugung seines lästigen und oft nervtötenden Sozialarbeiters und des in Rente gehenden Hausmeisters, wollte man ihm so die Möglichkeit geben, sich mit den anfallenden Arbeiten während der ruhigeren Ferienzeit vertraut zu machen. Als gelernter Betriebsschlosser, wenn auch ohne Abschluss, traute er sich diese Tätigkeiten zu. Aber ganz wohl war ihm nicht ...

Er warf sich erneut auf die Liege, verdrängte die Gedanken an Arbeit und dachte an etwas Erfreuliches. An Sex. Im Maßregelvollzug war sein Sexualtrieb immer mehr zurückgegangen, das lag bestimmt an den vielen Tabletten, die er unter Aufsicht nehmen musste. Das war nun gottlob vorbei. Zwar hatten die Therapeuten ihm dringend geraten, die Medikamente auch weiterhin einzunehmen. Aber er sah nicht ein, warum er das Teufelszeug noch schlucken sollte, wo er doch angenehm überrascht war, dass er seit ein paar Tagen wieder Lust verspürte. Endlich war er wieder ein richtiger Mann, und was für einer! Er war geil und froh, es zu sein, aber er wollte es sich nicht wieder selbst machen.

Nein, was er brauchte, war eine Frau, und zwar nicht erst in ein paar Stunden, sondern sofort!

*

Sonja Becker streckte den Arm vor und warf einen flüchtigen Blick auf ihre Armbanduhr. Der Zeiger sprang gerade auf 6:00 Uhr, in zwei Stunden begann ihr Unterricht in der Don-Bosco-Schule an der Bromberger Straße, in der sie seit einem Jahr unterrichtete. Deutsch, Geschichte und Erdkunde. Um 8:00 Uhr stand ein Diktat auf dem Stundenplan, sie hatte es ihren 24 Schülern am Montag angekündigt, und wie immer musste sie noch einige Vorbereitungen treffen und eine Viertelstunde vorher in der Klasse sein.

Als begeisterte Joggerin verließ Sonja Becker jeden Morgen um 6:00 Uhr ihre kleine Wohnung am Glockengießerweg im Osten

Hildesheims. So auch an diesem sonnigen Mittwoch im Juni. Sie überquerte den Heiligenweg, lief in den Wald hinein und dann zügig an der Bismarcksäule vorbei, die sie auf dem Rückweg erklimmen wollte. Als das Galgenberg-Restaurant vor ihr auftauchte, steigerte sie das Tempo und schlug den Weg in Richtung Sternwarte ein. Bei der Schutzhütte verweilte sie einen Augenblick, machte einige Dehn – und Atemübungen und lief anschließend denselben Weg wieder zurück.

Wie immer waren auch an diesem Morgen nur wenige Leute unterwegs. Sie kannte sie vom Sehen: die kleine, alte Frau mit ihrem Dackel, den hageren Rentner mit seinem Foxterrier und einen Mann mit seiner jungen Frau, so in ihrem Alter und begeisterte Jogger wie sie. Auch heute kreuzten sich ihre Wege, man lächelte, grüßte freundlich und entfernte sich wieder voneinander, jeder in eine andere Richtung und mit verschiedenen Zielen.

Als sie vor einem Jahr von Braunschweig hierher in die Domstadt gezogen und auf der Suche nach einer geeigneten Joggingstrecke erstmals über den Galgenberg gelaufen war, hatte sie ein ungutes Gefühl. Galgenberg? Das klang gruselig, und ließ an ein Galgengerüst denken, an Hinrichtung, Exekution und Tod. Und wie ihre Nachforschungen ergeben hatten nicht zu Unrecht, denn auf dem Berg waren tatsächlich viele Menschen durch den Strang hingerichtet worden. Meistens hatte es sich um Diebe gehandelt, deren Taten im Mittelalter als besonders verwerflich eingestuft worden waren. Wesentlich besser hatten es da die Totschläger, die nur mit einer Verbannung aus der Stadt rechnen mussten. Denn im Gegensatz zum Diebstahl galt der Totschlag nicht als heimtückisch.

Die Strecke über den Galgenberg war landschaftlich reizvoll und hatte genau die richtige Länge für ihren morgendlichen Lauf. Und immer seltener musste sie an seine gruselige Geschichte denken. Plötzlich hörte sie hinter sich Laufgeräusche und ein stoßweises Keuchen. Sie wich aus, um den offensichtlich schnelleren Jogger vorbeizulassen, doch der machte von ihrem Angebot keinen Gebrauch, sondern blieb ihr dicht auf den Fersen. Da ihr die Enge unangenehm war, verlangsamte sie ihren Lauf, wieder verbunden mit der Erwartung, der Jogger würde nun endlich vorbeiziehen.

Aber auch dieses Mal tat er ihr den Gefallen nicht – sie hörte ihn weiter keuchend hinter sich laufen.

Irritiert schaute Sonja über ihre Schulter und sah einen jungen Mann in einem blauen Trainingsanzug und weißen Sportschuhen. Er war mittelgroß, drahtig und rothaarig. Der Unbekannte schwitzte und keuchte, hatte den Blick gesenkt und beschäftigte sich intensiv mit einer grauen Plastiktüte, aus der er ein helles Tuch zerrte. Vielleicht war das sein Schweißtuch. „Warum überholt der Typ mich nicht?", ging es Sonja durch den Kopf. Wollte er sie anmachen? Oder hatte er ganz anderes im Sinn? Ihr wurde ein wenig unheimlich.

Endlich tauchte die rettende Bismarcksäule vor ihr auf, die sie jetzt nach oben laufen würde, um den aufdringlichen Läufer loszuwerden. Sie zählte automatisch die 77 Steinstufen und die weiteren 20 aus Metall, die sie auf die Plattform führten. Hier oben fühlte sie sich vor ihrem Verfolger schon ein wenig sicherer. Aber sie konnte nicht wie sonst das herrliche Panorama der Domstadt genießen. Sie zwang sich zu einigen Lockerungsübungen und beschloss, wieder nach unten zu steigen.

Während sie zum Geländer griff und ihren Fuß auf die erste Stufe setzte, folgten ihre nach unten gerichteten Blicke den Windungen der Treppe. Niemand zu sehen. Erleichtert atmete sie auf.

Als sie weiter nach unten ging, hatte sie den aufdringlichen Jogger schon vergessen. Kopfschüttelnd warf sie einen Blick auf die beschmierten Wände. Wer tat so etwas? Sie kam nicht mehr dazu, weiter darüber nachzudenken, denn als sie sich auf Höhe der vergitterten Aussichtsscharten befand, stand der Unbekannte plötzlich wieder hinter ihr – er musste in einer der Nischen gekauert haben. Dunkel und bedrohlich kam die Gefahr auf Sonja zu. Und dann ging alles sehr schnell.

Der Geruch von Äther schlug ihr entgegen, noch bevor sie den getränkten Lappen spürte, den ihr der Unbekannte heftig gegen Mund und Nase presste. Unfähig, rational zu denken und zu überrascht, um sich zu wehren, gingen ihr völlig unsinnige Dinge durch den Kopf, die die aufkeimende Panik nur anfänglich unterdrückten. Sie dachte an die Schule, den Unterricht und daran, heute zu spät zu kommen. Sie hatte noch nie gefehlt, zumindest nicht unentschuldigt. Wer sollte die erste Unterrichtsstunde übernehmen, das Diktat schreiben lassen, eine für ihre Klasse so wichtige Arbeit, kurz vor den Sommerferien.

Dann löste die Todesangst endlich ihre Erstarrung. Sie bäumte sich auf, schlug wild und verzweifelt um sich, aber sie hatte keine Chance. Ihr Blick streifte noch einmal das Gesicht des Mannes mit der auffallend schmalen Nase und dem Leberfleck unter dem linken Auge – dann schwanden ihr die Sinne ...

*

Kai Sommer, Erste Kriminalhauptkommissarin der Polizeiinspektion Hildesheim, kuschelte sich noch ein letztes Mal in die Bettdecke. So schwer war ihr das Aufstehen schon lange nicht mehr gefallen, dabei schien es ein schöner Junitag zu werden, sonnig und mit angenehmen Temperaturen.

Für ihre Müdigkeit und Anlaufschwierigkeiten machte sie ihren Freund Thomas Dreyer verantwortlich, den sie gestern nach langer Zeit endlich wiedergesehen hatte.

Mittlerweile war sie nun schon vier Monate hier in der Polizeiinspektion im Fachkommissariat 1 der Polizei Hildesheim beschäftigt.

Wie schon in der Polizeidirektion Hannover war sie hier unter anderem zuständig für Straftaten gegen das Leben. Im Nachhinein erschien es für sie wie ein Glücksfall, dass man sich für sie entschieden hatte und ihre Bewerbung um die Stelle in Hildesheim erfolgreich war, denn die zunehmenden Spannungen mit ihrem damaligen direkten Vorgesetzten in der Polizeidirektion Hannover waren zuletzt unerträglich geworden. Allerdings fragte sie sich, ob sie an den ständigen Reibereien, die teilweise in Mobbing ausarteten, nicht auch selbst ein wenig Schuld trug, denn hier in Hildesheim war sie nach ihrem Dienstantritt auch gleich mit dem zuständigen Oberstaatsanwalt Dr. Egon von Waltershofen angeeckt. Seine überhebliche Art, gepaart mit sexistischen Äußerungen, war ihr ein Dorn im Auge, und sie hatte sich wiederholt die

Frage gestellt, wie ein solcher Mann überhaupt Oberstaatsanwalt werden konnte.

Trotz der neuerlichen Reibereien fühlte sie sich in ihrer neuen Dienststelle ausgesprochen wohl. Die Domstadt war ihr regelrecht ans Herz gewachsen. Im Gegensatz zu Hannover war hier alles überschaubarer und nicht so hektisch wie in der niedersächsischen Metropole. Bei ihrem Umzug hätte sie allerdings nie geglaubt, dass sie sich in Hildesheim so wohlfühlen würde. Aber die kleine Großstadt an der Innerste mit ihren einzigartigen Sehenswürdigkeiten, dem Weltkulturerbe, den Schätzen internationaler Museen, der kulturellen Vielfalt, dem 1000-jährigen Rosenstock und den Werken kirchlicher Baukunst hatte sie schnell für sich eingenommen.

Ihr Freund Thomas Dreyer, der noch stellvertretender Lokalchef einer Boulevardzeitung in Hannover war, würde ihr ohne Zögern nach Hildesheim folgen. Gestern bei ihrem Treffen im Ratskeller hatte er durchblicken lassen, dass er gern bei der traditionsträchtigen Hildesheimer Allgemeinen, der ältesten deutschen Tageszeitung, arbeiten würde.

Kai seufzte und blinzelte noch einmal zur Uhr, wobei ihr unwilliger Blick aber nichts an der Tatsache änderte, dass es Viertel nach sieben war. Spätestens in 45 Minuten musste sie in der Polizeiinspektion sein, denn pünktlich um 8:00 Uhr begann die morgendliche Frühbesprechung.

Sie verzichtete auf die Dusche und begnügte sich mit einer Katzenwäsche. Danach schaute sie in den Spiegel, bürstete kräftig ihre kurzen, blonden Haare, putzte noch die Zähne und verzog ihr braungebranntes Gesicht mehrmals zu Grimassen. Das gehörte zu ihren täglichen Pflichtübungen, seit sie gelesen hatte, dass sich dadurch aufkommende Falten bekämpfen ließen.

Mit ihren blauen Augen blinzelte sie ihrem Spiegelbild noch einmal zu, streckte die Zunge heraus und stellte zufrieden fest, sich trotz ihrer bald 40 Jahre gut gehalten zu haben.

Zwanzig Minuten später hatte sie sich angezogen, ein bescheidenes Frühstück eingenommen und nach einem Blick in den strahlend blauen Himmel ihr graues Mountainbike aus dem Verschlag geholt. Als sie die Bergstraße hinunterfuhr, wenn auch mit mäßiger Geschwindigkeit, quälte sie erneut ihr schlechtes Gewissen, weil sie als Polizistin wieder verkehrswidrig entgegen der Einbahnstraße fuhr. Vorsichtig überquerte sie die Kreuzung, fuhr den Bergsteinweg hinunter und bog dann links in die Nikolaistraße ein.

Im Hof der Polizeiinspektion öffnete sie mit einer Chipkarte die hintere Tür des fünfstöckigen Backsteingebäudes. Auch heute verzichtete sie auf den Fahrstuhl. Etwas außer Atem kam sie in ihrem spartanisch eingerichteten Büro im dritten Stock an. 7:50 Uhr, bis zur täglichen Frühbesprechung blieben ihr noch zehn Minuten. Sie war mit ihrem Mountainbike eine gute Zeit gefahren. Während sie ein Glas Wasser trank, klopfte es, und ihre engsten Mitarbeiter Heinz Ossenkopp und Mike Severin erschienen in der offenen Tür und nickten ihr grüßend zu.

Kriminalhauptkommissar Ossenkopp, der Ältere von beiden und ihr ständiger Vertreter, räusperte sich: „Kann ich schnell noch etwas mit dir besprechen?“

„Kein Problem, wo brennt es?“

„Es handelt sich um eine Lehrerin der Don-Bosco-Schule an der Bromberger Straße, sie ist seit gestern spurlos verschwunden, und ich befürchte das Schlimmste.“

Kai nahm einen Schluck aus ihrem Wasserglas und schüttelte leicht den Kopf: „Heinz, ich bitte dich, ein Tag! Findest du deine Reaktion nicht ein wenig überzogen? Oder gibt es da vielleicht noch etwas, das ich wissen sollte? Hat sie Schwierigkeiten in der Familie, mit einem Freund?“

Heinz Ossenkopp unterbrach sie mit einer Handbewegung: „Kai, ich weiß, was du sagen willst. Alles Fehlanzeige! Ich kenne die Frau persönlich, sie ist äußerst gewissenhaft, alleinstehend, keine Affären, bei Schülern und Kollegen sehr beliebt - und sie ist die Lehrerin meiner Tochter. Aber das nur am Rande. Weißt du, ich mache mir einfach Sorgen, habe ein komisches Gefühl, irgend etwas stimmt da nicht. Wir, das heißt der Elternrat der Schule und ich, haben gestern Abend noch mit den Krankenhäusern der Umgebung telefoniert. Nichts! Wie mir der Schulleiter bestätigte, hat sie noch nie gefehlt. Und wenn sie krank oder sonst verhindert wäre, hätte sie sich auf jeden Fall gemeldet.“

Kai nickte zustimmend.

„Okay, okay, du hast mich überzeugt, was schlägst du also vor?"

„Wir sollten sie sofort in die Fahndung geben, die Nachbarn befragen und ihren letzten Tag rekonstruieren. Sie wohnt übrigens am Glockengießerweg und ..."

„Wo ist denn das?"

„Im Osten der Stadt, am Fuße des Galgenbergs."

„ Wie gesagt, Heinz, eigentlich ist es für eine Fahndung noch zu früh. Aber gut, ich übernehme die Verantwortung, nur bitte kein Wort darüber in der Frühbesprechung." Kai schaute auf die Uhr und stand auf.

„Es ist soweit, wir müssen rüber, die Kollegen warten."

Bevor sie ihren Kollegen folgte, ging sie noch einmal zurück zu ihrem Schreibtisch, nahm zwei schmale Aktenordner in die Hand und warf einen kurzen Blick hinein. Mit diesen Vorgängen unter dem Arm betrat sie als Letzte das Besprechungszimmer, als der Uhrzeiger gerade auf die Acht sprang.

Kai war erstaunt, von Waltershofen heute Morgen hier anzutreffen - sicher gab es dafür einen besonderen Grund. Eine halbe Stunde später glaubte sie zu wissen, worum es ging; aber den eigentlichen Anlass sollte sie erst am nächsten Tag erfahren.

Zunächst stellte sie erstaunt fest, dass der Oberstaatsanwalt sich brennend für das gestrige Tötungsdelikt in dem Bordell an der Hannoverschen Straße interessierte. Ein Freier hatte offensichtlich eine Prostituierte getötet. Da es sich um einen namentlich bekannten Stammkunden handelte, der in Tatortnähe gesehen und bereits vorläufig festgenommen wurde, schien der Fall gelöst - so dachte zumindest Kai Sommer und konzentrierte sich auf die Ausführungen ihres Kollegen Mike Severin, der vom Oberstaatsanwalt aufgefordert wurde, den Ermittlungsstand vorzutragen.

Mike berichtete gerade: „... zwischen 23:00 und 24:00 Uhr mit einem spitzen Gegenstand getötet, wobei die Tatwaffe noch nicht sichergestellt werden konnte. Bei dem Opfer handelt es sich um die 38-jährige Prostituierte Doris Kranitzky. Der Tat verdächtig ist der 24-jährige Tobias Maibach, Sohn des Seniorchefs der Wirtschaftsprüfungsgesellschaft Maibach & Partner; offensichtlich war Maibach junior Stammkunde der Prostituierten. Tobias Maibach wurde kurz vor dem Delikt in Nähe des Tatortes gesehen und von Vera Radtke erkannt, einer Kollegin der Getöteten. Sie hat die Schwerverletzte auch gefunden und den Notarzt gerufen. Frau Kranitzky konnte leider keine Angaben mehr machen, sie starb noch am Tatort. Heute Morgen um 2:00 Uhr wurde der Tatverdächtige in seinem Apartment im Stadtteil Neuhof vorläufig festgenommen. Er leistete keinen Widerstand, beteuerte aber seine Unschuld. Zwischenzeitlich wurde die Staatsanwaltschaft in Kenntnis gesetzt. Tobias Maibach befindet sich in Polizeigewahrsam und soll möglichst bald dem Haftrichter vorgeführt werden."

Wie ein Oberlehrer hob Oberstaatsanwalt Dr. von Waltershofen den Zeigefinger: „Ich meine, wir dürfen es uns nicht zu einfach machen. Sie müssen auf jeden Fall noch einmal gründlich recherchieren und dabei auch das bisher Bekannte einer strengen Überprüfung unterziehen. Woher wissen wir denn, ob diese Kollegin der Getöteten - wie war noch ihr Name?"

„Vera Radtke", warf Mike Severin ein.

„Also, wer sagt uns, ob diese Frau die Wahrheit sagt, vielleicht stand sie unter Alkohol oder Drogen und glaubte in ihrem Dämmerzustand, den Tatverdächtigen gesehen zu haben. Wir kennen das ja zur Genüge! Unter Umständen kennt sie den wahren Täter und will ihn schützen. Auch das ist durchaus denkbar. Und bitte vergessen Sie nicht, dass Ihr Tatverdächtiger nicht bei der Toten gesehen wurde! Die Indizien reichen doch wohl nicht aus, Herrn Maibach in Untersuchungshaft zu nehmen. Ich nehme an, der Untersuchungsrichter sieht das auch so. Also, wie gesagt, wir müssen hier noch einmal besonders gründlich ermitteln und ..." Er ließ den Rest des Satzes unausgesprochen und fügte mit hochgezogenen Augenbrauen hinzu: „Denken Sie daran, der Beschuldigte kommt aus einer sehr, sehr angesehenen Hildesheimer Familie, immerhin ist sein Vater ..."

Daher wehte also der Wind! Kai hörte nicht mehr hin und wollte schon protestierend einwerfen, bei allen Tötungsdelikten stets sorgfältig zu ermitteln, ob das Opfer nun arm oder wohlhabend war. Aber sie biss sich auf die Lippen, schluckte ihren Ärger hinunter und schwieg.

Um kurz vor neun war die Frühbesprechung beendet. Fast fluchtartig verließ Kai den Raum und eilte in Richtung Teeküche, um sich einen Kaffee zu holen. Heinz Ossenkopp holte sie nach wenigen Metern ein: „Ich fahre dann mal zur Don-Bosco-Schule, du weißt schon, die verschwundene Lehrerin. Sobald ich was rausgefunden habe, melde ich mich."

„Okay, aber bitte über Handy. Mike und ich schauen uns noch einmal den Tatort im Bordell an, vielleicht wurde ja doch was übersehen."

Ossenkopp unterbrach sie und griff zu einem Plastikbecher. „Hast du mitbekommen, wem die Absteige an der Hannoverschen Straße gehört, in der sie ermordet wurde?"

Kai zuckte mit den Schultern und gähnte verhalten. „Keine Ahnung. Das muss mir entgangen sein. Ich habe nämlich gestern mit Thomas einen Streifzug durch verschiedene Hildesheimer Lokale gemacht, und es ist ziemlich spät geworden. Also, wem?"

„Sie gehört einem gewissen Mustafa Menderes. Ich glaube, in Hannover hattest du mit diesem Typen schon einmal zu tun, oder?" Heinz Ossenkopp grinste, warf den leeren Becher in einen Abfallbehälter und ließ eine sprachlose Kriminalbeamtin zurück.

In Gedanken versunken ging Kai in ihr Büro und setzte sich an den Schreibtisch. Mustafa Menderes! Einige Monate hatte sie nichts mehr von ihm gehört. Sie schloss die Augen und sah ihn vor sich: etwa 50 Jahre alt, schwarze Haare mit grauen Strähnen, strahlend weiße Zähne, eine durchaus gepflegte und attraktive Erscheinung, in der Türkei geboren, seit über 20 Jahren in Deutschland, Diskotheken- und Bordellbesitzer, an vielen krummen Geschäften beteiligt, Mafiaboss, aber auch Geschäftsmann und Förderer sozialer Einrichtungen, seit Jahren im Fadenkreuz der hannoverschen Staatsanwaltschaft und des Landeskriminalamtes – und nicht zu fassen.

Mein Gott, konnte es sein, dass er seinen üblen Geschäften jetzt auch hier in der Domstadt nachging? Hatte er bei diesem Todesfall hier in Hildesheim seine Finger im Spiel? Sie traute es ihm zu. Aber welche Beweggründe sollte er gehabt haben?

Kai nahm einen Schluck aus ihrem Wasserglas und dachte an das merkwürdige Verhalten des Oberstaatsanwaltes. Warum interessierte sich der Oberstaatsanwalt so für die ermordete Doris Kranitzky? Da er sich sonst kaum bei den täglichen Frühbesprechungen sehen ließ, sorgte es für Aufsehen, wenn er sich ausgerechnet mit diesem Verbrechen so intensiv beschäftigte, zumal es ein Routinefall zu sein schien. Es musste dafür einen ganz besonderen Grund geben. Irgendwie passte es nicht ins Bild, denn erst vor ein paar Tagen hatte er durchblicken lassen, wie überlastet er sei und dass er die Aktenberge auf seinem Schreibtisch kaum bewältigen könne.

Also, warum interessierte ihn gerade *dieser* Fall?

2

„Hallo, Frau Sommer, schön, Sie in der Kantine anzutreffen. Ich habe Sie noch nie hier gesehen, sicherlich essen Sie außerhalb ..."

Kriminaldirektor Friedrich Hundertmark erwartete keine Antwort, sondern redete weiter: „Ich wollte Sie ohnehin nachher noch kurz aufsuchen, aber das erübrigt sich ja nun. Wissen Sie, ich stehe ein wenig unter Zeitdruck, da ich um 14:00 Uhr einen Termin bei unserem Chef habe und für die Besprechung einiges vorbereiten muss. Ja, und deshalb hätte ich vorher noch gern von Ihnen gewusst, ob es erste Ergebnisse im Fall Kranitzky gibt. Auch unser Chef scheint sich brennend für den Fall zu interessieren und ist an einer alsbaldigen Aufklärung interessiert."

„Was sicherlich damit zusammenhängt, dass hier der Spross einer alteingesessenen Hildesheimer Familie involviert ist", warf Kai höhnisch ein.

Hundertmark zuckte nur mit den Schultern, vervollständigte sein Menü mit einer Quarkspeise und einer kleinen Flasche Mineralwasser, zahlte und folgte mit schnellen Schritten Kai Sommer, die bereits einen Fensterplatz ansteuerte. Kaum hatte er sich zu ihr gesetzt, kam er zu seinem Thema zurück: „Also, Frau Sommer, gibt es im Fall Kranitzky nun neue Erkenntnisse oder tappen wir immer noch völlig im Dunkeln?"

Kai hob bedauernd ihre Hände: „Nein, Herr Hundertmark, es gibt noch keine neuen Erkenntnisse, geschweige denn Ergebnisse. Dazu dürfte es auch noch zu früh sein. Wir haben zwar Tobias Maibach vorläufig festgenommen, aber ich bin mir nicht sicher, ob wir ihn dem Haftrichter vorführen sollten."

„Sie meinen, die vorliegende Zeugenaussage reicht nicht aus?"

Kai nickte und nahm einen Schluck von ihrem Apfelsaft. „Ich war mit Mike Severin vorhin noch einmal in dem Bordell an der Hannoverschen Straße ... Nein, ich kann mir beim besten Willen diesen Tobias Maibach nicht als Täter vorstellen. Warum sollte er die Prostituierte getötet haben? Ich sehe nicht den Ansatz eines Motivs! Okay, er gehörte zu ihren Stammkunden und hat sie fast jeden Dienstag besucht, eine Menge Geld dort gelassen, aber daraus können wir nun wirklich kein Tatmotiv ableiten."

„Aber diese Kollegin der Ermordeten, wie heißt sie noch?"

„Radtke, Vera Radtke."

„Ja, die hat doch zu Protokoll gegeben, Tobias Maibach sei in der Nähe des Tatorts gewesen."

„Das bestreitet der junge Mann auch nicht, er behauptet nur steif und fest, sie gegen 23:00 Uhr verlassen zu haben, und da soll sie noch bei bester Gesundheit gewesen sein."

„Und was sagt die Rechtsmedizin zum Todeszeitpunkt?"

„Der Exitus ist nach Auffassung Dr. Brechts, mit dem ich vorhin noch kurz telefoniert habe, gestern zwischen 23:15 Uhr und Mitternacht eingetreten, plus minus 30 Minuten. Interessant ist jedoch Folgendes: Unter den Fingernägeln der Ermordeten wurden Hautpartikel gefunden; sie muss sich also heftig gewehrt haben. Allerdings konnten wir bei Tobias Maibach weder im Gesicht, an den Armen, noch sonst an seinem Körper irgendwelche Kratzspuren feststellen. Auch gab es an seiner Kleidung keine Blutspuren und ..."

Hundertmark unterbrach sie: „Um es auf den Punkt zu bringen: Sie meinen also, wir sollten Tobias Maibach auf freien Fuß setzen, um uns die Blamage vor dem Haftrichter zu ersparen."

„Ja, genau das meine ich! Aber letztendlich muss von Waltershofen das entscheiden. Aber ich meine, wir gehen mit der Freilassung kein Risiko ein. Unsere Beweise reichen einfach nicht aus, und das weiß Maibach auch. Daher besteht wohl keine Fluchtgefahr. Und da er einen festen Wohnsitz hat, können wir ihn ja jederzeit wieder festnehmen, wenn es neue Verdachtsmomente gegen ihn geben sollte."

„Da wird sich der Oberstaatsanwalt aber riesig freuen."

Kai runzelte die Stirn, hob irritiert die Schultern und schaute ihren Vorgesetzten fragend an: „Warum sollte er? Ich verstehe nicht, was Sie damit meinen, könnten Sie vielleicht etwas deutlicher werden?"

Hundertmark legte Messer und Gabel zur Seite und verzog die Mundwinkel zu einem Grinsen: „Ja, Frau Sommer, wissen Sie denn nicht, dass unser Oberstaatsanwalt eine enge Beziehung zu der Familie des Tatverdächtigen hat? Maibach Senior ist schließlich sein Schwager, Tobias ist sein Neffe."

Daher wehte also der Wind! Jetzt verstand sie, warum sich der Oberstaatsanwalt bei der Besprechung so sehr für den Mord in dem Bordell interessiert hatte. Verdammt, warum spielte er nicht mit offenen Karten? Warum hatte er die verwandtschaftliche Verbindung, die nun wirklich nicht ehrenrührig war, verschwiegen? Glaubte er etwa, so etwas würde nicht herauskommen? So naiv konnte er doch wohl nicht sein! Kai schüttelte den Kopf, sie verstand ihn immer weniger. Nachdenklich betrachtete sie ihren Nachtisch. Sie beugte sich zu Hundertmark, wollte etwas sagen, aber da klingelte leise ihr Handy.

„Entschuldigung, aber es scheint wichtig zu sein!"

Das Gespräch dauerte nur wenige Sekunden. Sie schob ihren Obstsalat zur Seite und stand auf.

„Was Neues, Frau Sommer, was ist los?"

„Mein Kollege Ossenkopp hat mir gerade mitgeteilt, dass in der Bismarcksäule auf dem Galgenberg eine Frauenleiche gefunden wurde. Offensichtlich erwürgt! Die Tote ist eine Lehrerin, die seit gestern vermisst wird."

*

Kai Sommer parkte ihren Golf immer außerhalb der Medizinischen Hochschule in Nähe der Abfallzentrale. Von hier aus waren es bis zur Rechtsmedizin nur wenige Schritte. Gähnend schaute sie auf ihre Armbanduhr. 20:00 Uhr, seit 13 Stunden war sie auf den Beinen. Um diese Zeit war die Carl-Neuberg-Straße menschenleer, und das Universitätsgelände lag einsam und verlassen vor ihr. Nur auf den Krankenstationen und im Institut für Rechtsmedizin wurde noch gearbeitet. Mit Unterstützung des Oberstaatsanwaltes hatte Kai darauf bestanden, dass die gerichtliche Leichenschau und Leichenöffnung noch heute Abend durchgeführt wurde. Mit schnellen Schritten eilte sie an der Schranke vorbei und erreichte nach wenigen Minuten den achtstöckigen Zweckbau, in dem sich neben der Rechtsmedizin sinnigerweise auch das Institut für Pathologie befand.

Sie klingelte, wurde von einem Präparator im grünen Kittel hereingelassen, und musste sich auch heute überwinden, den im Erdgeschoss liegenden Sektionssaal mit den drei Seziertischen zu betreten. Der Raum mit den Leichen oder Teilen davon, die sich in den 36 Fächern an den beiden Wänden des Kühlboxenraumes befanden, deprimierte sie: Menschen, junge und alte, die ihr Leben ausgehaucht hatten, weil ihre Uhr abgelaufen war oder aber weil sie selbst oder andere es so gewollt hatten – ihre einzige Gemeinsamkeit bestand darin, dass sie zu den ungeklärten Todesfällen gehörten. Ihre Aversion wurde noch durch die Räumlichkeiten verstärkt, in denen das Institut untergebracht worden war, sie versprühten den Charme eines Hallenbades der 60er Jahre. Vielleicht war sie auch zu sensibel. Verdammt, als Mordermittlerin gehörte es nun einmal zu ihrem Job, sich auch in diesen von Chlor und Desinfektionsmitteln geschwängerten Räumen aufzuhalten!

Ihre Gedankengänge wurden unterbrochen durch Dr. Brecht, der ihr freundlich zunickte. Der Rechtsmediziner, Mitte 40, spindeldürr, mit erstaunlich tiefer Stimme, war seit nunmehr 13 Jahren hier beschäftigt und die rechte Hand des Institutschefs. Mittlerweile hatte Kai den Rechtsmediziner schätzen gelernt, der ihr besonders bei der Aufklärung ihres letzten großen Falles mit seiner Fachkompetenz beratend zur Seite gestanden hatte.

Aber das war Vergangenheit, Schnee von gestern. Jetzt kamen neue Anforderungen auf Rechtsmedizin und Ermittlungsbehörden zu. Auf den Seziertischen lagen zwei Frauen, denen das Leben genommen worden war. Vom selben Täter? Sie hoffte, Dr. Brecht würde etwas Licht in das Dunkel bringen können.

Kai setzte sich zu dem Kollegen des Erkennungsdienstes, der vorausgefahren war und sich schon einige Zeit hier im Institut aufhielt. Aufmerksam beobachteten sie Dr. Brecht und seine junge Kollegin Dr. Claudia Wegener, die sich mit dem Leichnam der Lehrerin Sonja Becker befassten. Ein Spaziergänger hatte die Tote vor wenigen Stunden auf einem Treppenabsatz in der Bismarcksäule gefunden.

Verstohlen gähnend warf Kai einen flüchtigen Blick auf den zweiten Seziertisch, auf dem sich, unter einem Laken verborgen, wahrscheinlich die sterblichen Überreste der ermordeten Prostituierten Doris Kranitzky befanden. Offensichtlich waren hier Leichenschau und Leichenöffnung im Beisein des Kriminalbeamten der Spurensicherung schon beendet; sie nahm sich vor, den Kollegen nachher noch zu befragen.

Ihre Müdigkeit bekämpfend wandte Kai sich wieder dem augenblicklichen Geschehen zu. Sie staunte, mit welcher professionellen Gelassenheit Dr. Claudia Wegener ans Werk ging. In der kurzen Zeit, die sie hier erst beschäftigt war, hatte sie sich hervorragend eingearbeitet, jeder Handgriff saß, und die beiden Ärzte schienen mittlerweile ein eingespieltes Team zu sein. Kai konnte sich noch gut an die erste Begegnung mit Claudia Wegener erinnern. Es war der Tag, als ein Frauentorso in der Eilenriede gefunden und hier auf dem ersten Seziertisch geöffnet wurde. Da dem Opfer Gliedmaßen und Kopf gefehlt hatten, war die Identifizierung außerordentlich schwer gefallen. Als einzigen Anhaltspunkt hatten sie die Tätowierung auf dem Schulterblatt der ermordeten Frau gehabt, und schließlich war es Dr. Wegener gewesen, die sehr schnell erkannt hatte, dass das Tattoo ein „tränendes Herz" darstellte, welches letztendlich auf die Spur des Serienmörders geführt hatte.

Kai fielen die Augen zu, und das Gewicht ihres Kopfes überstieg die Tragfähigkeit ihres Halsmuskels. Sie nickte ein. Aber bereits Sekunden später schreckte sie auf und schaute verlegen zu dem Kollegen der Spurensicherung, der offensichtlich nichts gemerkt hatte. Danach riss sie sich zusammen, atmete mehrmals tief durch und konzentrierte sich auf die Worte des Rechtsmediziners. Wie immer sprach Dr. Brecht die Ergebnisse seiner Untersuchungen und Erkenntnisse in das Diktafon, wobei seine tiefe und wohlklingende Stimme etwas Wärme in diesen kalten und sterilen Sektionssaal brachte, zumindest kam es Kai so vor.

Nach einer Ewigkeit zog Dr. Brecht den Mundschutz nach unten und bat Kai und ihren Kollegen an den Seziertisch. Auch heute musste sie sich zwingen, einen Blick in den Rumpf der Toten zu werfen, der vom Halsansatz bis zum Schambein geöffnet war, und wie immer spürte sie ein Würgen im Hals.

Mit einer kreisenden Bewegung deutete Dr. Brecht auf den Brustbereich des Frauenkörpers und sagte dozierend: „Wie schon vermutet, wurde die Tote erwürgt; die kleinflächigen und punktförmigen Blutungen unter dem Lungenfell und der Herzaußenwand lassen keinen anderen Schluss zu. Es sind die klassischen Indizien für einen Erstickungstod."

„Können Sie etwas über den Todeszeitpunkt sagen?"

„Nur Geduld, Frau Sommer, dazu komme ich jetzt. Also, der Tod trat gestern früh zwischen 6:00 und 7:00 Uhr ein. Sie wurde wohl während des Joggens überfallen und kurz danach erwürgt. Aber das ist nichts Neues, es ergibt sich bereits aus dem Sektionsprotokoll und den durchaus richtigen Erkenntnissen Ihrer Spurenleute. Ergänzend möchte ich allerdings noch Folgendes hinzufügen: Die Tote wurde ganz offensichtlich vorher betäubt, ich nehme an, mit Äther, das Ergebnis bekomme ich in den nächsten Stunden. Sie hatte übrigens noch nicht gefrühstückt, die letzte Nahrungsaufnahme erfolgte etwa zwölf Stunden vor ihrem Tod."

Beim letzten Satz deutete Dr. Brecht auf den herausgenommenen Magen, der aufgeschnitten in einer glänzenden Metallschale lag.

Das Würgen in Kais Hals verstärkte sich, sie riss sich zusammen und fragte: „Haben Sie sonst noch Hinweise, die uns weiterhelfen könnten?"

„Ja, Frau Sommer, aber das hatte ich Ihnen vorhin schon am Telefon gesagt, und Ihre Spurenleute haben das auch protokolliert. Die Tote wurde zwar betäubt, hat sich aber noch, bevor sie das Bewusstsein verlor, heftig gewehrt. Wir haben daher unter ihren Fingernägeln winzige Hautpartikel gefunden – ich hoffe, das Material reicht für eine DNA-Analyse. Aber wie Sie wissen, dauert es immer ein paar Tage, bis das Ergebnis vorliegt und wir ..."

Kai unterbrach ihn: „Gibt es Anzeichen für eine Vergewaltigung?"

Zögernd schüttelte Dr. Brecht den Kopf: „Nein, ich glaube nicht. Zumindest nicht nach der ersten Inaugenscheinnahme, denn es gibt keinerlei Verletzungen im Schambereich, die darauf schließen lassen könnten. Allerdings sind die Untersuchungen noch nicht ganz abgeschlossen. Aber das dürfte im Augenblick sekundär sein, viel wichtiger erscheint mir, dass wir anhand des Fremdmaterials unter den Fingernägeln ..."

Dr. Brecht beendete den Satz nicht, sondern zeigte auf den anderen Seziertisch: „Um hier gleich eine Verbindung zu der Toten aus dem Bordell an der Hannoverschen Straße herzustellen: Unter ihren Fingernägeln haben wir ebenfalls Fremdmaterial gefunden, und auch sie hat sich vor ihrem Exitus heftig gewehrt."

„Allerdings mit dem Unterschied, dass sie nicht erwürgt, sondern erstochen wurde", warf Kai ein.

„Das stimmt allerdings, und deshalb fällt es auch so schwer, hier anzunehmen, es könne sich um denselben Täter handeln.

Mir erscheint das doch sehr unwahrscheinlich."

Zur Bekräftigung seiner Worte schüttelte der Rechtsmediziner den Kopf und ergänzte: „Aber wenn die DNA-Analysen vorliegen, wissen wir mehr."

„In diesem Fall ist es besonders wichtig, den Todeszeitpunkt so eng wie möglich einzugrenzen."

„Hmm", brummte Dr. Brecht, „wie ich Ihnen bereits am Telefon sagte, so zwischen 23:15 und 24:00 Uhr, plus, minus 30 Minuten. Im Raum mit der Toten stand das Fenster offen, und da wir nicht wissen, wann es geöffnet wurde, fehlt uns für eine genaue Todeszeitpunktbestimmung die exakte Raumtemperatur."

Nachdenklich und etwas zögernd sagte Kai: „Ja, das hatten Sie mir ja schon mitgeteilt. Ein Problem ist für uns das Messer, das bis jetzt noch nicht gefunden wurde. Können Sie uns sagen, wonach wir suchen müssen? Ich nehme an, es war ein Dolch oder so etwas Ähnliches."

Dr. Brecht lehnte seinen dürren Körper gegen den seitlich stehenden Hubwagen und sagte: „Ja, da können wir Ihnen helfen. Die Stichwaffe ist beidseitig geschliffen, ungefähr 12 Zentimeter lang und etwa 15 Millimeter breit, also die typische Form eines Stiletts. Mit diesem Messer hat der Täter drei Mal zugestochen, und zwar mit erheblicher Wucht!"

Nachdenklich rieb sich Kai das Kinn, während sie einen scheuen Blick auf den immer noch zugedeckten Leichnam der Prostituierten warf. „Doktor, wie ist Ihre persönliche Einschätzung? War es eine Beziehungstat aus verschmähter Liebe, eine Handlung im Affekt oder war das Vorgehen eher gezielt und geplant?"

Erstmals lächelte Dr. Brecht. Sein Lächeln wirkte jungenhaft und machte ihn noch sympathischer, als er ohnehin schon war. „Wissen Sie, Frau Sommer, ich bin ein sturer Wissenschaftler, orientiere mich an Fakten, Analysen und wissenschaftlich fundierten Ergebnissen. Subjektive Einschätzungen spielen für mich keine Rolle. Aber dennoch will ich Ihre Frage gern aus meiner ganz persönlichen Sicht beantworten: Sicherlich war es keine Tat im Sexualrausch oder die Tat eines Wahnsinnigen, wenn Sie das meinen. Aber ein wenig Wut und unkontrolliertes Handeln könnten schon dabei gewesen sein. Sie sehen also, die Hinweise, die wir an der Toten vorgefunden haben, sind nicht so eindeutig. Auch die Art und Qualität der geführten Stichverletzungen hilft uns nicht weiter, denn von den drei Messerstichen war lediglich einer tödlich, aber das kann Zufall gewesen sein. Fest steht jedoch Folgendes: Der tödliche Stich ging direkt in die Herzkammer. Man kann ..."

Einen Augenblick stockte der Rechtsmediziner, trat dicht an den zweiten Seziertisch heran und zog behutsam das Laken vom Körper der getöteten Prostituierten. Die Bilder ähnelten sich. Auch hier war der Körper vom Kehlkopf bis zum Schambein geöffnet worden.

Dr. Brecht zeigte auf den linken Brustbereich und fuhr mit seinen Erklärungen fort: „Wie gesagt, der Stich ging direkt in die Herzkammer. Man kann sehr deutlich sehen, wie die Klinge die Verbindung zwischen vierter Rippe und Brustbein durchtrennt hat. Dabei ist der AV-Knoten zerstört worden. Auch das ist sehr deutlich zu erkennen."

Räuspernd unterbrach Kai den Rechtsmediziner: „Doktor, können Sie das vielleicht etwas allgemeinverständlicher und weniger wissenschaftlich erklären? Ich verstehe nämlich kein Wort, und ich glaube, meinem Kollegen ergeht es ebenso."

Etwas verlegen hob Dr. Brecht seine Hände: „Entschuldigung, ich vergesse immer wieder ... Also, *AV* ist die Abkürzung für Atrioventrikularknoten. Er versorgt das Herz mit elektrischen Impulsen. Bei der Toten ist er mit einem Stich zerstört worden. Technisch gesehen war es ein Herzstillstand."

„Und Sie meinen, dieser auf den ersten Blick fachmännisch erscheinende Stich war ein Zufallstreffer, der nicht von einem Profi durchgeführt wurde?"

„Ja, das nehme ich an. Warum sonst hat der Täter insgesamt dreimal zugestochen? Wahrscheinlich kannte er sich nicht aus und wollte auf Nummer sicher gehen."

Einen Augenblick schwieg Dr. Brecht, warf seiner Assistentin einen kurzen Blick zu und fuhr dann fort: „Frau Dr. Wegener und ich sind allerdings der Auffassung, dass aufgrund des tödlichen Stichs viel Blut geflossen sein muss und ..."

Kai fiel ihm ins Wort: „Sie meinen, der Täter müsste an seiner Kleidung Blutspritzer haben?"

Nickend zog Dr. Brecht seinen grünen Arbeitskittel aus und streifte die Latexhandschuhe von seinen Händen - er hatte alles gesagt, die Leichenschau war beendet.

Endlich Feierabend.

*

Frank Dutschke stieß das Fenster der kleinen Sozialwohnung auf und atmete tief durch. Es schien ein schöner Tag zu werden - sein achter in Freiheit, in der er allerdings immer noch nicht so richtig angekommen war.

In diesen frühen Morgenstunden herrschte eine wohltuende Ruhe im Stadtteil Ochtersum, und da der Wind aus östlicher Richtung kam, drangen lediglich von der Alfelder Straße die schwachen und monotonen Geräusche vorbeifahrender Autos zu ihm herüber.

Er streifte seinen blauen Jogginganzug über und zog sich die weißen Turnschuhe an, die er erst kürzlich gekauft hatte. Tänzelnd lief er die Treppe nach unten, lief wieder im großen Bogen um die Kleingartenanlage herum, kaufte sich unterwegs eine Bild-Zeitung und kam früher als geplant zurück. Das Joggen konnte er heute Morgen nicht so richtig genießen. Er spürte eine Unruhe in sich, für die er zunächst keine Erklärung hatte, nun aber glaubte er zu wissen, dass sie mit den Herausforderungen der nächsten Stunden zusammenhing.

Er duschte, rasierte sich sorgfältig und trank zwei Becher Kaffee, schwarz und ohne Zucker. Essen konnte er nichts. Er war zu aufgeregt, heute sollte er sich als Hausmeister in der Robert-Bosch-Gesamtschule vorstellen - sein erster Kontakt zur Arbeitswelt nach einer Zwangspause von fünf Jahren und sechs Monaten. Einerseits empfand er Freude, andererseits aber auch ein wenig Angst vor dem, was auf ihn zukam.

Als Frank Dutschke aus der Ferne Glockenschläge hörte, lächelte er und lehnte sich weit aus dem Fenster. Wie immer zählte er mit, die Kirchturmuhr schlug sieben Mal. Langsam musste er sich fertig machen, schließlich wollte er pünktlich sein. Er nahm sich vor, zunächst mit der Linie 9 zum Bahnhof zu fahren und von dort über die Steuerwalder Straße zu Fuß zur Schule zu laufen - das war nicht sehr weit. Wenn alles gutging, würde er sich ein gebrauchtes Fahrrad kaufen, vielleicht sogar ein Mountainbike. Damit könnte er nicht nur Hildesheim, sondern auch die weitere Umgebung erkunden, wobei ihn jetzt in den Sommermonaten besonders die Badeseen reizten. Er könnte dort viele Stunden verbringen und jemanden kennenlernen, vielleicht eine Frau, die keine Vorurteile hatte und ihn so nahm, wie er war. Seufzend warf er einen Blick auf seine Armbanduhr. Um 9:00 Uhr wollte er sich mit seinem Sozialarbeiter vor dem Gebäude der Robert-Bosch-Gesamtschule an der Richthofenstraße treffen.

Gelangweilt blätterte er in der Bild-Zeitung, und wie immer las er zuerst die Sportseiten im hinteren Teil. Als er auf der dritten oder vierten Seite einen Artikel über Sozialhilfeempfänger entdeckte, die für einen Euro stündlich Hilfsarbeiten der Kommune erledigen mussten, kam ihm seine Situation nahezu rosig vor. Er hatte eine kleine Wohnung für sich und ab morgen hoffentlich eine Arbeit. Eigentlich konnte er zufrieden sein ... Plötzlich hielt er inne, eine Schlagzeile sprang ihn regelrecht an und zog ihn in ihren Bann.

„Erwürgt und erstochen! Zweifacher Frauenmord!", stand da in roten Großbuchstaben und darunter in kleinerer Schrift: „Wie wir erst jetzt von der Pressestelle der Polizeiinspektion Hildesheim erfahren haben, sind innerhalb weniger Stunden in der ehrwürdigen Domstadt Hildesheim zwei Frauen ermordet worden, wie sie unterschiedlicher nicht sein können: Bei der einen handelt es sich um die Lehrerin Sonja B. und bei der anderen um die Prostituierte Doris K. – auch die Tötungsarten könnten nicht unterschiedlicher sein: Sonja B. wurde erwürgt, Doris K. erstochen. Die für die Aufklärung der Tötungsdelikte zuständige Kriminalhauptkommissarin Kai Sommer erklärte, es gebe noch keine konkreten Hinweise auf den oder die Täter. Um die gerade erst begonnene Ermittlungsarbeit nicht zu gefährden, waren weder die Kommissarin noch die Pressestelle der Polizeiinspektion bereit, weitere Auskünfte zu geben. Wir hoffen, in den nächsten Tagen mehr zu erfahren."

Frank Dutschke wischte sich kleine Schweißperlen von der Stirn, die Gedanken in seinem Kopf wirbelten nur so durcheinander ...

*

Frühbesprechung im Fachkommissariat 1 der Polizeiinspektion Hildesheim.

Diesen Tag hätte Kai Sommer gern aus ihrem Gedächtnis gestrichen. Gestern war sie erst kurz vor Mitternacht eingeschlafen, dann gegen 3:00 Uhr schweißgebadet wieder aufgewacht und danach nicht mehr zur Ruhe gekommen. Und jetzt fühlte sie sich unausgeschlafen und wie gerädert. Immer wieder dieser entsetzliche Albtraum! Er marterte sie seit dem folgenschweren Treppensturz und der Fehlgeburt vor vier Jahren, und er belastete sie mehr, als sie sich eingestehen wollte. Es begann stets damit, dass sie ihre Tochter, sie wäre in diesem Jahr vier geworden, an die Hand nahm und in die nahe Kindertagesstätte brachte. Sie lachte und scherzte mit dem Mädchen, aber als sie die Kleine der Erzieherin übergeben wollte, war ihre Hand leer und das Kind verschwunden ... An dieser Stelle wachte sie jedes Mal mit klopfendem Herzen und schweißgebadet auf.

Entgegen ihrer sonstigen Gewohnheit holte sie sich einen zweiten Becher Kaffee aus der Teeküche. Sie riss sich zusammen und eröffnete pünktlich um 8:00 Uhr die morgendliche Frühbesprechung.

Gestern hatten die Mitglieder der Soko, angeleitet von Kais engsten Mitarbeitern, eine große Befragungsaktion durchgeführt. Mike Severin hatte mit fünf Kollegen das Umfeld des Tatortes Bismarcksäule in Augenschein genommen und sich mit Joggern, Spaziergängern und Anliegern der Mozartstraße unterhalten, während Heinz Ossenkopp mit zwei Kollegen die Prostituierten des Bordells an der Hannoverschen Straße befragt hatte, in dem Doris Kranitzky ermordet worden war . Nun wollten sie die Ergebnisse ihrer Aktionen auswerten und das weitere Vorgehen besprechen. Wie erwartet nahm von Waltershofen an der Besprechung nicht teil. Warum sollte er auch, denn mit der Freilassung Tobias Maibachs schien die Welt für den Oberstaatsanwalt wieder in Ordnung zu sein.

Kai setzte sich zwischen Ossenkopp und Severin. „Also, Leute, was haben wir? Heinz, vielleicht kannst du kurz berichten, was ihr gestern in diesem Bordell herausgefunden habt."

Kriminalhauptkommissar Heinz Ossenkopp, 40 Jahre alt, übergewichtig und mittelgroß, blätterte in seinem Notizblock. „Wir haben insgesamt fünf Nutten, entschuldige bitte, ich meine Prostituierte, befragt. Die Befragung, denn mehr war es ja nicht, gestaltete sich äußerst schwierig, da einige der Damen nur an bestimmten Tagen in der Woche ihrem Gewerbe nachgehen. Um das Ergebnis schon einmal vorwegzunehmen: Die Aktion hat kaum etwas gebracht, was zur Aufklärung unseres Falles beitragen könnte. Allerdings konnten wir eine minderjährige Dame im wahrsten Sinne des Wortes aus dem Verkehr ziehen ..."

Einen Augenblick überlegte Heinz Ossenkopp, fuhr dann aber mit seinem Bericht fort, bevor Kai etwas sagen konnte. „Ich weiß nicht, ob es uns weiterhilft, aber uns ist aufgefallen, dass zwei Kolleginnen von der Kranitzky übel zugerichtet waren. Ich schätze, die Verletzungen sind zwei oder drei Tage alt. Die Damen wollten uns allerdings nicht sagen, wer sie so in die Mangel genommen hat. Und da die beiden, aus welchen Gründen auch immer, keine Anzeige erstattet haben, können wir auch nichts unternehmen. Aber die Frage drängt sich natürlich geradezu auf, warum die Misshandlungen ausgerechnet in dem Bordell an der Hannoverschen Straße passierten, in dem Doris Kranitzky getötet wurde ..."

„Ja, seltsam ist das schon", unterbrach ihn Kai Sommer und fuhr dann nachdenklich fort: „Aber, wer tut so etwas? Sicherlich kein Zuhälter, der ja von dem guten Aussehen seiner Damen profitiert – und dass irgendwelche durchgeknallten Freier die beiden so zugerichtet haben, ist doch eher unwahrscheinlich, denn in dem Fall würden uns doch garantiert schon die entsprechenden Strafanzeigen vorliegen. Nein, hinter den Misshandlungen muss etwas anderes stecken! Die entscheidenden Fragen sind allerdings: Was wollte der Täter damit erreichen, und wer hat ein Motiv, so etwas zu tun?"

Ohne auf eine Antwort ihrer Kollegen zu warten, fuhr Kai, quasi laut nachdenkend, fort: „Wir sollten auf jeden Fall am Ball bleiben. Da die Frauen offenbar Angst haben, unter Umständen sogar um ihr Leben fürchten, könnte es vielleicht doch mit ihren Luden zusammenhängen, insofern revidiere ich das eben Gesagte über die Zuhälter. Wie wäre es, wenn die Kerle mit der Gewaltaktion ein Exempel statuieren wollten? Sichtbar für alle! Vielleicht haben die beiden etwas getan, was in dem Milieu unüblich ist und was man einfach nicht tut ..."

„Du meinst als Warnung für die anderen Prostituierten?" warf Heinz Ossenkopp ein.

Kai Sommer nickte: „Ja, genau das meine ich! Die Verletzungen der Frauen könnten als Abschreckung und Mahnung dienen, auch auf die Gefahr hin, dass das ramponierte Aussehen der Damen für einige Tage die Freier abschreckt. Vielleicht auch eine Drohung, beim nächsten Fehlverhalten so grausam zu enden wie Doris Kranitzky."

„Deine Vermutung könnte durchaus zutreffen", warf Heinz Ossenkopp nachdenklich ein, „denn bei unserer Befragung hatten wir bei fast allen Nutten ..., entschuldige, bei den Damen das Gefühl, dass sie jemand gewaltig unter Druck setzt. Ich habe sie selten so schweigsam und zugeknöpft erlebt."

„Aber sicherlich nicht kleidungsmäßig", unterbrach ihn grinsend Mike Severin, was ihm ein Kopfschütteln Kai Sommers einbrachte.

Unbeirrt fuhr Heinz Ossenkopp fort: „Um es noch einmal auf den Punkt zu bringen: Die Frauen haben offensichtlich furchtbare Angst, etwas zu sagen. Die Mauer des Schweigens ist erschreckend, allein schon deswegen, weil sie kein Interesse an der Aufklärung des Mordes an ihrer Kollegin Doris Kranitzky zu haben scheinen. Vielleicht sollten wir sie einzeln vorladen. Mit der Zeugin Vera Radtke habe ich übrigens allein sprechen können. Sie will ja den inzwischen freigelassenen Tobias Maibach in unmittelbarer Nähe des Tatortes gesehen haben. Im Gegensatz zu den anderen schien sie keine Angst zu haben, was mich doch sehr verwundert hat. Sie wirkte auch nicht bedrückt, sondern plapperte munter darauf los. Mein Gott, war das anstrengend! Ich hatte das Gefühl, die Dame wollte sich nur wichtig machen oder gönnte ihrer Kollegin Doris Kranitzky den Stammkunden Tobias Maibach nicht, der mit den Euroscheinen nur so rumgeworfen haben soll. Aber der Vater des verwöhnten Sohnes hat es und steckt seinem Sprössling alles in den ..."

Kai räusperte sich: „Heinz, bleib bitte sachlich."

„Ja, ja, ist ja schon gut. Also, um es kurz zu machen: Die Zeugin hat Tobias Maibach zwar am 29. Juni kurz nach 23:00 Uhr gesehen, aber nicht unmittelbar am Tatort, sondern auf der Straße vor dem Haus."

Ärgerlich unterbrach ihn Mike Severin: „Wieso denn davor? Ich denke, Tobias Maibach befand sich im Haus, in unmittelbarer Nähe des Tatortes, so hat Vera Radtke es zumindest bei mir zu Protokoll gegeben."

Kopfschüttelnd berichtete Heinz Ossenkopp weiter: „Also, nach ihrer gestrigen Aussage befand Maibach sich vor dem Bordell –

und sie sich gerade auf dem Weg zum Gyros-Eck auf der anderen Straßenseite, um für Doris und sich einen „Hähnchen-Gyros-Teller mit Soße und Reis" zu holen. Der türkische Besitzer des Imbisses hat ihre Aussage bestätigt, und es gibt keinen Grund, ihm nicht zu glauben. Ja, und als Frau Radtke dann mit den beiden Gyrostellern zurückkam, fand sie ihre blutüberströmte Kollegin und rief sofort den Notarzt. Doris starb, wie sie theatralisch von sich gab, in ihren Armen. Das kann aber nicht stimmen, denn dann wäre ihre Bekleidung oder das wenige, das sie anhatte, voller Blut gewesen."

Ergänzend meinte Mike Severin: „Das mit dem Notruf könnte allerdings stimmen, denn wie ich von der Notarztzentrale erfahren habe, ging der Anruf dort um 23:20 Uhr ein. Aber ihre Aussagen widersprechen sich doch! Erst gibt sie an, sie hätte diesen Maibach auf dem Flur des Bordells gesehen, dann vor dem Haus - vielleicht kommt ja noch eine dritte Version."

Kai unterbrach ihn: „Möglicherweise war sie ja einfach nur von dem schrecklichen Ereignis zu sehr mitgenommen, um klar denken zu können. Wir sollten da aber noch einmal nachhaken. Vielleicht gibt es ja jemanden, der ihre Aussage bestätigen kann, der den Maibach ebenfalls gesehen hat. Gut, dann kommen wir nun zum Fall Sonja Becker. Mike, du kannst gleich weitermachen."

Mike Severin zuckte mit den Schultern und hob bedauernd die Hände.

„Auch bei unserer Befragung ist kaum etwas Verwertbares herausgekommen. Wie bekannt, war Sonja Becker eine äußerst beliebte und pflichtbewusste Lehrerin. Das wurde uns noch einmal vom Schulleiter und dem Lehrerkollegium der Don-Bosco-Schule bestätigt. Nach den Angaben ihrer Nachbarn im Glockengießerweg verließ sie jeden Morgen um 6:00 Uhr ihre Wohnung zum Joggen, kam dann zurück, um gegen 7:30 Uhr mit ihrem alten Auto zur Schule zu fahren. Um diesen Zeitplan einhalten zu können, muss sie immer eine ganz bestimmte Strecke gelaufen sein, die wir durch die Aussagen einiger Jogger und Spaziergänger auch schon ziemlich genau kennen. Zunächst lief sie an der Bismarcksäule vorbei, dann in Richtung Sternwarte bis zu der

Schutzhütte, um dann denselben Weg wieder zurückzulaufen. Wie mir einer der Läufer erzählte, joggen in dieser Zeit lediglich drei oder vier Leute durch die Gegend, hinzu kommen noch drei oder vier Fußgänger, die mit ihren Hunden spazieren gehen. Es sind immer dieselben Leute, also keine fremden Gesichter! Allerdings gibt es eine Ausnahme, auf die ich zum Schluss eingehen möchte. Zunächst jedoch noch Folgendes: Um mir die Frühaufsteher etwas näher anzusehen, habe ich vor, zeitgleich die Strecke abzulaufen, die auch Sonja Becker genommen hat. Bei dieser Gelegenheit werde ich die Jogger ansprechen, die sich auf der Strecke befinden, vielleicht haben sie irgendwelche Beobachtungen gemacht, die uns weiterhelfen können."

Anerkennend nickte Kai und warf ihrem Kollegen einen wohlwollenden Blick zu. Kommissar Mike Severin mauserte sich mit seinen 29 Jahren zu einem tüchtigen Kriminalbeamten. Er verkörperte Tugenden, die einen guten Mordermittler ausmachten: Ausdauer, Intelligenz, Fleiß, Eigeninitiative, gesunden Ehrgeiz, Instinkt, logisches Denken und loyales Verhalten gegenüber seinen Vorgesetzten – er konnte es in seinem Beruf noch weit bringen.

Laut sagte sie: „Mike, die Idee ist gut, mach das bitte. Du kannst dann bei der nächsten Frühbesprechung berichten, was dabei rausgekommen ist. Aber vorhin sagtest du, es seien immer dieselben Leute, allerdings mit einer Ausnahme."

„Ja, einer der Spaziergänger geht jeden Morgen an der Bismarcksäule vorbei, macht dort einen Schlenker und besteigt anschließend den Aussichtspunkt „Bratpfanne", wo er sich auf einer Bank etwa eine Viertelstunde ausruht. Ja, und dieser Fußgänger will am 29. einen fremden Jogger gesehen haben. Aber ich weiß nicht, ob wir dieser Beobachtung Glauben schenken sollten, denn der Spaziergänger, ein alter Mann, weit über 70, machte auf mich einen etwas senilen Eindruck ..."

Mit einer Handbewegung unterbrach ihn Kai: „Mike, in unserer Situation sollten wir jeder Spur nachgehen, auch wenn sie noch so klein und wenig erfolgversprechend erscheint. Konnte der Spaziergänger etwas über das Aussehen des Fremden sagen? Um welche Uhrzeit will er ihn gesehen haben?"

„Also, die Zeit wusste er nicht genau, er meinte nur, es wäre am frühen Morgen, so zwischen sechs und sieben gewesen. Der Mann sei schlank gewesen und habe einen blauen Trainingsanzug getragen. Allerdings hat er ihn nur schräg von hinten gesehen."

Mike Severin blätterte einen Augenblick in seinem Notizbuch und fuhr dann fort: „Der Spaziergänger glaubt sich auch an die Haarfarbe des Joggers zu erinnern, er meint, sie sei rot gewesen. Aber das könne auch an der Morgensonne gelegen haben. Ich habe deshalb hinter diese Angaben ein großes Fragezeichen gemacht."

„Vielen Dank, Mike. Auf jeden Fall sollten wir hier nachfassen. Ich schlage vor, die Leute in diesem Bereich gezielt nach einer derartigen Person zu befragen. Übernimm du das bitte, dir ist die Gegend dort schon bestens bekannt. Wenn du morgen auf der Strecke joggst, kannst du die Frage nach dem Rothaarigen ja gezielt den Leuten stellen, die du ohnehin befragen willst. Gleichzeitig sollten wir uns auch im Bereich des Bordells umhören, ob dort in den letzten Tagen ein schlanker Mann mit roten oder rotbraunen Haaren gesehen wurde. Heinz, vielleicht kannst du das übernehmen. Vielen Dank."

Räuspernd warf Heinz Ossenkopp ein: „Du glaubst also tatsächlich daran, dass wir es mit *einem* Täter zu tun haben? Bei derartig unterschiedlichen Verbrechen! Wenn das wirklich zutrifft, kann nur ein Psychopath diese Morde begangen haben!"

Hilflos hob Kai die Hände: „Heinz, ich weiß es nicht! Ich meine nur, wir sollten jede Möglichkeit nutzen – vielleicht jagen wir auch einem Phantom hinterher. Wir brauchen dringend die DNA-Analysen ..."

„Warum dauert das mit den Ergebnissen so lange?", warf ein junger Beamter ein, der erst vor zwei Tagen der Sonderkommission zugeteilt worden war.

„Das kann ich Ihnen sagen, lieber Kollege, warf Ossenkopp ein. „Bei der Ermordeten Doris Kranitzky haben wir genügend Fremdmaterial für eine DNA-Analyse sicherstellen können. Probleme gibt es jedoch in dem anderen Fall, bei der getöteten Sonja Becker, denn hier wurden kaum sichtbare Hautpartikel unter den Fingernägeln gefunden. Die Aufbereitung macht den Laborleuten daher ganz erhebliche Schwierigkeiten. Aber ich bin sicher, die Kollegen werden uns bald ein Ergebnis auf den Tisch legen."

„Ich teile deinen Optimismus", bekräftigte Kai. „Wie mir Dr. Brecht mitgeteilt hat, haben sie im Institut seit kurzer Zeit einen neuen Mitarbeiter. Er kommt aus dem Institut für Rechtsmedizin der Justus-Liebig-Universität Gießen und hat sich aus persönlichen Gründen nach Hannover versetzen lassen. Ja, und dieser Kollege soll eine Kapazität auf seinem Gebiet sein, er ist Molekularbiologe und ein bundesweit anerkannter Fachmann für DNA-Analysen."

„Gibt es überhaupt Gemeinsamkeiten zwischen den getöteten Frauen?", fragte Mike Severin nach.

Einen Augenblick überlegte Kai und schüttelte den Kopf: „Nein, eigentlich nicht! Die Opfer könnten kaum unterschiedlicher sein. Das soziale Umfeld, Beruf, Aussehen, Alter, Todesart - nein, keinerlei Gemeinsamkeiten. Allerdings scheinen die Frauen nicht vergewaltigt worden zu sein, es gibt keine Anzeichen dafür, zumindest hat die Rechtsmedizin weder Spermaspuren gefunden, noch Verletzungen im Schambereich festgestellt. Allerdings könnte der Täter auch ein Kondom benutzt haben, und im Fall Sonja Becker frage ich mich, ob es dort in der Bismarcksäule auf der Plattform unterhalb der Eisentreppe nicht doch zu einem sexuellen Übergriff gekommen ist, denn immerhin wurde die Frau betäubt, bevor sie ihr Leben lassen musste. Sie war ihm also hilflos ausgeliefert, konnte sich nicht wehren, und ich mag gar nicht daran denken, was er mit ihr ..." Den Rest des Satzes ließ sie unausgesprochen.

3

Heute wollten sie in der Küche ihrer kleinen Wohnung gemeinsam etwas kochen. Allerdings war es stets Kais Freund Thomas Dreyer, der die Rolle des Kochs übernahm. Während er sich um das Menü kümmerte, saß sie auf einem Küchenstuhl und gab ihm hin und wieder gut gemeinte Ratschläge, mit denen er oft nicht viel anfangen konnte.

Dafür sparte sie aber nicht mit Lob, wenn das Essen dann auf dem Tisch stand.

Diesmal hatte Thomas auch das Einkaufen übernommen. Er hatte sofort bemerkt, wie gestresst sie war, als er ihr am Telefon ein gemeinsames Abendessen vorgeschlagen hatte. Er war ihrem Vorschlag gefolgt und von Hannover aus zu der kleinen, aber feinen Markthalle in Einum gefahren. Ohne Hektik überprüfte er die Köstlichkeiten, die sich übersichtlich und sauber vor ihm präsentierten und vor Frische nur so dufteten. Er holte seinen Zettel aus der Tasche, auf der er die Zutaten für den Nudelauflauf mit Tomatensoße notiert hatte. Er vergaß auch nicht, einen guten Pfälzer Spätburgunder von 2001 einzukaufen, und gönnte sich in der Filiale des Cafés Engelke noch ein Hefestückchen und eine Tasse Kaffee.

Pünktlich um 19:00 Uhr fuhr er mit seinem Mondeo die Bergstraße im Stadtteil Moritzberg hinauf und ergatterte einen Parkplatz, den ein Anlieger gerade freigemacht hatte. Einige Wagenlängen vor sich entdeckte er Kais Schrottauto. War sie schon zu Hause oder hatte sie heute Morgen das Fahrrad genommen? Da er das schrille, nervtötende und unpersönliche Geräusch der Klingel hasste, klopfte er gegen ihre Wohnungstür, die sich sehr schnell öffnete. Kai erwartete ihn im Flur. Als er sie umarmte und fest an sich drückte, durchflutete Wärme seinen Körper. Er atmete den Geruch ihres fruchtigen Parfüms ein, das er so sehr an ihr mochte. In dieser Nacht würde er bei ihr bleiben und versuchen, sie in eine Welt zu entführen, in der es keine Verbrechen und keine grausam getöteten Frauen gab.

Lächelnd löste Kai sich aus der Umarmung, eilte in die Küche und rieb sich die Hände: „Also, machen wir uns ans Werk! Ich kann ja schon das Nudelwasser aufsetzen, denn bis es kocht, vergehen ohnehin einige Minuten."

Während sie mit dem Kochtopf hantierte, warf sie einen Seitenblick auf die eingekauften Lebensmittel und schüttelte leicht den Kopf: „Ich will dich ja nicht kritisieren, aber ich glaube, du hast dich etwas verkauft, denn ich meine, wir hatten sonst andere Zutaten für unseren Nudelauflauf."

Thomas unterbrach sie lächelnd: „Das mag schon sein, aber ich habe mir für heute etwas Neues ausgedacht, eigentlich nur eine Variante des bisherigen Rezeptes. Ich bin sicher, es wird dir gefallen und ..."

Kai beobachtete lächelnd, wie Thomas sich eifrig ans Werk machte. Sie dachte an ihre erste Begegnung in Hannover zurück, als der gerade von Hamburg nach Hannover versetzte Lokalreporter Thomas Dreyer ihr auf der Pressekonferenz über die Ermittlungen in einer Mordserie an Frauen die provozierende Frage gestellt hatte, ob die Verbrechen sie nicht an den Massenmörder Fritz Haarmann erinnerten, der ja bekanntlich in den 20er Jahren immerhin mehr als 20 junge Männer in Hannover getötet habe. Es folgten noch weitere Fragen, die sie davon überzeugten, er sei nur auf reißerische Aufmacher aus, und sie hatte überlegt, ob er sich vielleicht nur vor seinen Pressekollegen profilieren wolle. Um das Maß voll zu machen, hatte er nach der Pressekonferenz dann auch noch die Frechheit besessen, sie zu einem Kaffee einzuladen, was sie natürlich schroff abgelehnt hatte. Nein, so erfreulich war ihre erste Begegnung nicht gewesen!

Einige Wochen später hatte sie jedoch festgestellt, dass er nicht zu den Sensationsreportern gehörte, denen Schlagzeilen über alles gingen. Und noch etwas wurde ihr nach und nach klar: Sie konnte ihm vertrauen.

Morgen würde sie sich wieder um die zwei ermordeten Frauen kümmern. Sie seufzte, denn die bisherigen Ermittlungsergebnisse versprachen nicht gerade einen schnellen Erfolg, aber sie war guten Mutes.

Nein, dieser Abend und die Nacht gehörten ihnen ganz allein, und niemand würde sie stören. Sicherheitshalber schaltete sie ihr Handy aus. Morgen war auch noch ein Tag.

*

Das Gespräch fand am späten Nachmittag im Justizzentrum an der Kaiserstraße statt. Oberstaatsanwalt Dr. von Waltershofen hatte Kai und ihre Kollegen Ossenkopp und Severin gebeten oder besser aufgefordert, ihm umgehend die neuesten Ermittlungsergebnisse vorzutragen. Immer noch war es für Kai gewöhnungsbedürftig, wenn die Staatsanwaltschaft auch über die kleinsten Fortschritte ihrer Ermittlungsarbeit einen Bericht haben wollte, und oft fragte sie sich, ob der Vertreter der Anklagebehörde sich überhaupt so tief in die polizeiliche Ermittlungsarbeit einmischen musste. Es nervte besonders dann, wenn sie gerade Spuren verfolgten, von denen sie noch nicht wussten, ob sie die erwünschten Erfolge bringen oder im Sande verlaufen würden.

Diese Gedanken gingen Kai Sommer durch den Kopf, während sie in einem Dienstzimmer der Staatsanwaltschaft auf von Waltershofen warten mussten, der gerade im Nebenzimmer ein längeres Ferngespräch führte. Nach zehn Minuten kam er endlich ins Zimmer geschlurft und ließ sich ächzend und, wie es schien, völlig erschöpft in einen Sessel fallen. Mit einem schneeweißen Taschentuch tupfte er sich über die Stirn und verzog sein Gesicht zu einem Grinsen, das ihn nicht gerade sympathischer machte.

„Frau Sommer, meine Herren, meine Zeit ist knapp bemessen, fassen Sie sich daher kurz und ..." Er beendete den Satz nicht, sondern kam gleich zur Sache: „Also, was haben wir? Sprechen wir zunächst über das Tötungsdelikt in der Bismarcksäule auf dem Galgenberg und danach über die unappetitliche Sache in diesem Bordell. Erschreckend – und so etwas in unserer ehrwürdigen Domstadt! Aber zur Sache, Frau Sommer, ich höre ..."

Kai wollte schon einwerfen, dass das Verbrechen an Sonja Becker so „unappetitlich" sei wie jeder andere Mord auch, unterließ es dann aber und sagte stattdessen: „Wir können gern so verfahren, aber zunächst noch eine allgemeine Information, die ich für sehr wichtig halte: Dr. Brecht aus der Rechtsmedizin hat mir vorhin telefonisch schon einmal das Ergebnis der beiden DNA-Analysen mitgeteilt. Um es kurz zu machen: Die beiden Proben stimmen *nicht* überein - wir haben es mit zwei Tätern zu tun! Ja, und um gleich Ihre Frage zu beantworten, die Sie sicherlich sofort stellen werden: Leider kann uns auch die DNA-Analyse-Datenbank des Bundeskriminalamtes in Wiesbaden nicht weiterhelfen; es gibt dort kein übereinstimmendes Genmaterial. Aber nun zum Stand der weiteren Ermittlungen, zunächst zum Tötungsdelikt in der Bismarcksäule. Mein Kollege Severin hat hier noch einmal eine Befragung der Personen durchgeführt, die sich in der Zeit zwischen 6:00 und 7:00 Uhr in der näheren Umgebung des Tatortes aufgehalten haben, sei es nun als Jogger oder Fußgänger. Aber vielleicht sollte er uns die Ergebnisse selbst vortragen."

Von Waltershofen lehnte sich in seinen Sessel zurück: „ Herr Severin, ich höre ..."

„Ich habe zwischen 6:00 und 7:00 Uhr insgesamt sieben Personen befragt, darunter drei Jogger und vier Fußgänger, die ihre Hunde spazieren führten, alles Leute, die auch am frühen Morgen des 29. Juni, also dem Todestag der Lehrerin Sonja Becker, unterwegs waren. Ein Fußgänger will zur fraglichen Zeit in der Nähe des Galgenberg-Restaurants einen fremden Mann, offenbar einen Türken, gesehen haben. Der Unbekannte sei etwa zwei Meter groß, muskulös und mit einem dunklen Sportanzug bekleidet gewesen. Die anderen von mir befragten Personen konnten sich an einen derartigen Mann jedoch nicht erinnern. Als Ergebnis der Befragungsaktion bleibt festzustellen, dass die Aussage eines Spaziergängers, ihm sei an dem bewussten Tag ein fremder Jogger mit roten oder rotbraunen Haaren und blauem Sportanzug aufgefallen, offensichtlich stimmt, denn ein Mann mit diesem Aussehen ist auch von einem ehemaligen Lehrer mit Namen Fritz Krüger in der Nähe des Aussichtspunktes Bratpfanne gesehen worden."

Einen Augenblick lang schwieg der junge Kriminalbeamte und fuhr dann etwas schuldbewusst fort: „Dabei hatte ich ihn als senil und nicht glaubwürdig eingestuft. Übereinstimmend ist beiden Zeugen die hagere Gestalt und das schmale Gesicht des Mannes aufgefallen, und der eine meinte, der Jogger habe eine Plastiktüte mit sich geführt, hieran konnte sich wiederum der andere nicht erinnern. Ich habe mit den Zeugen schon einen Termin mit den Polizeizeichnern des Landeskriminalamtes vereinbart - vielleicht hilft uns hier ein Phantombild weiter."

Von Waltershofen hob den Daumen seiner rechten Hand, eine Geste, die Zustimmung ausdrücken sollte, aber nicht so recht zu seinem Typ passte: „Gut, Herr Severin! Ist das alles?" Er wartete die Antwort nicht ab, sondern wandte sich zu Kai Sommer.

„Um das Bordell an der Hannoverschen Straße", erklärte sie ihm, „hat sich Kriminalhauptkommissar Ossenkopp gekümmert und dort auch einige Befragungen durchgeführt. Er wird uns über das Ergebnis ins Bild setzen. Vorab nur Folgendes: Nach unseren bisherigen Recherchen kann es sich bei Doris Kranitzky auch um ein milieubezogenes Verbrechen handeln. Wir haben herausgefunden, dass zwei weitere Prostituierte brutal verletzt wurden. Unter Umständen sollte hier ein Exempel statuiert werden, ein abschreckendes Beispiel, ein Warnschuss, gerichtet an die anderen Damen des Hauses. Dafür spricht auch, dass die beiden Opfer keine Strafanzeige gestellt haben. Vielleicht haben wir es in allen drei Fällen mit der gleichen Motivlage zu tun. Wir wissen es nicht, werden es aber herausfinden. Über die weiteren Ermittlungsergebnisse sollte nun mein Kollege Ossenkopp berichten."

Während Kais Ausführungen hatte von Waltershofen mit den Schultern gezuckt und skeptisch die Stirn gerunzelt, jetzt lehnte er sich entspannt zurück und schlug die Beine übereinander: „Herr Ossenkopp, ich höre ...!"

„Ja, ich kann noch Folgendes ergänzen: Die Frauen in dem Haus an der Hannoverschen Straße haben furchtbare Angst, ich möchte es fast mit Todesangst beschreiben. Bei unseren Befragungen konnten wir aber noch nicht einmal ansatzweise herausbekommen, wer sie so unter Druck setzt und bedroht. Nach den Recherchen unserer Vertrauensperson, von der wir sonst immer brauchbare Hinweise bekommen, gibt es auch keinerlei Gerüchte, mit denen wir etwas anfangen könnten. Vielleicht schwappen die Milieuprobleme des hannoverschen Steintorviertels nach Hildesheim über?" Er stockte, atmete tief durch und hob enttäuscht die Hände: „Es ist eine Mauer des Schweigens. Wir müssen hier auf jeden Fall versuchen, weitere Befragungen durchzuführen, um herauszufinden, warum Doris Kranitzky sterben musste. Hätte hier nicht eine Lektion gereicht, so, wie bei den anderen beiden Prostituierten? Wenn wir von der gleichen Motivlage ausgehen, dann muss man auch fragen, warum die eine getötet und die anderen lediglich verprügelt wurden? Waren die beiden misshandelten Frauen bereit, mit ihren Peinigern zu kooperieren, und die andere, die Getötete, nicht? Wer steht hinter den Straftaten und wo finden wir den oder die Auftraggeber? Auf jeden Fall wäre es sinnvoll, wenn wir umgehend Kontakt mit den Kollegen in Hannover aufnähmen, die das Rotlichtmilieu dort kennen und uns vielleicht Hinweise geben können."

Mit einer Handbewegung fiel Kai Sommer ihm ins Wort: „Entschuldigung, Heinz, kannst du kurz vortragen, was ihr in der Privatwohnung der getöteten Prostituierten Kranitzky vorgefunden habt?"

Ossenkopp blätterte kurz in seinem Notizbuch. „Wie bekannt, wurde Doris Kranitzky am 29. Juni nach 23:00 Uhr ermordet. Etwa sechs Stunden später, also noch vor unserer Frühbesprechung, haben wir uns bereits im Apartment der Prostituierten am Weinberg umgesehen. Aber wir kamen zu spät! Die Wohnung war durchwühlt, ich habe selten solch ein Durcheinander gesehen, umgeworfene Schränke, zerstörte Möbelstücke und aufgeschlitzte Polster. Trotz der Zerstörung konnten wir feststellen, dass hier die Inneneinrichtung einer Luxuswohnung demoliert worden ist, die bestimmt mehr als hunderttausend Euro gekostet hat. Doris Kranitzky muss wohl eine Edelprostituierte gewesen sein, die sicherlich aber auch noch an anderen Geschäften beteiligt war. Hierfür spricht auch ihr Konto bei der Bank, auf dem sich etwa 50.000 Euro befinden. Zur Zeit suchen wir nach weiteren Konten und Schließfächern. Und wir sollten uns die Frage stellen, warum sie trotz ihrer Luxuswohnung am Weinberg und ihres finanziellen Hintergrundes in dem heruntergekommenen Puff gearbeitet hat. Warum hat sie ihre Dienste nicht als Callgirl in einem Apartment angeboten?"

Von Waltershofen wiegte den Kopf hin und her, bevor er nickte: „Nun, das wirft natürlich ein ganz neues Licht auf den Fall. Vielleicht wollte sie aussteigen oder hat jemanden erpresst. Aber das sind nur Spekulationen, die uns im Augenblick nicht weiterhelfen. Wenn wir den Fall realistisch betrachten, haben wir nichts in der Hand."

Ärgerlich stand er auf, blieb hinter seinem Sessel stehen, und fixierte die vor ihm sitzende Kriminalbeamtin: „Frau Sommer, ich erwarte von Ihnen und Ihrer Sonderkommission Erfolge – und zwar umgehend!" Nach diesen Worten nickte er ihnen zu, ließ sich in seinen Schreibtischstuhl sinken und griff zu einer Akte. Für ihn war die Besprechung beendet.

Als sie das Dienstzimmer des Oberstaatsanwaltes verlassen hatten, fluchte Heinz Ossenkopp: „Mein Gott, womit haben wir den verdient?" Und an Kai gerichtet: „Sag mal, hattet ihr in Hannover auch solche Typen?"

„Ja, einen Kriminaloberrat, meinen damaligen Vorgesetzten, der dem Oberstaatsanwalt hier auffallend ähnelt. Ich glaube, die beiden würden sehr gut zusammenpassen. Beide haben von Personalführung null Ahnung."

„Also, was machen wir jetzt?", mischte Severin sich ein.

Kai schwieg, ging zögernd weiter und blieb dann vor dem Portal des Justizzentrums stehen: „Wir sollten noch einmal Tobias Maibach zu einem Gespräch einladen. Vielleicht hat er noch etwas mitbekommen, schließlich war er mehrere Jahre ihr Stammkunde. Zwischen den beiden soll ja ein ganz besonderes Verhältnis bestanden haben. Interessant wäre natürlich, ob sie sich ausschließlich in dem Bordell getroffen haben oder auch in ihrer Luxuswohnung am Weinberg."

Als Kai den skeptischen Gesichtsausdruck ihrer Kollegen sah, fügte sie beruhigend hinzu: „Wie schon gesagt, es soll wirklich nur ein rein informatives Gespräch werden. Tobias Maibach braucht ja nichts mehr zu befürchten, er hat die Tat nicht begangen, die vorliegende DNA-Analyse hat die letzten Zweifel ausgeräumt. Warum sollte er uns also nicht sagen, was er weiß? Auch wenn er wegen der vorläufigen Festnahme noch sauer auf uns ist, müsste er doch ebenfalls an der Aufklärung des Mordes interessiert sein, denn immerhin war Doris seine Stammprostituierte. Vielleicht kann er uns auch verraten, wovor die Damen so furchtbare Angst haben."

*

Tief in Gedanken versunken stand Mustafa Menderes vor der mehrfarbigen und mit Spotlights angestrahlten Landkarte der türkischen Republik, die sich an der Stirnseite der Kulturstätte befand.

Obwohl er sein Land 1980 wegen eines Mordes verlassen musste und die deutsche Staatsangehörigkeit erworben hatte, war er in seinem Denken und Fühlen immer ein Türke geblieben. Wenn es anders gewesen wäre, hätte er es als Verrat an seiner geliebten Heimat empfunden.

Anfangs hatte er im hannoverschen Steintorviertel als Türsteher und Barkeeper gearbeitet und für andere Leute die Drecksarbeit erledigt, aber bereits zehn Jahre später gehörten ihm in Niedersachsen mehrere Bordelle, Diskotheken, Nachtbars, Mietshäuser, und neuerdings auch einige Etablissements in der Domstadt und im Hildesheimer Land. Er bestach, erpresste und bedrohte Politiker und Beamte der verschiedenen Behörden und Ministerien, setzte unliebsame Konkurrenten unter Druck oder ließ sie erbarmungslos aus dem Weg räumen. Zu seinen wichtigsten Grundsätzen gehörte es, stets im Hintergrund zu bleiben und sich nie selbst die Hände schmutzig zu machen, denn dafür hatte er seine Leute, die er gut bezahlte und die jede Drecksarbeit für ihn erledigten.

Aber an Mustafa Menderes gab es noch eine andere Seite! Auffällig oft schlüpfte er in die Rolle des seriösen Wohltäters. Er spendete größere Summen für Kindergärten, Hilfsorganisationen und andere soziale Einrichtungen. Und er war auch ehrenamtlicher

Vorsitzender eines türkischen Kulturvereins und erklärte bei jeder sich bietenden Gelegenheit gebetsmühlenartig, dass seine Kulturstätte eine wichtige Brückenfunktion zwischen der Türkei und Deutschland erfülle.

In letzter Zeit dachte er oft und etwas wehmütig an seine Geburtsstadt Antalya, die er sehr vermisste und in die er seit seiner Flucht nicht mehr zurückgekommen war, da er befürchten musste, dort immer noch wegen Mordes verhaftet zu werden. Aber seit er von seinem Kontaktmann in der Justizbehörde erfahren hatte, dass die hannoversche Staatsanwaltschaft Beweismittel zusammentrug, um schon sehr bald ein Ermittlungsverfahren wegen Steuerhinterziehung, Förderung der Prostitution und noch schlimmerer Straftaten gegen ihn einzuleiten, fürchtete er, dass ihm hier doch die größere Gefahr drohte, wobei ihm besonders der Vorfall in dem Hildesheimer Bordell große Sorgen bereitete. Eigentlich glaubte er nicht wirklich, dass die Beweise gegen ihn für eine vorläufige Festnahme ausreichten, geschweige denn für eine Anklage der Staatsanwaltschaft – aber man konnte ja nie wissen. Um einer Festnahme auf jeden Fall aus dem Wege zu gehen, musste er daher für einige Zeit untertauchen, hoffte aber, bald zu seinen lukrativen Geschäften in Niedersachsen zurückkehren zu können. Allerdings nur dann, wenn ihm sein Informant aus der Justizbehörde grünes Licht geben und ihm keinerlei Gefahr mehr drohen würde.

Um seine Geschäfte in Hildesheim und Hannover machte er sich keine Sorgen, sie würden auch eine Weile ohne ihn laufen, denn schließlich beschäftigte er Leute, die in seinem Sinne funktionierten und alles für ihn taten. Aber er wäre nicht Menderes, wenn er nicht die Gelegenheit nutzen würde, in Antalya neue und lukrative Geschäftsverbindungen aufzubauen. Vordringlich wollte er sich aber mit Unterstützung seiner türkischen Geschäftspartner in seiner alten Heimat ein sicheres Domizil schaffen, in das er bei Bedarf abtauchen konnte.

Ein Geräusch in seinem Rücken ließ ihn herumfahren. Erdal Gezen, sein engster Mitarbeiter und Bodyguard, hatte den langgestreckten Raum des Kulturvereins betreten. Mit geöffneten Händen zeigte Mustafa auf den südlichen Teil der Türkei und sagte mit gedämpfter Stimme, ohne den Blick von der Karte zu nehmen: „Erdal, ich brauche einen Flug nach Antalya, allein für mich, nur Hinflug, am kommenden Montag."

Als er das verdutzte Gesicht seines Vertrauten sah, fügte er erklärend und beschwichtigend hinzu: „Ja, du hast richtig gehört, ich fliege allein! Aber keine Sorge, wir werden in den nächsten Tagen noch Einzelheiten besprechen. Auf jeden Fall wirst du hier die Stellung halten, denn unter Umständen komme ich erst in ein paar Wochen zurück."

*

„Sie sind hier ja ziemlich spartanisch eingerichtet", scherzte Tobias Maibach, schlug die Beine übereinander und schaute sich kopfschüttelnd in dem kleinen Dienstzimmer um, dessen Möblierung lediglich aus einem Schreibtisch, Wandschrank und einigen Stühlen bestand. Die Möbel im glänzenden Eichefurnier standen auf einem billig wirkenden Kunststoffboden; das einzige Farbige in dem Raum war der an der Wand hängende Stadtplan von Hildesheim.

Obwohl Tobias Maibach mit seiner Feststellung durchaus Recht hatte, unterließ es Kai Sommer, darauf einzugehen. Stattdessen kam sie gleich zur Sache: „Herr Maibach, wir benötigen Ihre Hilfe. Es geht noch einmal um den Tod von Doris Kranitzky. Vielleicht können Sie uns bei der Aufklärung des Falles behilflich sein."

Tobias Maibach verzog das Gesicht, warf einen erbosten Blick auf Mike Severin und schaute dann wieder auf Kai Sommer: „Warum sollte ich? Ihre Kollegen waren nicht gerade freundlich zu mir. Wenn ich nur daran denke, wie mich Ihr junger Kollege mit großem Tamtam in den Knast gebracht hat und das ..." Maibach stockte, streifte Mike Severin erneut mit einem wütenden Blick und ergänzte: „Ja, und das mitten in der Nacht! Stellen Sie sich das einmal vor. Abgeführt wie ein Schwerverbrecher und ..."

Beschwichtigend unterbrach ihn die Kriminalbeamtin: „Herr Maibach, das tut uns allen auch sehr leid, das können Sie mir glauben. Aber aufgrund einer durchaus glaubwürdigen Zeugenaussage standen Sie unter dringendem Tatverdacht, und wir mussten Sie daher vorläufig festnehmen. Das ist nun mal unser Job! Allerdings konnten wir Sie dann ja sehr schnell wieder freilassen."

Kai lehnte sich zurück, warf ihren beiden Kollegen einen kurzen Blick zu und fuhr schmeichelnd fort: „Herr Maibach, wir haben uns ja bereits bei Ihnen entschuldigt, aber ich wiederhole das gerne noch einmal."

„Okay, okay, ist ja schon gut! Also, was wollen Sie nun von mir? Oder ist es ratsam, wenn ich gleich meinen Anwalt anrufe?"

„Nein, nein, Herr Maibach, den brauchen Sie nun wirklich nicht. Es geht nur um ein unverbindliches Gespräch oder, wenn Sie so wollen, um einen Gedankenaustausch. Nicht mehr und nicht weniger. Sie sitzen hier weder als Zeuge, noch als Beschuldigter, denn mit dem Tod haben Sie nichts zu tun, die DNA-Analyse hat das ja noch einmal eindeutig bestätigt. Sie können jedoch sicher sein, wir werden den Mörder Ihrer Doris finden, das verspreche ich Ihnen. Wir werden ..."

Tobias Maibach fiel ihr ins Wort und grinste süffisant: „Damit das ein für alle Mal klar ist: Sie war nicht *meine* Doris, sondern lediglich eine kleine Nutte, die ich oft und gern gefickt habe." Maibach seufzte und fügte nachdenklich hinzu: „Allerdings war da noch etwas! Mein Gott, ich weiß nicht, wie ich Ihnen das erklären soll, es ist mir auch etwas peinlich, aber wenn man zweimal in der Woche zusammen vögelt, und das zwei Jahre lang, kommt man sich natürlich auch menschlich etwas näher. Ich will damit sagen, dass es da zwischen uns eine gewisse Vertrautheit gab, sie war mir sympathisch, ich mochte sie und ..."

Er stockte erneut, machte eine Bewegung, als werfe er eine Handvoll Konfetti in die Luft und fuhr dann zögernd fort: „Natürlich waren da keine großen Gefühle im Spiel, aber sie hat mir immer das gegeben, was ich brauchte. Und ich musste auch immer wieder daran denken, dass ich nur einer von vielen war, mit denen sie es getrieben hat. Trotz alledem war sie ein richtiges Vollblutweib, sie konnte zuhören und hatte gewisse sexuelle Techniken drauf. Wissen Sie, Doris war auf ihrem Gebiet einsame Spitze und so etwas wie eine Virtuosin, die in dem Körper eines Mann ein Instrument sah, auf dem man spielte, wobei ihr eigener Körper immer dazu diente ... „

Kai unterbrach ihn: „Herr Maibach, so detailliert wollen wir das gar nicht wissen. Uns interessiert vor allem, wer ihr das angetan und sie so bestialisch ermordet hat. Kann es sein, dass sie Ihnen etwas anvertraut hat, was uns bei den Ermittlungen vielleicht weiterhelfen könnte?"

Tobias Maibach überlegte, ließ sich Zeit mit der Antwort und gab Kai so die Möglichkeit, ihn näher zu betrachten. Er war ein ansehnlicher und anscheinend auch intelligenter junger Mann, noch dazu vermögend und aus gutem Hause. Sie konnte eigentlich nicht verstehen, warum dieser Tobias Maibach zu den Stammkunden einer Prostituierten gehörte, die weitaus älter war als er. Was steckte hinter dieser Beziehung? Gab es da irgend etwas, was er verschwieg? Aber vielleicht steckte wirklich nicht mehr dahinter. Konnte es nicht ganz einfach so gewesen sein, dass er in seiner Geilheit, die ihn ein oder zwei Mal in der Woche heimzusuchen schien, lediglich aus Bequemlichkeit zu dieser Doris ging? Wobei die von ihm angesprochene Vertrautheit sich sicherlich nur darauf beschränkte, dass sie als erfahrene Prostituierte seine sexuellen Vorlieben genau kannte. Und so – oder so ähnlich – hatte er sein Verhältnis ja schon selbst beschrieben.

„Nein, ich glaube nicht, dass ich Ihnen da weiterhelfen kann." Tobias Maibach schüttelte langsam den Kopf.

Kai beugte sich angespannt vor und sagte beschwörend: „Herr Maibach, denken Sie bitte noch einmal genau nach, wir brauchen mehr Hintergrundwissen. Wer hatte ein Motiv, sie umzubringen? Bitte überlegen Sie, gibt es da wirklich nichts, das uns weiterhelfen könnte?"

Ungeduldig mischte Heinz Ossenkopp sich in das Gespräch ein: „Es ist das Einzige, was Sie noch für Doris tun können. Sie haben doch eben selbst gesagt, dass Sie sie gern hatten. Glauben Sie mir, wenn wir den Kerl gefasst haben, werden Sie sich besser fühlen. Verdammt, reden Sie endlich!"

Kai schielte zu ihrem Kollegen hinüber, der seine Unzufriedenheit nur schwer verbergen konnte, und sagte beschwichtigend:

„Herr Maibach, vielleicht haben Sie ja etwas von den Misshandlungen in dem Bordell mitbekommen, denn wie Sie sicherlich wissen, wurden zeitgleich oder einige Stunden früher zwei Kolleginnen von Doris brutal verprügelt und übel zugerichtet, und wir glauben, dass aus Angst keine von ihnen Strafanzeige erstatten will."

Kai schwieg einen Augenblick, ließ ihm Zeit zum Überlegen und fuhr dann mit leiser Stimme fort: „Herr Maibach, Doris muss ein Problem gehabt haben, nicht mit einem Freier, sondern mit Leuten aus dem Milieu. Denken Sie bitte nach! Wurde sie bedroht, machte sie Andeutungen in diese Richtung? Sie kannten sie schließlich gut, und da bleibt es doch nicht aus, dass man auch über solche Dinge redet."

Ossenkopp mischte sich erneut ein: „Verdammt, Herr Maibach, Sie wollen doch auch, dass wir den Kerl fassen. Erzählen Sie uns endlich, was Sie wissen – denn Sie wissen etwas, da bin ich mir ziemlich sicher!"

Tobias Maibach druckste herum und wiegte den Kopf hin und her: „Ja, ja, es stimmt schon! Sie hatte Angst, aber Genaueres weiß ich wirklich nicht. Wie ich mitbekommen habe, war sie einmal in der Woche im Rotlichtviertel von Hannover und hier in Hildesheim zuständig für irgendwelche Drogen. Davon habe ich aber erst kurz vor ihrem Tod erfahren, das müssen Sie mir glauben." Er stockte, hob beschwörend die Hände und bekräftigte mit leicht zitternder Stimme noch einmal: „Damit das klar ist: Ich habe von diesen Geschäften erst unmittelbar vor ihrem Tod erfahren, konnte also nichts mehr dagegen unternehmen."

Kai fiel ihm ins Wort und warf dabei ihren Kollegen einen triumphierenden Blick zu: „Herr Maibach, bitte beruhigen Sie sich. Wenn ich Sie richtig verstanden habe, glauben Sie, dass Doris eine maßgebliche Rolle in der Drogenverteilung gespielt hat?"

Tobias Maibach rieb sich nachdenklich das Kinn und murmelte: „Das könnte durchaus sein, aber, wie schon gesagt, Genaues weiß ich auch nicht."

Mike Severin beugte sich angespannt vor: „Ja, jetzt wird mir einiges klar! Ganz sicher hat sie mit den Einnahmen aus dem Drogengeschäft ihr Luxusleben finanziert, denn der Liebeslohn, den sie als einfache Prostituierte erhielt, reichte hierfür sicher nicht aus. Anscheinend war das Drogengeschäft ihre Haupteinnahmequelle und ihre Tätigkeit in diesem Bordell diente nur der Tarnung, vielleicht ging es manchen Freiern mehr um Stoff als um Sex."

Kai unterbrach den Redefluss ihres jungen Kollegen: „Ja Mike, ich teile deine Auffassung, so könnte es durchaus gewesen sein. Wir müssen jetzt nur noch herausbekommen, woher sie den Stoff bekommen hat. Allerdings ist mir ihre Rolle noch nicht klar. Fest steht zunächst einmal, dass sie das Zeug selbst nicht konsumierte, ein gleich nach ihrem Tod durchgeführtes Drogenscreening konnte das eindeutig klären. Da sie also nicht abhängig war, wird ihre Hauptaufgabe darin bestanden haben, den Stoff entsprechend unter die Leute zu bringen. Nur, an wen? An welcher Stelle stand sie in der Verteilerhierarchie? Wer stand über ihr, und wo befinden sich die Hintermänner? Das sind die Fragen, die zunächst geklärt werden müssen, aber nicht von uns, sondern von den Kollegen des Fachkommissariats 2."

Ossenkopp unterbrach sie und schaute dabei auf Tobias Maibach, der schweigend dem Gespräch der Beamten gefolgt war und den Kai Sommer vergessen zu haben schien: „Können wir uns von Herrn Maibach verabschieden?"

„Ich meine ja. Aber vielleicht brauchen wir ihn später noch einmal." Mit einem anerkennenden Lächeln wandte sie sich an Tobias Maibach: „Wir sind Ihnen sehr dankbar, Sie haben uns ein ganzes Stück weitergeholfen. Vielen Dank für Ihre Hilfe." Dann fiel ihr noch etwas ein: „Sagen Sie, haben Sie den Namen Mustafa Menderes schon einmal gehört?"

Tobias Maibach ließ sich noch einmal auf den Stuhl sinken, rieb sich wieder nachdenklich das Kinn und nickte langsam: „Ja, das ist doch der Typ, dem das Bordell gehört. Ein Schönling, ich glaube ein Türke. Ihm gehören, soviel ich weiß, auch noch andere Nachtlokale und Bordelle in der Umgebung. Doris hat mir von ihm erzählt. Ein ganz übler Bursche. Glauben Sie etwa, der hat mit der Sache was zu tun?"

Ohne auf seine Frage einzugehen, bohrte Kai: „Kennen Sie ihn persönlich?“

„Nein, nein“, beeilte sich Maibach zu sagen, „nicht persönlich, ich habe ihn nur einmal gesehen. Er stieg gerade in seinen dicken Mercedes, sein Fahrer hielt ihm die Tür auf und ...“

Heinz Ossenkopp mischte sich ein: „Wie steht es mit Erdal Gezen, ist Ihnen dieser Name ebenfalls bekannt?“

„Wer soll das sein? Auch ein Türke, nehme ich an. Oder? Wie sieht er denn aus?“

Kai nickte: „Ja, ein Türke, ein Kerl wie ein Baum, etwa zwei Meter groß, er trägt immer einen Anzug, weißes Hemd, dicke Rolex am Handgelenk, Goldkettchen um den Hals, er ist Bodyguard bei diesem Mustafa Menderes.“

„Ja, das könnte der Chauffeur sein, der den Mercedes gefahren hat, aber auch den kenne ich nicht persönlich. Und“, fügte Maibach trotzig hinzu, „ich lege auch keinen Wert darauf, solche Leute kennenzulernen.“ Plötzlich schien ihm noch etwas einzufallen: „Wenn ich es mir recht überlege, könnte dieser Erdal Gezen der Kerl sein, den die Damen *Eddie* nennen. Eddie! Ja, so nennen sie den Typen, der die Miete kassiert und es sich bei der Gelegenheit auch besorgen lässt, natürlich kostenlos. Mit Doris hat er es auch schon getrieben, ein ganz mieses Schwein ist das! Wenn ich könnte, würde ich den ...“

Zornesröte stieg ihm ins Gesicht, aber er sollte sich in Gegenwart der Polizisten vielleicht besser nicht so gehen lassen.

4

Sie trafen sich im Besprechungszimmer des Fachkommissariats: Der Oberstaatsanwalt, Friedrich Hundertmark und Kai Sommer mit ihren Kollegen Heinz Ossenkopp und Mike Severin. Von Waltershofen hatte darauf bestanden, mit ihnen das weitere Vorgehen im Fall Doris Kranitzky abzustimmen, und Kai sollte im Fall Sonja Becker einen kurzen Sachstandsbericht abgeben.

Nachdem Kai ausführlich über den Stand der Ermittlungen und das Gespräch mit Tobias Maibach berichtet hatte, meinte sie abschließend: „Nach alledem dürfte zweifelsfrei feststehen, dass Mustafa Menderes und sein Bodyguard zumindest mit dem Tötungsdelikt an Doris Kranitzky und sicherlich auch mit den Misshandlungen der beiden Prostituierten etwas zu tun haben. Wir sollten daher ..."

Entrüstet fiel ihr von Waltershofen ins Wort: „Frau Sommer, mit dem Terminus *zweifelsfrei* sollten Sie sorgfältiger umgehen. Noch vor ein paar Tagen vertraten Sie die Auffassung, Tobias Maibach sei *zweifelsfrei* der Hauptverdächtige im Tötungsfall Doris Kranitzky. Ja, und dann auch noch diese rechtswidrige Festnahme des jungen Mannes, völlig übereilt und auch sehr, sehr peinlich."

„Aber, Herr Oberstaatsanwalt, in diesem Fall liegen die Dinge völlig anders, und die Beweislage ist nicht vergleichbar", protestierte Kai Sommer und fügte hinzu: „Und im Fall Tobias Maibach, mit dem Sie ja, wie ich leider erst von dritter Seite erfahren musste, verwandt sind, habe ich niemals das Wort zweifelsfrei benutzt. Ich weiß nicht, von wem Sie das haben."

Unbeirrt und ärgerlich fuhr von Waltershofen fort, wobei sich sein Hals und seine Stirn bis zum Haaransatz langsam rot färbten: „Auf jeden Fall hätten Sie mich vorher informieren und ins Bild setzen müssen, denn schließlich bin ich als der zuständige Staatsanwalt nun einmal Herr des Verfahrens ..."

Er stockte, betupfte mit einem blütenweißen Taschentuch seine Stirn und fuhr fort: „Sie können sicher sein, ich hätte Ihnen von dieser völlig übereilten Festnahme abgeraten oder es sogar verboten, denn schließlich gehört es zu meinen und auch zu den Aufgaben Ihres Vorgesetzten, den Ermittlungsbeamten Grenzen aufzuzeigen." Als er das sagte, warf er Hundertmark einen vorwurfsvollen Blick zu.

„Was für ein scheinheiliger Kotzbrocken", ging es Kai durch den Kopf, „offensichtlich will er mich wieder einmal in ein schlechtes Licht rücken. Nur, was bezweckt er damit?" Sie riss sich zusammen, zwang sich zu einem leichten Lächeln und bemühte sich, dem Oberstaatsanwalt weiter zuzuhören.

Der dozierte nun mit erhobenem Zeigefinger: „Auch im Fall Mustafa Menderes wäre ich äußerst vorsichtig. Denken Sie an die Pleite, die Sie im vorigen Jahr hinnehmen mussten, als Sie Menderes in Verbindung mit diesen hannoverschen Frauenmorden in Polizeigewahrsam nehmen wollten. Ja, Frau Sommer, da staunen Sie! Rein zufällig habe ich nämlich davon erfahren, als ich kürzlich eine Besprechung in Hannover hatte. Wie gesagt, es war rein zufällig – aber Schwamm darüber! Auf jeden Fall sollten Sie bei Ihren Ermittlungen nicht vergessen, dass Menderes immer noch eine weiße Weste hat und sich beispielgebend für soziale Einrichtungen und das Gemeinwohl auch in unserer Stadt einsetzt. Mein Gott, Frau Sommer, lesen Sie denn nicht die Hildesheimer Allgemeine?"

Kai konnte nicht glauben, was sie da hörte. Wie um alles in der Welt kam dieser Kotzbrocken dazu, bei ihrer früheren Dienststelle derartige Nachforschungen über sie anzustellen? „Rein zufällig" – für wie blöd hielt er sie? Sie schluckte, ballte verstohlen ihre Hände zu Fäusten und bemühte sich, ihrer Stimme einen festen Klang zu geben: „Bei allem Respekt, Herr Dr. von Waltershofen, Sie sollten nicht vergessen, dass Mustafa Menderes ganz oben auf der Liste der hannoverschen Staatsanwaltschaft und des Landeskriminalamtes steht. Ich kenne ihn persönlich, und er ist weiß Gott kein unbeschriebenes Blatt. Auf jeden Fall hat er seine Finger in vielen schmutzigen Geschäften, doch leider reichen die Beweise anscheinend noch nicht für eine vorläufige Festnahme aus, aber glauben Sie mir, das dürfte nur noch eine Frage der Zeit sein. Ein Wohltäter, der sich dem Gemeinwohl verpflichtet fühlt!

Herr Dr. von Waltershofen, ich kann Ihnen aus eigener Erfahrung versichern, Mustafa Menderes ist alles Mögliche, nur das nicht!"

Hundertmark kam Kai Sommer zu Hilfe: „Bei allem Verständnis, auch ich begreife nicht ganz, warum Sie den Mann so kritiklos in Schutz nehmen und ..."

Von Waltershofen machte ein beleidigtes Gesicht und unterbrach ihn: „Wissen Sie, ich kenne das Dossier über diesen Menderes ja nicht, aber ich muss doch den zur Zeit in Hannover laufenden Ermittlungen völlig unbefangen gegenüberstehen, denn Gott sei Dank gibt es in unserem Rechtssystem immer noch den Grundsatz der Unschuldsvermutung." Er stockte und fügte dann einlenkend hinzu: „Aber ich werde mich natürlich um diese Sache kümmern, das kann ich Ihnen versichern."

Hundertmark ergriff das Wort: „Meine Herren, wir haben gehört, was Frau Sommer uns gerade berichtet hat. Ich muss sagen, ich teile ihre Auffassung, denn auch ich meine, dieser Menderes und sein Bodyguard haben etwas mit dem Mord und den Misshandlungen im Milieu zu tun. Frau Sommers Worten habe ich entnommen, dass er sich natürlich nicht selbst die Hände schmutzig macht. Es wird daher sehr schwer sein, an ihn heranzukommen, denn er hat nach wie vor, und da muss ich wiederum Herrn von Waltershofen Recht geben, immer noch eine weiße Weste, zumindest rein äußerlich."

Etwas versöhnlich gestimmt fügte von Waltershofen hinzu: „Ich werde auf jeden Fall Kontakt mit den Kollegen der hannoverschen Staatsanwaltschaft aufnehmen – ich bin gespannt, was die haben. Vielleicht gibt es ja inzwischen neue Erkenntnisse. Wenn wir ihn jedoch vorladen sollten, ich spreche hier ganz bewusst im Konjunktiv, müssen wir aber schon etwas Beweiskräftiges auf den Tisch legen können. Wir brauchen konkrete Anhaltspunkte seiner Tatbeteiligung, die auch den Haftrichter überzeugen, sonst zerreißt uns sein Anwalt, dieser Winkeladvokat, wie heißt er noch gleich ...?"

„Roxfeld, Dr. Roxfeld", warf Ossenkopp ein.

Von Waltershofen nickte und wollte mit seinen Ausführungen fortfahren, doch Kai kam ihm zuvor: „Warum befassen wir uns nicht zunächst mit dem schwächeren Glied? Ich meine, mit diesem Erdal Gezen. Meiner Meinung nach kennt er keinerlei Skrupel, ich halte ihn für gefühllos und, auch wenn das jetzt theatralisch und reißerisch klingen mag, für eine Tötungsmaschine. Ich habe ihn, wie auch seinen Herrn und Meister, genau kennengelernt. Und daher kann ich mir sehr gut vorstellen, dass er Doris Kranitzky umgebracht hat und auch für die Misshandlungen verantwortlich ist."

„Aber wenn, dann sicherlich nur im Auftrag", unterstützte Ossenkopp die Meinung seiner Kollegin. „Ich sehe das so: Einige Damen wollten aus dem Drogensumpf oder der Prostitution aussteigen, wurden mit Gewalt daran gehindert, brutal verprügelt und ..."

Hundertmark unterbrach ihn: „Ja, wie wir alle wissen, ist das Aussteigen wirklich ein riesiges Problem und leichter gesagt als getan. Ich meine, hier in Hildesheim stellt sich das Problem noch nicht so krass wie in anderen großen Städten. Ganz schlimm muss es in Berlin, Hamburg, Köln und München sein, aber auch in unserer Landeshauptstadt! Nur leben wir schließlich auf keiner Insel, denn wie zu befürchten ist, kann sich dieser verdammte Sumpf aus Hannover auch hier bei uns in der Domstadt ausbreiten. Entschuldigen Sie bitte diesen kleinen Exkurs, ich glaube, ich bin etwas vom Thema abgekommen." Er hob bedauernd die Hände und wandte sich wieder an Ossenkopp: „Ich hatte Sie unterbrochen, bitte fahren Sie fort."

„Meine Recherchen gehen genau in diese Richtung und bestätigen, was Sie gerade gesagt haben. Wie von mir vermutet, wollten auch in unserem Fall einige Damen den Ausstieg schaffen – und mit den Misshandlungen sollte das mit brutaler Gewalt unterbunden und wohl auch ein Exempel statuiert werden. Um eine ganz andere Dimension ging es natürlich bei Doris Kranitzky. Sie hatte offenbar eine exponierte Stellung, stand unter Umständen sogar mit an der Spitze eines Drogenverteilerrings, was sich schon aus ihrem luxuriösen Umfeld schließen lässt. Wahrscheinlich war sie mit den Konditionen ihres Bosses nicht mehr einverstanden, wollte ein größeres Stück vom Kuchen abhaben oder vielleicht sogar aussteigen – was weiß ich? Denkbar ist auch, dass sie jemanden erpresst hat."

Hundertmark nickte verstehend: „Herr Ossenkopp, vielen Dank für Ihren Beitrag. Ich sehe den Fall ähnlich wie Sie und Ihre Kollegin." Er warf einen flüchtigen Blick auf von Waltershofen, der etwas skeptisch in die Runde blickte und den Kopf hin und her wiegte, und wandte sich an Kai Sommer: „Aber kommen wir doch wieder auf das von Ihnen angesprochene *schwächere Glied* zurück. Wie ich Sie kenne, Frau Sommer, haben Sie bestimmt schon einen Vorschlag. Oder?"

„Ja, allerdings! Ich schlage vor, Herrn Gezen eine Speichelprobe für eine gentechnische Untersuchung abzunehmen, denn schließlich haben wir bei der ermordeten Doris Kranitzky ausreichend Fremdmaterial für eine vergleichende Analyse gefunden. Außerdem ..."

„Da wir derzeit noch keinen konkreten Tatverdacht gegen Erdal Gezen haben, kann ich dem im Augenblick nicht zustimmen – zumindest nicht offiziell!", unterbrach sie der Oberstaatsanwalt. „Abgesehen von der Tatsache, dass uns zur Zeit noch die rechtliche Möglichkeit fehlt, würde das auch sehr viel Staub aufwirbeln. Aber vielleicht finden Sie ja eine andere legale Möglichkeit, unauffällig an entsprechendes Vergleichsmaterial heranzukommen."

„Wir können ja in sein Badezimmer eindringen, um uns ausgekämmte Haare oder anderes Körpermaterial zu holen, wie man es oft in Kriminalfilmen sieht", warf Severin grinsend ein, was ihm aber sofort einen tadelnden Blick und eine Zurechtweisung des Oberstaatsanwaltes einbrachte.

„Nein, Herr Severin, ich sprach von einer *legalen* Möglichkeit, was Sie da vorschlagen, ist völlig daneben und dem Ernst der Lage nun wirklich nicht angemessen ..."

Wieder einmal musste Kai sich zusammenreißen, um nicht mit von Waltershofen aneinander zu geraten. Sie mochte seine Art nicht, mit den Ermittlungsbeamten umzugehen. Dieses Oberlehrerhafte, gepaart mit Arroganz und fehlender Sensibilität, war kaum zu ertragen. Sie fragte sich, ob das Wort Humor überhaupt in seinem Sprachschatz vorkam und wann er das letzte Mal so richtig gelacht oder gar selbst eine witzige Bemerkung gemacht hatte.

Kai streifte ihren jungen Kollegen mit einem beruhigenden Blick, ignorierte den Oberstaatsanwalt und sagte, ohne jemanden anzusehen: „Ich habe eine Idee, wie wir legal an entsprechendes Vergleichsmaterial herankommen, oder sagen wir, so gut wie legal."

*

Langsam gewöhnte Frank Dutschke sich an die wiedergewonnene Freiheit und genoss es, seinen Tagesablauf abgesehen von den Arbeitszeiten selbst bestimmen zu können. Er bemühte sich, nicht mehr an die Vergangenheit zu denken, an den Verlust wertvoller Jahre seines Lebens. Schluss mit trüben Gedanken, mahnte er sich, schließlich wurde er heute, am 10. Juli, 28 Jahre alt! Aber an seinen letzten in Freiheit gefeierten Geburtstag, der nun schon sechs Jahre zurücklag, konnte er nur mit leichter Wehmut zurückdenken. Seine älteren Geschwister Alfons, Bertram und Clemens waren vorbeigekommen, um ihm zu gratulieren, seine Schwestern Doris und Ellen hatten angerufen und ihm alles Gute gewünscht.

Seitdem war so unendlich viel passiert. Seine Mutter und seine Geschwister hatten sich von ihm losgesagt und ihn auf immer und ewig verstoßen. Mittlerweile meinte er, sich damit abgefunden zu haben, aber das war reine Selbsttäuschung! Denn nach all den Jahren rumorte es auch heute noch in ihm, und hin und wieder spürte er Wut und Hass in sich aufsteigen, die sich nicht nur gegen seine Familie richteten, sondern besonders auch gegen seine ehemalige Lebensgefährtin. Nun gut, er war damals wieder einmal stark angetrunken gewesen und wusste nicht mehr, was er tat. Er hatte sie geschlagen und die Kinder wieder einmal mit zu sich ins Bett genommen. Aber warum, zum Teufel, musste sie deswegen gleich zu den Bullen laufen? So weit er das beurteilen konnte, hatten sie und die Kinder keinerlei Schäden davongetragen. Verdammt, die Schlampe hätte doch mit ihm reden können!

Obwohl er vieles verdrängt hatte, tauchten einige Szenen von damals immer wieder vor seinen Augen auf. Er versuchte, diese Erinnerungen beiseite zu schieben. Als ihm das nicht gelingen wollte, sprang er entschlossen aus dem Bett, streifte sich den blauen Jogginganzug über und schlüpfte in die Sportschuhe.

Auch heute joggte er wieder an den Kleingärten vorbei und kaufte sich auf dem Rückweg eine Bild-Zeitung und zwei Brötchen. Er duschte, begann danach zu frühstücken und blätterte dabei gemächlich in der Zeitung.

Das kurvenreiche Model auf der ersten Seite schien ihn verführerisch anzulächeln, er schloss eine Weile die Augen und sah sie wieder vor sich: die jungen Frauen, die an den Badeseen und Schwimmbädern ihre gut gebauten Körper bräunten oder sich mit wippenden Brüsten im Wasser tummelten. Er musste sich schon schwer zurückhalten, um nicht über sie herzufallen, in sie einzudringen und seine Lust an ihren jungen Körpern zu stillen. Diese Fantasien beschäftigten ihn nicht nur tagsüber, sondern drängten sich auch immer häufiger in seine Träume hinein.

Im Maßregelvollzug hatte er diese Sex-Hemmer bekommen. Wenn er wollte, konnte er auch jetzt noch auf diese Medikamente zurückgreifen, aber er würde den Teufel tun, denn er war froh, nun endlich wieder Sex haben zu können. Kürzlich war er bei einer Nutte gewesen. Die Telefonnummer hatte er aus dem *Kehrwieder am Sonntag*, er kannte die Kontaktanzeige auswendig: „Rosi, OW 80 D, franz. pur bis zum Finale u.v.m., Mo. - Fr. 11 - 22 Uhr, Telefon ..."

Das Erlebnis war für ihn ernüchternd gewesen, und im Nachhinein schalt er sich einen Narren, sein Geld zum Fenster hinausgeworfen zu haben. Denn schon als er die unauffällige Etagenwohnung betreten hatte, hätte er gleich seinem ersten Impuls folgend das Haus wieder verlassen sollen. Doch er blieb, und von Lust und Gier gesteuert folgte er der Frau in ein nach billigem Parfüm, Tabak und Sex riechendes Schlafzimmer. Während er sich auszog, sah er, wie sie sich einer Ware gleich mit gespreizten Beinen und einem lasziven Lächeln auf dem breiten Bett räkelte, das war eher abstoßend. Doch seine Erregung war zu groß, und es kam ihm, noch bevor er in sie eindringen konnte - sein Versagen schien in ihrem Sinne zu sein und war schnell verdientes Geld, denn der nächste Kunde wartete schon. Mit einem Lächeln, das kalt wirkte und ihre Augen nicht erreichte, versuchte sie halbherzig, ihn zu trösten, doch er schämte sich, hätte ihr am liebsten die Kehle zugedrückt, und schlich sich davon wie ein geprügelter Hund.

Nach dieser Enttäuschung dachte er daran, sich nach einer festen Beziehung umzusehen, nach einer Lebensgefährtin, die einfühlsam war und mit der er regelmäßig Sex haben konnte. Doch schon kurze Zeit später verwarf er diesen Gedanken wieder, da ihm plötzlich Zweifel kamen, ob er das überhaupt wollte. Das würde ihm ja schon wieder die Freiheit nehmen. Und er hatte auch Angst: Eigentlich fühlte er sich Frauen gegenüber unsicher, sogar sexuell unterlegen. Diese Angst, das wusste er, konnte leicht in Hass umschlagen, ganz plötzlich, ganz schnell. Nicht ohne Grund, schließlich war es ja eine Frau, die ihn tief gedemütigt, vor das Schwurgericht gezerrt und zu einem Kriminellen gemacht hatte.

Vorsichtig stand er auf, tippte die sich auf der Kippe aufgetürmte Zigarettenasche in die Spüle, öffnete weit die Fensterflügel und zog geräuschvoll die Luft in sich hinein. Es schien ein schöner Tag zu werden. Die Sonne strahlte schon kräftig. Behutsam zog er die Jalousie etwas nach unten und schaute dabei blinzelnd auf die andere Straßenseite. Auf einem winzigen, düsteren Balkon des gegenüberliegenden Hauses, den kaum ein Sonnenstrahl erreichte, spannte sich eine Wäscheleine, unter der eine halbtrockene Geranie in einem Blumenkasten ums Überleben kämpfte.

Frank war froh, hier in einer hellen und sonnigen Wohnung zu leben. Langsam zog er die Jalousie noch weiter nach unten, setzte sich an den Küchentisch und studierte im Halbdunkeln den Stadtplan von Hildesheim. Etwas unschlüssig überlegte er und beschloss, zunächst über die Wunramstraße am Hohnsensee vorbei und dann anschließend quer durch die Stadt in Richtung des Hauptbahnhofes zu fahren. Zehn Minuten später war er unterwegs und trat gemächlich in die Pedale.

Und dann passierte es!

Auf der Kaiser-Wilhelm-Straße, in unmittelbarer Nähe des Klinikums, nahm ihm ein Auto mit quietschenden Reifen und aufheulendem Motor die Vorfahrt. Es ging alles so schnell, und nur für den Bruchteil einer Sekunde konnte er einen schnittigen Sportwagen erkennen, der regelrecht auf ihn zuschoss. Aber zu spät, er konnte nicht mehr bremsen, geschweige denn ausweichen. Das rasende Auto erfasste das Vorderrad seines Mountainbikes und schleuderte ihn mitsamt dem Fahrrad auf den Bürgersteig. Er merkte den Aufprall schon nicht mehr, er verlor das Bewusstsein.

Mit furchtbaren Kopfschmerzen erwachte er in einem Bett des Klinikums. Wie er von einer Krankenschwester erfuhr, war er vor etwa einer Stunde bewusstlos zur Notaufnahme gebracht, sofort untersucht und geröntgt worden. Am späten Nachmittag erklärte ihm der Stationsarzt, er würde wahrscheinlich von dem Sturz keine bleibenden Schäden zurückbehalten. Er habe Glück gehabt, einige Prellungen und Hautabschürfungen erlitten, aber keine Knochenbrüche. Nur müsse er vor allem wegen seiner Gehirnerschütterung zur Beobachtung noch bis zum nächsten oder sogar übernächsten Tag in der Klinik bleiben.

Kurze Zeit später erschienen zwei Polizisten und teilten ihm mit, der Fahrer habe sich unerkannt entfernt, und es sei daher wichtig, den Unfallhergang noch einmal genau zu rekonstruieren. Doch Frank Dutschke erinnerte sich nur noch an ein Sportauto und meinte, es sei rot gewesen, aber er hätte es nicht beschwören können. Da er nach dem Aufprall sofort die Besinnung verloren hatte, konnte er keine Angaben über die Automarke, den Fahrer, geschweige denn über das Kennzeichen machen. Es war einfach zu schnell gegangen. Während der jüngere Polizeibeamte sichtlich enttäuscht Franks dürftige Angaben protokollierte, erklärte ihm der andere, dass sie sein beschädigtes Mountainbike sichergestellt hätten und er es sich gelegentlich von der Innenstadtwache am Almstor abholen könne.

Als Frank Dutschke das Protokoll unterschrieb, fiel sein Blick auf das Datum neben seiner Unterschrift: der Tag seines Geburtstages, den er so schnell nicht vergessen würde.

*

Wütend und auch ein wenig enttäuscht schlug Iris Menke auf das Lenkrad ihres Fahrrades.

Andi konnte ihr ein für alle Mal gestohlen bleiben. Anscheinend hielt er sich für was Besseres, was bei der Familie allerdings auch kein Wunder war: Allein schon der Name! Andreas von Grafenstein! Und dann der Vater, gleich doppelt promovierter Professor an der Uni Hildesheim und die Mutter, Eigentümerin einer Boutique in der Hildesheimer Innenstadt, und nicht zuletzt die Villa am Weinberg und das Ferienhaus auf den Kanaren – und er, Andi, der einzige Sohn!

Der Idiot konnte sich gar nicht vorstellen, wie es in einer Familie zuging, die keinen Vater mehr hatte, in einer kleinen Zweizimmerwohnung leben musste und in der die Mutter halbtags im Kaufhof als Verkäuferin arbeitete, um das nötige Geld für den Lebensunterhalt zu verdienen. Denn allein mit der kargen Rente ihres verstorbenen Vaters kamen sie nicht über die Runden, und Sozialhilfe wollte ihre Mutter nicht beantragen.

Aber auf dem Gymnasium Andreanum am Hagentorwall konnte sie fast in allen Fächern bessere Noten vorweisen. Andi und sie besuchten die zehnte Klasse, nahmen regelmäßig an der Musik-AG teil und hatten ab der Jahrgangsstufe acht als dritte Fremdsprache Französisch gewählt – weitere Gemeinsamkeiten fielen ihr nicht ein.

Etwas näher gekommen waren sie sich auf der Fete eines gemeinsamen Schulfreundes, auf den Tag genau vor einer Woche. Sie hatten sich dort das erste Mal geküsst; sie fand ihn ganz nett und er sie offensichtlich auch, und das war auch der Grund, warum sie sich heute am späten Sonntagabend hier im Liebesgrund wieder treffen wollten.

Seufzend und ärgerlich schaute sie auf die Armbanduhr: fünf vor zehn. Verdammt, das konnte er nicht mit ihr machen! Sie würde keine Minute länger warten. Schade, es wäre heute so günstig gewesen, sich zu treffen. Ihre Mutter würde von der Geburtstagsfeier der Arbeitskollegin erst um 23:00 Uhr wieder zu Hause sein.

Sie warf noch einmal einen Blick auf die 87 Holzstufen, die aus dem schluchtartigen Waldstück direkt nach oben zum Andreanum führten und schob ihr Fahrrad langsam in Richtung Bischofsmühle. Da Andi sie offensichtlich versetzt hatte und ihre Mutter noch nicht zu Hause war, ließ sie sich Zeit. Sie hatte es nicht weit, sie wohnte mit ihrer Mutter im dritten Stock eines renovierungsbedürftigen Altbaus an der Dammstraße. Vor ihr tauchte der langgestreckte Fischteich auf, an dem sie hin und wieder die Enten fütterte und den Kindern zusah, wie sie im seichten Wasser ihre Schiffe schwimmen ließen. Langsam wurde es kühler, unter dem verschwenderischen Grün der Baumkronen war es schon recht dunkel. Der Liebesgrund barg für sie immer etwas Geheimnisvolles und Märchenhaftes in sich, besonders wenn dort weit und breit keine Spaziergänger zu sehen waren, so wie jetzt auch.

Ihre Wut auf Andi war immer noch groß. Nur gut, dass sie bald zusammen mit ihrer Mutter in Urlaub fahren würde, erstmals wieder nach drei Jahren. Nach Baltrum sollte es gehen; ihre Mutter meinte, die salzige Nordseeluft sei gut für ihre Bronchien. Zehn Tage wollten sie sich auf der Insel erholen, preisgünstig in einer kleinen Ferienwohnung, ihre Mutter hatte lange auf diesen Urlaub gespart. Und sie würde dort bestimmt nicht mehr an diesen Blödmann denken, das schwor sie sich.

Iris' Gedanken wurden durch einen Jogger abgelenkt, der plötzlich vor ihr auftauchte und wohl rechts vom Jugendheim des Deutschen Gewerkschaftsbundes oder der Schützenallee gekommen war. Genau hatte sie es nicht gesehen. Aber obwohl es zunehmend dunkler wurde, konnte sie noch gut seine roten Haare erkennen und den blauen Trainingsanzug, der etwas zu groß ausgefallen schien und nicht so recht zu seiner hageren Gestalt passte.

Um an ihm vorbeizufahren, betätigte Iris die Klingel, nur kurz und nicht zu heftig, sie wollte ihn nicht erschrecken. Aber anscheinend hörte er es nicht, denn unbeirrt setzte er auf der Mitte des Weges seinen Lauf fort. Verdammt, warum reagierte der Kerl nicht? Aber vielleicht tat sie ihm Unrecht, und der Mann war schwerhörig oder sogar taub. Sie betätigte noch einmal die Klingel, diesmal ein wenig länger. Aber wieder reagierte er nicht.

Iris lenkte ihr Fahrrad auf die äußerste linke Seite, um an ihm vorbeizufahren. Im selben Augenblick verließ der Jogger die Mitte des Weges und lief nun stur auf der linken Seite weiter. Um ihn nicht anzufahren, riss sie reflexartig das Lenkrad nach links, wobei das Vorderrad in einer Vertiefung des regennassen Randstreifens stecken blieb. „Ich hätte rechts an ihm vorbeifahren sollen", schoss es ihr noch durch den Kopf. Aber da war es bereits zu spät, sie konnte sich nicht mehr auf dem Fahrrad halten, schrie erschrocken auf und stürzte seitwärts in die Böschung. Iris spürte einen stechenden Schmerz im Knie, richtete sich etwas benommen auf und hielt Ausschau nach dem Rothaarigen. Empört wollte sie hinter ihm herrufen, ihm ihre Meinung sagen, doch sie konnte ihn nicht mehr sehen, es schien, als habe ihn die beginnende Dunkelheit verschluckt.

Mühsam und ächzend versuchte sie, sich weiter aufzurichten, aber bevor sie ganz auf die Beine kam, hörte sie hinter sich ein stoßweises Atmen und ein höhnisches Lachen.

*

Um halb elf sollte Erdal Gezen seinen Chef vor dem Gebäude des türkischen Kulturvereins abholen. Wie immer war er pünktlich und stand bereits fünf Minuten früher mit der schweren Limousine vor dem unansehnlichen Haus. Seine Blicke schweiften über die trostlos wirkende Fassade und blieben einen Augenblick an der hell erleuchteten Fensterfront des oberen Stockwerks hängen. Sicherlich würde die schon seit zwei Stunden dauernde Besprechung seines Chefs mit Geschäftspartnern aus Polen und der Ukraine noch eine Weile dauern. Es war eine Ausnahme, dass er heute direkt vor dem Gebäude stand. Sonst musste er immer auf einer unauffälligen Nebenstraße parken, denn zu den Prinzipien seines Chefs gehörte es, nicht unnötig aufzufallen. Doch heute hatte er ihm aufgegeben, direkt vor dem Haus zu warten, was sicherlich mit den hochkarätigen Gästen zusammenhing.

Aus der Innentasche seines dunklen Anzugs zog er eine Packung Davidoff und entzündete genüsslich eine Zigarre. Er inhalierte tief, warf das abgebrannte Streichholz in den Aschenbecher der lederbezogenen Mittelkonsole und beeilte sich, das Fenster zu öffnen; sein Chef mochte es nicht, wenn im Auto geraucht wurde.

Erdal Gezen gähnte und lehnte sich gegen die dicken Lederpolster. Er fühlte sich müde und erschöpft, was nicht verwunderlich war, denn er hatte sich heute Morgen bis zwei Uhr um die Nutten in ihrem Haus an der Hannoverschen Straße gekümmert. Da sein Chef ihm völlig vertraute, gehörte es zu seinen Aufgaben, stichprobenartig die Geschäftsabläufe in dem Bordell zu überprüfen und bei Bedarf regulierend einzugreifen, natürlich äußerst diskret, damit die Kunden nicht abgeschreckt wurden.

In den Häusern seines Chefs hatte es bisher auch nie Probleme gegeben, nur in diesem Hildesheimer Bordell war seit einiger Zeit der Wurm drin. Verdammt, sie konnten es nicht durchgehen lassen, wenn die Nutten ihnen ständig auf dem Kopf herumtanzten! Aber nun schien auch dort wieder Ruhe einzukehren; ihre Maßnahmen hatten wohl gewirkt. Seiner Meinung nach hätten sie allerdings schon viel früher eingreifen müssen, vielleicht wäre dann auch die Sache mit Doris Kranitzky nicht nötig gewesen. Er grinste, als er daran dachte, wie die Bullen der Polizeiinspektion Hildesheim im Nebel herumstocherten und erfolglos nach dem Täter suchten. Wie ihm zugetragen worden war, konzentrierten sie ihre Nachforschungen einseitig auf einen durchgeknallten Freier, den es nicht gab. Sollten sie doch. Ihm konnte es recht sein.

Wichtig für sie war, dass das Geschäft in dem Haus an der Hannoverschen Straße wieder in geregelten Bahnen lief und den erwünschten Profit abwarf, so die Worte seines Chefs. Als er heute in den frühen Morgenstunden die Mieten und die Einkünfte aus den lukrativen Nebengeschäften einkassierte, hatte er ein gutes Gefühl. Die Umsätze waren zwar aufgrund der Vorfälle in den letzten Tagen zurückgegangen, aber damit hatten sie rechnen müssen.

Auf jeden Fall würden die Frauen gegenüber den Bullen weiterhin schweigen, denn schließlich ging es hier auch um ihre Existenzgrundlage. Mustafa Menderes hatte durchblicken lassen, ihnen aufgrund der gezeigten Loyalität eine großzügige Sondergratifikation zu gewähren, allerdings erst dann, wenn Gras über die Sache gewachsen und wieder überall Ruhe eingekehrt sei. Sie taten nun wieder genau das, was Erdal Gezen wollte und behandelten ihn mit dem nötigen Respekt. Mit einer von ihnen, die sich ihm gegenüber sonst immer äußerst aufsässig und arrogant verhielt, hatte er heute Morgen viel Spaß gehabt, natürlich ohne dafür zu bezahlen. Erdal Gezen grinste hämisch und kickte den Zigarrenstummel gekonnt durch die spaltbreit aufstehende Fensterscheibe.

Endlich ging das Licht im oberen Stockwerk aus und Minuten später erschienen die Teilnehmer der Besprechung vor dem Gebäude und unterhielten sich noch eine Weile. Behände stieg Erdal Gezen aus und öffnete die linke hintere Tür der Limousine.

Dem Anschein nach hatte das Gespräch einen positiven Verlauf genommen, denn Menderes umarmte seine Geschäftspartner überschwänglich und sah ihnen nach, bis sie aus seinem Blickfeld verschwunden waren. Kaum waren sie allein, änderte sich seine gute Laune, er warf sich wütend auf den Rücksitz seiner Limousine und fluchte verhalten. Erdal drückte die Tür ins Schloss, setzte sich hinter das Lenkrad und nahm über den Rückspiegel Augenkontakt mit seinem Chef auf, wagte aber nicht, ihn nach dem Verlauf des Abends zu fragen.

Und Menderes schien keine Lust zu haben, darüber zu sprechen, wies ihn nur mürrisch an, auf dem kürzesten Weg nach Hause zu fahren. Erleichtert atmete er auf, die südlich von Hildesheim gelegene Jugendstilvilla lag nicht allzu weit entfernt, er konnte sie mit dem schnellen Mercedes in 30 Minuten erreichen. Er ließ den schweren Wagen fast geräuschlos anrollen, fuhr auf die Autobahn und dann weiter auf die nach Süden führende Bundesstraße. Da um diese Zeit nur wenig Verkehr herrschte, drückte er kräftig aufs Gaspedal. Es wurde Zeit, dass er ins Bett kam, denn nur mit Mühe konnte er noch die Augen offen halten. Wenn er allein gewesen wäre, hätte er das Fenster weit geöffnet, laut gesungen oder das Radio auf volle Lautstärke gestellt, aber so ...

Doch als in Sichtweite vor ihm plötzlich blaues Blinklicht aufflackerte, war seine Müdigkeit wie weggeblasen. Abrupt verringerte er die Geschwindigkeit, suchte vergeblich nach einer Ausweichmöglichkeit und zischte: „Verflucht, die Bullen!"

„Bleib ganz ruhig", kam es emotionslos von hinten, „du hast nichts, aber auch gar nichts zu befürchten."

Ein Polizeibeamter schwenkte über seinem Kopf eine rot leuchtende Kelle und lotste ihn an den rechten Fahrbahnrand. Vorn im Scheinwerferlicht konnte Erdal zwei weitere Uniformierte erkennen, die lässig an ihrem Streifenwagen lehnten.

In das Geräusch des nach unten surrenden Fensters sagte der Polizist mit monotoner, aber freundlicher Stimme: „Guten Abend! Allgemeine Fahrzeug- und Alkoholkontrolle, bitte Ihre Papiere."

Er verglich sorgfältig das Bild im Führerschein mit dem Aussehen des Fahrers und anschließend die Eintragungen im Fahrzeugschein mit den Buchstaben und Zahlen des Autokennzeichens.

Während der Polizeibeamte lächelnd die Dokumente durch das Fenster zurückreichte, bemerkte er: „Vielen Dank, Herr Gezen! Die Papiere sind in Ordnung. Da wir auch eine routinemäßige Alkoholkontrolle durchführen, möchte ich Sie bitten, in das Atemalkohol-Analysegerät zu blasen. Wie gesagt, reine Routinesache. Ich nehme an, Sie haben nichts dagegen?" Ohne auf eine Antwort zu warten, gab der Polizist dem jüngeren seiner Kollegen einen Wink, der sich nun mit dem Gerät in der Hand schnell dem Fahrzeug näherte.

Erdal Gezen wollte heftig protestieren und darauf hinweisen, vor dem Autofahren niemals Alkohol zu trinken. Doch bevor er etwas sagen konnte, spürte er die Hand Menderes' auf seiner rechten Schulter. „Nur nicht auffallen", schien auch bei dieser Fahrzeugkontrolle die Devise seines Chefs zu sein. Obwohl ihm dieses Wohlverhalten gegen den Strich ging, presste Erdal Gezen wütend seine Atemluft in das Analysegerät und schluckte den aufkommenden Ärger hinunter. Nach wenigen Minuten war die Kontrollmaßnahme beendet, das Analysegerät zeigte keinen positiven Wert, und Erdal Gezen konnte seine Fahrt fortsetzen.

Polizeioberkommissar Bruno Sander, der die nächtliche Aktion geleitet hatte, warf einen kurzen Blick auf die abfahrende Limousine, griff zufrieden zu seinem Handy und wählte eine örtliche Telefonnummer. Bereits nach dem ersten Freizeichen wurde abgehoben, sein Gesprächspartner schien auf den Anruf gewartet zu haben.

Die Polizeibeamten schalteten das Blaulicht aus, beendeten fünf Minuten später die nächtliche Kontrolle und fuhren zurück zu ihrer Dienststelle an der Schützenwiese. Das Mundstück des Atemalkohol-Analysegerätes befand sich sorgfältig eingetütet in einem sterilen Plastikbehälter.

*

Ursel Menke hatte sich vorgenommen, von der Geburtstagsfeier ihrer Arbeitskollegin und Freundin etwas früher zurückzukommen, zumal sie am nächsten Tag wieder arbeiten musste. Aber es blieb bei dem guten Vorsatz, die Zeit verging wie im Fluge, sie plauderten über alte Zeiten, lachten und tranken, und plötzlich war es schon nach elf, sie musste sich beeilen, der letzte Bus nach Hildesheim fuhr um 23.30 Uhr.

Auf dem Weg vom Sarstedter Neubaugebiet Sonnenkamp zur Bushaltestelle an der Wendeschleife dachte sie an ihre Tochter Iris, die auf sie wartete und mit der sie Donnerstag auf die Nordseeinsel Baltrum fahren wollte. Das weit vor ihr von der Breslauer Straße einbiegende Fahrzeug des Regionalverkehrs Hildesheim riss sie aus ihren Gedanken. Da war der Bus ja schon, sie musste sich beeilen.

Sie schaffte es gerade noch einzusteigen, bevor der Fahrer die Türen schließen und abfahren konnte. Erleichtert atmete sie auf, bezahlte und setzte sich direkt hinter den Fahrer. Hier fühlte sie sich sicherer, denn wiederholt war es in letzter Zeit in den öffentlichen Verkehrsmitteln zu Überfällen und Belästigungen krimineller Jugendlicher gekommen; auch jetzt saßen im hinteren Teil einige schräge Typen, die ihr Angst einjagten. Sie stiegen aber lange vor der Endhaltestelle am Hauptbahnhof aus.

Als Ursel Menke weit nach Mitternacht die Tür ihrer Mietwohnung an der Dammstraße öffnete, war ihr kleiner Schwips dank der frischen Luft fast vollständig verschwunden. Sie streifte die Schuhe von den Füßen und hängte ihren leichten Sommermantel an die Flurgarderobe. Im Bad schminkte sie sich sorgfältig ab, cremte ihr Gesicht ein, putzte die Zähne und verzichtet auf das sonst übliche Waschen, weil das plätschernde Wasser Iris aufgeweckt hätte. Danach schlich sie auf Zehenspitzen in ihr Schlafzimmer.

Ursel Menke lauschte einen Augenblick, aber von Iris war nichts zu hören, sie schien tief und fest zu schlafen. Beruhigt kuschelte sie sich in ihr Bett und lächelte. Nur noch drei Arbeitstage, dann ging es ab in den wohlverdienten Urlaub; die Vermieterin der kleinen Ferienwohnung auf der Nordseeinsel Baltrum wartete schon auf die beiden Menkes aus Hildesheim. Ursel seufzte leise, vielleicht war es ihr letzter gemeinsamer Urlaub, denn immerhin wurde Iris im Dezember schon 17. Von ihren Kollegen aus dem Kaufhof wusste sie, dass ihre Kinder in dem Alter nicht mehr mit den Eltern verreisen wollten.

Als der Wecker um 6:00 Uhr klingelte, wälzte sie sich schlaftrunken aus dem Bett. Selten hatte sie sich so müde und gerädert gefühlt. Schlurfend betrat sie das Badezimmer, spritzte sich kaltes Wasser ins Gesicht und ging dann in die Küche, um die Kaffeemaschine anzustellen. Wie immer klopfte sie pünktlich um 6:30 Uhr gegen die Tür zum Zimmer ihrer Tochter. Sie lauschte einen Augenblick, wartete auf das leise, gähnende Seufzen, verbunden mit der obligatorischen Antwort: „Jahaa, ich komme schon!"

Ursel Menke pochte erneut gegen die Tür, dieses Mal aber etwas fester. Gleichzeitig drückte sie auf die Klinke, öffnete spaltbreit die Tür und erschrak, als sie das unbenutzte Bett ihrer Tochter sah.

5

Der Anruf erreichte Kai Sommer am Dienstag gegen 16:00 Uhr. Ein Kollege von der Innenstadtwache am Almstor teilte ihr mit, dass Ursel Menke aus der Dammstraße sich große Sorgen um ihre 16-jährige Tochter Iris mache, die Sonntagabend nicht nach Hause gekommen sei. Allerdings habe sie das erst am Montagmorgen festgestellt, da sie am Abend vorher auf einer Geburtstagsfeier in Sarstedt gewesen sei. Ja, und seit heute Morgen würde Frau Menke nun fast stündlich bei ihm anrufen und sei zwischendurch auch persönlich erschienen, meist in Tränen aufgelöst und völlig verzweifelt.

„Mittlerweile haben auch wir hier auf der Wache ein komisches Gefühl, zumal es sich bei Iris offensichtlich um ein Mädchen handelt, das mit beiden Beinen fest im Leben steht. Nach den Aussagen von Frau Menke ist Iris noch nie von zu Hause weggeblieben und hat sich immer an die Absprachen mit ihrer Mutter gehalten, zu der sie ein ausgesprochen gutes Verhältnis zu haben scheint, jedenfalls behauptet das die Mutter. Auch Iris' beste Freundin kann sich ihr Verschwinden nicht erklären. Sie hat uns allerdings verraten, dass die Vermisste seit kurzer Zeit mit einem gewissen Andreas von Grafenstein befreundet sei, einem Jungen aus ihrer Klasse. Wir haben ihn aufgesucht, und er hat uns erzählt, dass er sich mit Iris am späten Sonntagabend im Liebesgrund treffen wollte, er aber wegen einer Stirnhöhlenvereiterung dort nicht hinfahren konnte. Gerade vorhin haben wir auch noch einige Mitschüler und den Klassenlehrer befragt, aber ohne Ergebnis – für alle ist ihr Verschwinden ein Rätsel."

Kai nahm die Meldung erst einmal nur zur Kenntnis, die Kollegen hatten schon alles Notwendige unternommen. Und sie hatte mit den Frauenmorden mehr als genug zu tun: Im Mordfall Doris Kranitzky war sie guten Mutes und hoffte, den Mörder bald überführen zu können. Die Sonderkommission zur Aufklärung des Mordes an Sonja Becker trat hingegen seit nunmehr 14 Tagen auf der Stelle, und die vorliegenden Ergebnisse schienen mehr als spärlich! Es gab zwar Hinweise von zwei Zeugen, die einen rothaarigen Mann in einem blauen Jogginganzug gesehen haben wollten. Aber mittlerweile zweifelten sie an deren Aussagen, zumal eine Phantomzeichnung mit einem Aufruf der Polizei in der Hildesheimer Allgemeinen Zeitung bisher erfolglos geblieben war. Aufgrund der gentechnischen Untersuchungen wusste sie nur mit Sicherheit, dass es sich bei dem gesuchten Mann nicht um den Mörder von Doris Kranitzky handeln konnte. Nach wie vor war sie davon überzeugt, dass Erdal Gezen die Tat begangen hatte; sie wartete ungeduldig auf die DNA-Analyse, die zur Zeit im Labor erstellt wurde.

Ihre Gedanken schweiften wieder zu dem, was ihr Kollege gerade über das Verschwinden der Schülerin Iris Menke gesagt hatte. Sie konnte die Sorgen der Mutter gut verstehen. Kai war sich ganz sicher, wenn sie eine Tochter in dem Alter hätte, würde sie auch so oder so ähnlich reagieren. Aber vielleicht machte sich die Mutter unnötige Sorgen, denn immerhin konnte das Mädchen auch eine Freundin oder einen Freund haben, von deren Existenz weder die Mutter noch irgendjemand sonst etwas wusste. Kinder umgaben sich gern mit Geheimnissen, auch wenn sie fast erwach sen waren und zu ihrer Mutter ein gutes, ja, freundschaftliches Verhältnis hatten.

Kai erinnerte sich, dass vor einigen Monaten eine Schülerin mehrere Tage lang verschwunden war; alle hatten das Schlimmste befürchtet. Doch dann stellte sich heraus, dass sich das pubertierende Mädchen Hals über Kopf in einen wesentlich älteren Mann verliebt hatte und mit ihm untergetaucht war, und das mit knapp 15 Jahren! Aber jeder Fall lag anders und musste individuell gesehen werden.

Kai legte ihre Beine auf den Schreibtisch und dachte wieder an Sonja Becker, die vor 14 Tagen im Innern der Bismarcksäule erwürgt und von ihrem Peiniger wie ein nicht mehr benötigter Gegenstand liegen gelassen worden war. Warum hatte sich der Mörder gerade dieses 100 Jahre alte Bauwerk ausgesucht? Gab es dafür einen besonderen Grund? War es für ihn ein besonderer Kick, die junge Frau in diesem historischen Turm umzubringen?

Aber was gab es sonst für Gründe, eine Lehrerin umzubringen, die nur für ihren Beruf lebte und einen untadeligen Ruf hatte? Oder war sie nur zur falschen Zeit am falschen Ort? Es war schwer, hierauf eine Antwort zu finden. Anscheinend wurde sie nicht vergewaltigt, aber gänzlich ausschließen konnten das die Rechtsmediziner zum gegenwärtigen Zeitpunkt immer noch nicht, denn sie mussten eine im Schambereich gefundene Substanz noch analysieren. Kai fragte sich, warum die Auswertung so lange dauerte. Dennoch konnte sie sich gut vorstellen, dass der Täter sich an ihr vergangen hatte, denn immerhin wurde sie von ihm betäubt, befand sich in seiner Gewalt und war auf der mittleren Plattform des Turms völlig hilflos seinen Perversitäten ausgeliefert.

Und konnte es sein, dass die vermisste Schülerin Iris Menke das gleiche Schicksal erleiden musste?

*

Müde schloss Kai ihre Wohnungstür auf, sie war froh, dass dieser Tag endlich zu Ende ging. Sie freute sich auf ein heißes Bad, wollte abschalten und entspannen, wenigstens für ein paar Stunden. Im Flur schleuderte sie die Schuhe von ihren schmerzenden Füßen und lief barfuß in Richtung ihres kleinen Bades; doch noch bevor sie die Tür öffnen konnte, klingelte ihr Handy.

Der Kollege der Innenstadtwache meldete sich. Es war der, der sie wegen der Vermisstensache in der Dienststelle angerufen hatte: „Es tut mir leid, Frau Sommer, dass ich Sie stören muss, aber Kinder haben gerade im Liebesgrund die Leiche einer jungen Frau gefunden. Zwei Kollegen des Erkennungsdienstes sind bereits vor Ort."

Kai verstaute ihr Handy wieder in der Tasche, klappte zwei Scheiben Brot mit Käse zusammen und verließ eilig ihre Wohnung an der Bergstraße. Sie schwang sich auf ihr Fahrrad, fuhr am Dammtor vorbei und dann nach links zur Bischofsmühle. Schon von weitem sah sie die rotweißen Trassierbänder flattern und dahinter die Leute des Erkennungsdienstes in ihren leuchtend weißen Tyrek-Anzügen.

Vor der Absperrung waren zwei uniformierte Kollegen damit beschäftigt, neugierige Zuschauer zurückzudrängen. Immer diese Gaffer! Kai konnte sich jedes Mal darüber aufregen, wie sich einige Leute aufführten, wenn irgend jemand zu Schaden gekommen war. Während sie sich der Gruppe näherte, ließ sie ihre Blicke über die versammelten Menschen schweifen und fragte sich, ob sich unter ihnen auch der Täter befand. Es wäre durchaus denkbar und nicht das erste Mal.

Sie nickte den Kollegen zu, zog über ihre Schuhe Plastiküberzüge, die die Spurenleute für sie bereithielten, griff zu den Latex-Handschuhen und schlüpfte unter dem Trassierband hindurch. Das Mädchen, fast noch ein Kind, lag östlich vom Teich an der steil ansteigenden Böschung in Höhe des Magdalenenklosters, das sich jenseits der Böschung befand. Von der Hüfte abwärts war sie noch mit Laub und Zweigen zugedeckt, die gerade von den Spurenleuten vorsichtig entfernt wurden. Es schien, als sei der Fundort auch der Tatort oder als befände er sich zumindest in unmittelbarer Nähe. Ein Wunder, dass die Kinder das Mädchen hier überhaupt gefunden hatten. Anscheinend waren es die beiden Jungen, nicht älter als elf oder zwölf Jahre, die neben einer uniformierten Polizeibeamtin standen und blass und ängstlich zu ihr herüberblickten. Der Anblick der Toten musste sie stark mitgenommen haben. Kai nahm sich vor, nachher noch mit ihnen zu reden, vielleicht hatten sie in den letzten Tagen eine Beobachtung gemacht, die ihnen weiterhelfen konnte.

Vor ihren Augen tauchte wieder das Bild eines Joggers auf, mit roten Haaren, blauem Sportanzug und weißen Schuhen.

Ohne den Blick von dem toten Mädchen zu nehmen, zwängte sie sich vorsichtig an einem Kollegen des Erkennungsdienstes vorbei und beugte sich über den Leichnam. Ein zierliches, hübsches Mädchen, vielleicht 15 oder 16. Friedlich lag es da, mit geschlossenen Augen, so, als ob es schlafen würde – störend waren nur die dunklen Würgemale an ihrem Hals.

Obwohl es ihr schwerfiel, versuchte Kai, auch diesen Fall mit professioneller Gelassenheit aufzunehmen und zu verarbeiten. Sie bemühte sich um die nötige Distanz und versuchte Gefühle wie Mitleid, Trauer und emotionale Teilnahme erst gar nicht aufkommen zu lassen. Aus eigenem Erleben wusste sie, dass Kollegen, die zwischen sich und dem Opfer diese gefühlskalt erscheinende Wand nicht aufrichteten, an ihrem Beruf zugrunde gehen konnten. Und wenn sie diese Spielregel missachtete, würde es ihr ebenso ergehen. Andererseits konnte sie aber auch nicht aus ihrer Haut, zum Beispiel dann nicht, wenn ein junger Mensch getötet wurde, der sein ganzes Leben noch vor sich hatte. So wie in diesem Fall. Da fühlte und litt sie mit dem Mädchen und glaubte zu spüren, was es in der Zeit vor seinem Tod durchgemacht hatte.

Ihre Gedanken wurden unterbrochen durch einen Kollegen der Spurensicherung, der sich räusperte und dabei nach rechts zeigte: „Der Tatort ist da vorn neben dem Weg, gerade fünf Meter vom Fundort entfernt!“ Er zeigte auf ein weißes Spurenschild, das er gerade in den Boden gesteckt hatte. Danach erklärte er: „Offensichtlich hat der Täter sein Opfer vom Rad gestoßen und anschließend hierher geschleppt.“ Er deutete auf eine Schleifspur, die sich dunkel vom Weg abhob.

„Wieso Fahrrad?“, warf Kai ein und schaute sich suchend um.

„Es liegt da hinten im Teich und gehörte wahrscheinlich dem Mädchen – man kann noch den Lenker erkennen. Auf jeden Fall nehmen wir es mit, vielleicht finden wir am Rahmen Fingerabdrücke oder sonstige Spuren.“

Als Kai den abgesperrten Bereich verließ, wurde sie von dem uniformierten Kollegen der Innenstadtwache angesprochen, der sie zu Hause angerufen hatte: „Ja, Frau Sommer, unsere Vermutung hat sich leider bestätigt. Nach der Beschreibung ist sie es. Schrecklich, wer tut nur so etwas?“

„Wurde Frau Menke schon benachrichtigt?“

„Nein, ich habe das tote Mädchen ja gerade erst gesehen und ...“

„Gut, dann werden wir jetzt zu ihr gehen. Herr Kollege, wir machen das zusammen, die Dammstraße ist ja ganz in der Nähe.“

Als sie an der Bischofsmühle vorbeigingen, kam ihnen der Leiter des Erkennungsdienstes mit schnellen Schritten entgegen. Kai begrüßte ihn und meinte: „Herr Meiberg, ohne Ihnen vorgreifen zu wollen – das hier erinnert mich an den Fall Sonja Becker, ich meine, es ist die gleiche Handschrift. Tschüss! Es wäre schön, wenn Sie mich heute noch anrufen könnten, egal, wie spät es ist."

*

Als sie an dem schmiedeeisernen Tor der Jugendstilvilla läuteten, öffnete ihnen derjenige, den sie suchten und mitnehmen wollten: Erdal Gezen, der Leibwächter von Mustafa Menderes, aber auch sein Chauffeur, Diener, Geldeintreiber, sein Mädchen für einfach alles! Er schaute zunächst irritiert auf den neuen, blausilbrigen Dienstwagen und dann auf die beiden Männer in Straßenanzügen.

„Verdammt, warum habe ich überhaupt geöffnet?", schoss es ihm durch den Kopf, jetzt muss ich mich mit denen rumärgern." Schroffer und lauter, als er eigentlich wollte, fragte er: „Was wollen Sie hier? Herr Menderes ist nicht zu Hause. Sie müssen ..."

„Nein, nein, Herr Gezen, wir wollen nicht zu Ihrem Chef, sondern zu Ihnen. Wir möchten Sie bitten, mit auf unsere Dienststelle zu kommen. Es gibt da noch einige Fragen in Zusammenhang mit den Vorfällen in dem Haus an der Hannoverschen Straße. Reine Routinesache!"

Der etwas korpulente Kriminalbeamte, dem die Lüge glatt über die Lippen kam, lächelte freundlich und zog seinen Dienstausweis aus der Tasche: „Ich bin übrigens Kriminalhauptkommissar Heinz Ossenkopp", stellte er sich vor und deutete auf seinen Kollegen: „Und das hier ist Kriminaloberkommissar Mike Severin." Einladend zeigte er auf den Polizeiwagen: „Bitte, Herr Gezen, nehmen Sie auf dem Rücksitz Platz."

Schweigend und mit mäßiger Geschwindigkeit fuhren sie zu ihrer Dienststelle in Hildesheim. Severin am Steuer, Ossenkopp entspannt in seinem Sitz zurückgelehnt, die Augen geschlossen. Er fragte sich, warum sie Erdal Gezen nicht gleich die Wahrheit gesagt, ihn vorläufig festgenommen und ihm Handschellen angelegt hatten. Aber Kai Sommer wollte Gezen möglichst lange in Sicherheit wiegen und ihn persönlich verhören – zunächst als Zeugen und später aufgrund der erdrückenden Beweislage als

Beschuldigten. So hatte sie es beschlossen, und sie war der Boss! Das musste er anerkennen, auch wenn er sich seinerzeit ebenfalls um die leitende Stelle im Fachkommissariat 1 beworben hatte. Er hatte nie zu denen gehört, die das Gerücht in die Welt gesetzt hatten, sie sei nur deswegen berücksichtigt worden, weil der Innenminister und auch ihr Chef möglichst bald die angestrebte Frauenquote im gehobenen Dienst erreichen wollten. Mittlerweile war viel Wasser die Innerste hinunter gelaufen, Kai Sommer konnte Erfolge aufweisen und wurde nicht nur von ihren Mitarbeitern akzeptiert, sondern auch von den Kollegen der anderen Fachkommissariate. Nur von Waltershofen hatte ihr gegenüber noch Vorbehalte.

Als Ossenkopp auf der Alfelder Straße eine Mutter mit zwei Kindern sah, musste er an seine eigene Familie denken, mit der er am Sonnabend in Urlaub fahren wollte. Kai hatte dem nur ungern nach dem Hinweis auf seine unzähligen Überstunden zugestimmt. Ein wenig konnte er ihre zögerliche Haltung verstehen, denn seit gestern mussten sie zusätzlich auch noch den Mord an der Schülerin Iris Menke aufklären.

Er warf einen flüchtigen Blick auf den hinter ihm sitzenden Erdal Gezen und seufzte leise. Wie schön wäre es, wenn sie diesen Kerl auch für die Morde an Sonja Becker und Iris Menke verantwortlich machen könnten. Aber die gentechnische Analyse hatte eindeutig ergeben, dass er nicht der Mörder der beiden Frauen war.

*

In der Polizeiinspektion angekommen führten sie Erdal Gezen sofort in das Besprechungszimmer, in dem Kai Sommer kurz darauf erschien und noch im Hinsetzen Blickkontakt mit Erdal Gezen aufnahm. „Herr Gezen, wir kennen uns ja bereits aus Hannover. Nur zu Ihrer Erinnerung: Ich bin Kriminalhauptkommissarin Kai Sommer. Wir haben Sie hierher gebeten, um noch einige Fragen im Zusammenhang mit dem Tod von Doris Kranitzky zu klären." Während sie das sagte, schlug sie eine Akte auf und kam dann gleich zur Sache: „Wie gut kannten Sie die Ermordete?"

Gezen zuckte mit den Schultern: „Nur flüchtig! Ich habe lediglich alle vier Wochen von ihr die Miete kassiert, aber näher, nein, näher kannte ich sie nicht."

„Gilt dies auch für die beiden Damen, die in dem Bordell brutal misshandelt wurden?"

„Ja, selbstverständlich, von diesen Damen habe ich ebenfalls nur die Miete einkassiert, allerdings ohne sie näher zu kennen. Tut mir leid, Ihnen nicht weiterhelfen zu können. War's das, kann ich jetzt gehen? Ich nehme an, Sie bringen mich wieder mit Ihrem Dienstwagen zurück?"

Kai ignorierte seine Fragen und fuhr unbeirrt fort: „Mit den Misshandlungen haben Sie also nichts zu tun und wissen auch nicht, wer das den Frauen angetan haben könnte? Oder?"

„Natürlich nicht! Wissen Sie, ich schlage keine Frauen, warum sollte ich auch? Das ist mir auch zutiefst zuwider. Ich bin lediglich Fahrer und Bodyguard von Herrn Menderes. Sonst nichts!"

„Es gibt Gerüchte, Herr Gezen, dass Sie einige der Damen regelmäßig vergewaltigen und ..."

Aufbrausend unterbrach sie Gezen: „Das sind ganz gemeine Lügen! Irgend jemand will mir da was anhängen."

Ossenkopp mischte sich ein: „Und was wissen Sie über die Drogengeschäfte, die in dem Bordell abgewickelt werden?"

„Was ist das denn für ein Blödsinn?" Empört hob Gezen die Hände und schüttelte den Kopf. „So etwas würde Herr Menderes niemals zulassen, schließlich ist er ein ehrbarer Geschäftsmann, der sich für soziale Einrichtungen einsetzt und selbst die Drogenberatung mit Geldspenden unterstützt. Auch hier in Hildesheim ..."

Ärgerlich fiel ihm Kai ins Wort: „Herr Gezen, ich möchte Sie noch einmal auf Ihre Zeugenpflichten hinweisen. Nach den Vorschriften der Strafprozessordnung sind Sie gehalten, wahrheitsgemäße Angaben zu machen. Also, noch einmal: Entspricht das, was Sie gesagt haben, der Wahrheit, oder wollen Sie noch etwas korrigieren oder hinzufügen?"

Heinz Ossenkopp warf seinem Kollegen Severin einen kurzen Blick zu und schaute genervt an die Decke. Es war ihm anzumerken, dass ihn die Verhörmethoden Kai Sommers nicht gerade begeisterten. Seiner Meinung nach musste sie ihn schärfer anfassen, mehr Fangfragen stellen und so das aus ihm herausholen, was er nicht sagen wollte! Es brachte nichts, den Kerl mit Samthandschuhen anzufassen und ihn in dieser lauen Art weiter zu befragen. Wenn es nach ihm ginge, müsste man ihn spätestens jetzt mit dem Ergebnis der gentechnischen Untersuchung konfrontieren.

Erdal Gezen beantwortete Kais Frage, wie Ossenkopp erwartet hatte: „Nein, verdammt, ich habe die Wahrheit gesagt! Wie schon gesagt, mein Chef würde so etwas nicht dulden, er ist ein Ehrenmann. Und wir beide, also Herr Menderes und ich, haben weder was mit dem Mord an dieser Doris zu tun, noch mit diesen verdammten Misshandlungen! Glauben Sie mir, das waren durchgeknallte Freier, und wir würden uns freuen, wenn Sie die Kerle endlich fassen."

Seine Worte klangen ärgerlich, scheinheilig und wenig überzeugend, und mit Genugtuung registrierte Kai, wie er langsam nervös wurde und auf seinem Stuhl hin- und herrutschte. Gerade wollte sie ihre nächste Frage stellen, als von Waltershofen den Raum betrat, sich seitwärts an den Tisch setzte und leise murmelte: „Machen Sie weiter!"

Erdal Gezen kreuzte seine muskelbepackten Arme und wandte sich protestierend an Kai: „Was will der denn? Kann hier jeder reinkommen und zuhören?"

Innerlich musste Kai lächeln, Gezen wurde langsam unsicher. „Das ist Oberstaatsanwalt Dr. von Waltershofen, der Sie sicherlich schon bald wegen Mordes in Tateinheit mit schwerer Körperverletzung anklagen wird."

Innerhalb von Sekunden ging eine Veränderung in Erdal Gezen vor, seine braune Gesichtsfarbe wurde deutlich blasser, und es war ihm deutlich anzusehen, dass er nicht glauben wollte, was er gerade gehört hatte. Doch plötzlich verlor er seine Beherrschung, sprang auf und tobte: „Was zum Teufel soll das? Das können Sie nicht mit mir machen, ich will sofort meinen Anwalt sprechen!"

„Ich nehme an, Dr. Roxfeld", warf Kai ironisch ein.

„Genau, wenn Sie nichts dagegen haben?"

„Herr Gezen, einen Rechtsbeistand werden Sie auch dringend benötigen“, mischte sich nun von Waltershofen ein, „denn ab sofort sitzen Sie hier nicht mehr als Zeuge, sondern als Beschuldigter. Wenn Sie wollen, können Sie jetzt gern Ihren Anwalt anrufen.“

Gezen hatte sich wieder in der Gewalt: „Eigentlich brauche ich keinen Anwalt, schließlich habe ich nichts verbrochen, vielleicht später ...“

Von Waltershofen nickte: „Gut, das ist Ihre Entscheidung. Frau Sommer, machen Sie weiter!“

„Wie gesagt, Herr Gezen, Sie werden ab sofort als Beschuldigter vernommen. Es steht Ihnen frei, sich zu äußern oder nicht.“

Sie schwieg eine Weile, um die Worte auf ihn wirken zu lassen, und sagte dann: „Ich nehme Sie vorläufig fest wegen Mordes an der Prostituierten Doris Kranitzky. Alles, was Sie nun sagen, kann gegen Sie verwendet werden. Sie werden morgen im Laufe des Tages dem Haftrichter vorgeführt.“

Kai klärte ihn weiter über seine Rechte auf, begründete die vorläufige Festnahme und sagte abschließend: „Herr Gezen, das Ergebnis der gentechnischen Untersuchung ist eindeutig, und auch Ihr Anwalt wird Ihnen hier nicht mehr helfen können. Wir werden Sie jetzt in Gewahrsam nehmen, wo Dr. Roxfeld Sie aufsuchen kann. Aber eins würde mich doch interessieren: Warum wollen Sie die alleinige Schuld auf sich nehmen? Wir sind ziemlich sicher, dass Mustafa Menderes Ihnen den Auftrag gegeben hat, Doris Kranitzky zu töten und dass er letztlich auch für die Misshandlungen an den beiden Prostituierten verantwortlich ist. Packen Sie endlich aus! Was wissen Sie über die Machenschaften Ihres Chefs?“ Und mit Blick auf den Oberstaatsanwalt fügte sie hinzu: „Wenn Sie mit uns zusammenarbeiten, könnte das für Sie nur positiv sein.“

Von Waltershofen beugte sich vor und grinste süffisant: „Herr Gezen, es ist schon ein Unterschied, ob Sie wegen Mordes angeklagt werden und vielleicht auch noch die besondere Schwere der Tat festgestellt wird, oder lediglich wegen Totschlags. Glauben Sie mir, dazwischen liegen Welten – und viele, viele Jahre. Überlegen Sie es sich gut!“

Erdal Gezen hockte wie versteinert auf seinem Stuhl, starrte auf einen imaginären Punkt, der sich irgendwo gegenüber an der Wand befinden musste, und schwieg.

Kai erhob sich, öffnete die Tür und nickte den beiden uniformierten Polizisten zu, die draußen warteten: „Bitte, nehmt ihn mit!“

*

Bereits um 6:30 Uhr verließ Kai Sommer ihre Wohnung im Stadtteil Moritzberg, um sich in aller Ruhe in der Polizeiinspektion auf eine Besprechung vorzubereiten. Pünktlich um 8:00 Uhr wollte sie sich mit Kriminaldirektor Hundertmark und ihren Kollegen Ossenkopp und Severin treffen; der ursprünglich vorgesehene Termin mit den Mitgliedern der Sonderkommission sollte daher auf den nächsten Tag verschoben werden.

Ossenkopp würde bald mit seiner Frau und den beiden Kindern verreisen. Kai kannte seine Familie weder persönlich, noch durch Schilderungen; in ihre dienstlichen Gespräche mischte sich nur selten Privates. Eigentlich schade! Im Nachhinein bedauerte sie ein wenig, wie genervt und ärgerlich sie reagiert hatte, als er nur wenige Stunden nach dem Auffinden der Schülerin Iris Menke auf die Ferien zu sprechen kam. Am liebsten hätte sie seinen Urlaub abgelehnt, aber dann hatte sie die traurigen Kinderaugen vor sich gesehen ...

Verdammt, warum musste sie immer wieder an ihre Fehlgeburt vor vier Jahren denken? Das brachte doch nichts, ließ sie nur traurig und manchmal auch depressiv werden. Und wenn sie ehrlich mit sich selbst war, musste sie zugeben, dass sie niemals so weit nach oben gekommen wäre, wenn sie einen Mann oder ein Kind gehabt hätte. Eine Kriminalbeamtin in ihrer Position, noch dazu Mordermittlerin und immer wieder Leiterin von Sonderkommissionen – und dann eine Familie? Nein, das war unmöglich! Selbst die männlichen Kollegen schafften das ja kaum.

Als sie ihr graues Mountainbike auf dem Hof der Polizeiinspektion abstellte, dachte sie an den Rechtsmediziner Dr. Brecht, der sie heute Morgen anrufen wollte. Er brauchte wenig Schlaf und gehörte zu den Frühaufstehern. Es würde sie nicht wundern, wenn er wieder einmal die Nacht durchgearbeitet hätte. Vielleicht gab es im Fall Iris Menke Neuigkeiten. Die ersten Ergebnisse hatte er ihr schon gestern Abend mitgeteilt. Der Tod der Schülerin war am Sonntag, also vor vier Tagen, gegen 22:00 Uhr eingetreten. Plus, minus 60 Minuten. Wie auch im Fall Sonja Becker sei die Tat von einem Linkshänder begangen worden, die Lage der Würgemale ließen keinen anderen Schluss zu.

Mit einer Tasse Kaffee setzte sich Kai an den Schreibtisch. Eine Weile blätterte sie konzentriert in der umfangreichen Mordakte Sonja Becker und in dem neu angelegten und noch dünnen Vorgang Iris Menke. Ohne den Blick zu heben, griff sie tastend zu ihrem Becher, aber noch bevor sie einen Schluck nehmen konnte, klingelte das Telefon. Dr. Brecht war am Apparat, wünschte mit müder Stimme einen guten Morgen und kam gleich zur Sache: „Ich will Ihnen nur schnell die neuen Ergebnisse durchgeben: Wir haben unter den Fingernägeln der toten Schülerin leider kein Fremdmaterial gefunden wie bei Sonja Becker. Sie hatte wohl keine Möglichkeiten, sich zu wehren. Der Täter muss sie von Anfang an dermaßen stark und brutal gewürgt haben, dass durch die Blutleere in ihrem Kopf eine sofortige Ohnmacht und dann der Tod eingetreten ist. Ja, und danach hat er sich an ihr vergangen.

Kai fragte noch einmal nach: „Sie meinen sexuell, nach dem Tod, postmortal?“

„Ja, so ist es! Es gibt keine Zweifel. Allerdings hat er ein Verhütungsmittel benutzt. Anhand der Substanz der Gleitbeschichtung ist es uns sogar möglich, die Marke des Kondoms festzustellen; die Auswertung dauert aber noch einige Zeit. Das Entscheidende ist jedoch Folgendes und wird Ihnen sicherlich gefallen: Bei der Handhabung des Kondoms ist dem Täter ein verhängnisvoller Fehler unterlaufen. Vielleicht aus Nachlässigkeit, Gier, Geilheit, Hektik, Sorglosigkeit, wer weiß? Auf jeden Fall haben wir am Oberschenkel des Opfers winzige Spermaspuren gefunden.“

Der Rechtsmediziner schwieg einen Augenblick, als wolle er diese Neuigkeit auf die Kriminalbeamtin wirken lassen, und fuhr dann fort: „Fast hätten wir die Spur übersehen, was bei dem Blut an den Oberschenkeln kein Wunder gewesen wäre."

Begriffsstutzig fiel ihm Kai ins Wort: „Wieso Blut? Ich denke, das Mädchen wurde erwürgt?"

„Ja, Frau Sommer, da haben Sie völlig Recht. Das Blut kommt auch nicht von einer äußeren Verletzung, sondern von der Defloration – das Mädchen war noch Jungfrau."

Kai spürte ein Würgen im Hals, und wieder einmal fehlte es ihr an der professionellen Gelassenheit, die männliche Mordermittler in einem Fall wie diesem sicherlich gehabt hätten. Aber, verdammt, sie konnte nicht aus ihrer Haut! Sie sah Iris Menke vor sich, wie sie unter dem Gebüsch lag, halb zugedeckt mit Laub und Zweigen, und spürte siedend heiß Wut in sich aufsteigen. Ein junges Mädchen, fast noch ein Kind, mit Träumen, Hoffnungen, Wünschen und unberührt – bis sie ihrem Mörder begegnete. Kai Sommer hasste diesen skrupellosen und vielleicht auch kranken Menschen, ohne sein Gesicht und seine Persönlichkeit zu kennen, und in ihrer Hilflosigkeit war sie unsagbar wütend und betroffen.

Sie warf einen Blick auf ihre Armbanduhr mit Datumsanzeige: Donnerstag, 14. Juli, kurz vor 8:00 Uhr – in wenigen Minuten begann die Besprechung.

*

Als Kai die Tür des langgestreckten Besprechungsraumes öffnete, diskutierten Ossenkopp und Severin gerade über den Hildesheimer Sportverein Eintracht, beendeten aber sofort das Gespräch, als ihre Kollegin sich zu ihnen an den Tisch setzte. Kai wollte gerade etwas sagen, schwieg dann aber, als Hundertmark mit einem freundlichen Morgengruß den Raum betrat und sich suchend umsah: „Ich dachte, unser verehrter Herr Oberstaatsanwalt nimmt ebenfalls an dieser, wie ich meine, wichtigen Besprechung teil und ..."

„Er hat mich vorhin angerufen", klärte Ossenkopp schnell auf, „wahrscheinlich von zu Hause aus, er will etwas später kommen. Ich nehme an, es ist ihm auch noch ein wenig zu früh."

„Wieso ruft der Kotzbrocken meinen Kollegen an", schoss es Kai durch den Kopf, „warum nicht mich oder zumindest Hundertmark?" Aber vielleicht tat sie ihm Unrecht und er hatte es versucht, während sie gerade mit Brecht telefonierte.

Kriminaldirektor Hundertmark unterbrach ihre Überlegungen, er schien zu ahnen, was in ihr vorging. „Frau Sommer, vielleicht fassen Sie zunächst den neuen Sachstand im Fall Kranitzky zusammen, und anschließend können wir dann noch über die Morde an Sonja Becker und Iris Menke sprechen."

Zunächst gab sie kurz die Vernehmung von Erdal Gezen wieder. Als sie auf Dr. Roxfeld zu sprechen kam, der seinen Klienten noch gestern im Polizeigewahrsam aufgesucht hatte, unterbrach Hundertmark sie: „Dieser Winkeladvokat scheint mittlerweile so etwas wie der Hausanwalt gewisser Leute zu sein. Da er unseren Oberstaatsanwalt gestern Abend nicht erreichen konnte, hat er mich angerufen und süffisant in seiner schmierigen Art darauf hingewiesen, dass die Abnahme der Speichelprobe anlässlich einer vorgeschobenen Fahrzeugkontrolle mit den Prinzipien unseres Rechtsstaates nicht zu vereinbaren sei. Und da hat er ja nicht ganz Unrecht, wir hätten Gezens Einverständnis haben müssen, und nun fordert Roxfeld die sofortige Freilassung seines Mandanten und ..."

Kai unterbrach seinen Redefluss: „Entschuldigen Sie bitte, aber in diesem Fall sehe ich das doch ein wenig anders. Bei der Polizeikontrolle wurde Erdal Gezen höflich gebeten, in das Alkohol-Analysegerät zu blasen. Er hätte es nicht tun müssen, aber er hat es getan, und zwar freiwillig und ohne jeglichen Zwang, wobei er natürlich nicht wusste, was wir mit dem am Röhrchen befindlichen Speichel vorhatten."

„Sehen Sie, Frau Sommer, genau das ist der Punkt! Wir haben es ihm nicht gesagt", nickte Hundertmark: „Das ist auch der Grund, warum ich gestern Abend noch – von Waltershofen war ja nicht zu erreichen – ein ausführliches Gespräch mit dem neuen Haftrichter hatte. Er war nicht gerade begeistert von unserem Vorgehen, aber wie es so schön heißt, soll ja der Zweck die Mittel heiligen. Jedenfalls hat er mir zum Schluss unseres Gesprächs versprochen, unsere Aktion im Nachhinein zu legalisieren; somit dürften wir uns ..."

Hundertmark stockte, da sich die Tür öffnete und von Waltershofen ins Besprechungszimmer geschlurft kam, einen Morgengruß brummte und sich ächzend auf einen Stuhl fallen ließ.

„Er sieht so aus, wie man sich landläufig einen Morgenmuffel vorstellt", ging es Kai durch den Kopf, während Friedrich Hundertmark dem Muffel freundlich zunickte, seinen letzten Satz wiederholte und ergänzte: „Also, nachdem der Haftrichter die Speichelprobenabnahme im Nachhinein legalisieren will, befinden wir uns rechtlich gesehen auf der sicheren Seite."

Kai Sommer atmete tief durch, ihr fiel ein Stein vom Herzen. Fragend wandte sie sich an den Staatsanwalt: „Ich gehe davon aus, dass wir Gezen heute noch dem Haftrichter vorführen?"

„Ja, ich habe bereits für 14:00 Uhr einen Termin mit dem Haftrichter vereinbart." Er stockte, schaute zu Kai Sommer und brummte: „Es reicht, wenn Sie dabei sind. Ach ja, Rechtsanwalt Roxfeld habe ich ebenfalls schon von dem Termin in Kenntnis gesetzt."

Ossenkopp räusperte sich: „Müssen wir befürchten, dass der Haftrichter Erdal Gezen auf freien Fuß setzt?"

„Nein, ich glaube nicht! Er wird auf jeden Fall Untersuchungshaft anordnen."

„Was er ja auch problemlos vertreten und begründen kann, da wird Dr. Roxfeld seinem Mandanten auch nicht helfen können," warf Kai ein. „Wie will er auch das Ergebnis der DNA-Analyse aushebeln und erklären, wie Gezens Hautpartikelchen unter die Fingernägel der getöteten Doris Kranitzky gekommen sind?"

Von Waltershofen nickte und bekräftigte: „Ja, die Indizienbeweiskette ist nahezu lückenlos und reicht für die vorläufige Festnahme völlig aus, zumal mit Sicherheit auch Fluchtgefahr bestand. Na ja, zunächst ist erst mal wichtig, dass Gezen noch heute seine Untersuchungshaft in der Justizvollzugsanstalt Sehnde antritt."

Kai Sommer räusperte sich: „Eigentlich gehört ja dieser Mustafa Menderes auf die Anklagebank, Gezen scheint immer nur das getan zu haben, was sein Chef von ihm verlangte. Er war der Täter, da gibt es keinen Zweifel. Aber sein Motiv? Welchen Grund hatte Erdal Gezen, Doris Kranitzky so bestialisch umzubringen?"

Oberstaatsanwalt Dr. von Waltershofen unterbrach sie mit seiner typischen Handbewegung: „Beweise, Frau Sommer, Beweise!

Sprechen Sie doch noch einmal mit Gezen, bevor ich meine Anklage erhebe. Machen Sie ihm klar, dass die Staatsanwaltschaft durchaus bereit ist, ihm entgegenzukommen - man könnte ja auch über Totschlag statt über Mord reden - allerdings nur dann, wenn er dafür etwas anzubieten hat."

Der Oberstaatsanwalt stockte, hob die Arme und fuhr ärgerlich fort: „Aber wir müssen an diesem Mustafa Menderes dranbleiben, ich bin sicher, er ist der Drahtzieher und der eigentlich Schuldige!"

„Ja, die Kleinen fängt man, und die Großen lässt man laufen", warf Severin ein.

„Aber doch nur gezwungenermaßen, Herr Severin", wies von Waltershofen ihn zurecht, „nur gezwungenermaßen, sobald wir den kleinsten Ansatzpunkt haben, werden wir Menderes festnehmen, da können Sie sicher sein."

„Nanu, was ist denn mit dem los?", fragte Kai sich erstaunt. Hatte er Menderes nicht bisher immer für einen ehrbaren Bürger und Wohltäter gehalten? Auch die anderen schauten etwas verständnislos. Aber Kai fasste sich schnell wieder, entschlossen, die Gunst der Stunde zu nutzen: „Vielleicht sollten wir Menderes zu einem informellen Gespräch einladen, denn schließlich haben wir seinen Bodyguard wegen einer schweren Straftat festgenommen. Das müsste ihn doch eigentlich interessieren. Oder sehe ich das falsch?"

Wider Erwarten nickte von Waltershofen: „Ja, so machen wir das, laden Sie ihn meinetwegen ein, aber an dem Gespräch möchte ich unbedingt teilnehmen!" Er sprach nicht weiter, sondern zog mit einer oft geübten, fließenden Bewegung seine vergoldete Taschenuhr aus der Westentasche, ließ den Deckel aufspringen und seufzte: „Schon nach neun. Ein Termin jagt den anderen. Tut mir leid, ich habe noch eine wichtige Besprechung. Frau Sommer, wir sehen uns heute Nachmittag um 14:00 Uhr beim Haftrichter – und ich bitte mir Pünktlichkeit aus! Vielleicht können Sie danach noch kurz berichten, wie weit Sie mit den Ermittlungen bei den anderen beiden Frauenmorden gekommen sind."

Auf dem Weg zur Tür blieb er noch einmal stehen: „Nachdem nun der Fall Kranitzky endlich abgeschlossen ist und der Täter in ein paar Stunden in Untersuchungshaft sitzen wird, erwarte ich von Ihnen, Frau Sommer, sich verstärkt um die anderen beiden Frauenmorde zu kümmern. Wir brauchen hier dringend Erfolge!"

„Herr Oberstaatsanwalt, genau das haben wir vor", versprach Kai und schaute genervt an die Decke.

*

Mustafa Menderes war telefonisch nicht zu erreichen, weder in seiner Jugendstilvilla noch in den Räumen des Kulturvereins oder in einem seiner Etablissements. Kai beschloss : „Mike, wir fahren direkt zu seiner Villa." Während sie schon einmal zur Tür ging, sprach sie weiter: „Vielleicht gibt es da einen Gärtner, eine Haushälterin oder irgendwelche Nachbarn, die uns einen Hinweis geben können, wo er steckt."

Mike nickte ergeben und folgte, noch etwas müde vom Wochenende, seiner dynamischen Kollegin. Wie immer verzichtete sie auf den Fahrstuhl und steuerte mit schnellen Schritten auf den Treppenabgang zu. Zwanzig Minuten später standen sie vor Menderes' Anwesen, das mit seiner hohen Mauer wie eine Festung wirkte. Sie klingelten und riefen, aber niemand meldete sich.

Enttäuscht rüttelte Mike Severin an dem schmiedeeisernen Tor und meinte: „In Kriminalfilmen ist doch immer wieder zu sehen, wie der Ermittler über den Zaun klettert, hin und wieder die Terrassentür aufhebelt oder über ein nur angelehntes Fenster einsteigt."

„Untersteh dich!", lächelte Kai.

Auf dem Weg zurück zum Auto drehte sich Kai noch einmal um und warf einen Blick auf das Eingangstor: „Gut, dann werden wir uns eben deinen Handlanger vornehmen", drohte sie dem abwesenden Menderes und wandte sich dann an Severin: „Wir fahren nach Sehnde. Ich habe unseren Besuch dort heute Morgen schon angekündigt."

„Ich kenne die neue JVA noch gar nicht, war nur einmal in der Nähe."

„Und wo da, direkt in Sehnde?"

„Nein, in Ilten, im Klinikum Wahrendorf." Als Kai ihm einen flüchtigen Seitenblick zuwarf, ergänzte er: „Nein, nicht als Patient in der Psychiatrie, sondern auf einem Sommerfest, das von den Patienten, Mitarbeitern und vielen ehrenamtlichen Helfern ausgerichtet wurde. Eine tolle Sache! Es ist kaum vorstellbar, was der rührige Klinikleiter da mit seinen Mitarbeitern in den letzten Jahren auf die Beine gestellt hat. Dort ist ein richtiges Psychiatriedorf entstanden, natürlich im positiven Sinne – mit Cafés, Bistros, einer Gärtnerei und Tischlerei, Fahrradwerkstatt, Kunstwerkstatt, einem Dorfladen, psychiatrischen Diensten und so weiter und so weiter."

Dann konzentrierte er sich ganz auf die Straße und Kai schaltete das Radio ein. „Weißt du, auf welcher Frequenz ich diesen neuen Hildesheimer Sender bekomme, ich habe erst kürzlich darüber im Kehrwieder gelesen. Ich glaube, er heißt Tonstudio oder so ähnlich."

„Wenn du *Radio Tonkuhle* meinst, den gibt es aber schon über ein Jahr, auf 105,3 glaube ich." Mike stockte, schaute auf seine Armbanduhr und ergänzte: „Jetzt, um 12:00 Uhr, beginnt übrigens das Mittagsmagazin."

Der ganz in Blau gehaltene Eingang der JVA bildete einen seltsamen Kontrast zu dem Grau der über sechs Meter hohen Betonmauer. Schweigend nickten sie der Justizvollzugsbeamtin zu, reichten ihr die Dienstausweise und wurden durch den Personaleingang ins Innere der Anstalt geschleust.

Kurz darauf wurde Erdal Gezen zu ihnen in den Einzelbesuchsraum geführt. Sie stutzten, denn er ähnelte nur noch wenig dem kraftstrotzenden jungen Mann, den sie vor ein paar Tagen dem Haftrichter vorgeführt hatten. Sein sonst gebräuntes Gesicht wirkte blass, die Augen waren ohne Glanz, und er schien abgenommen zu haben. Zudem wirkte er introvertiert und psychisch angeschlagen. Während Kai versuchte, mit ihm ins Gespräch zu kommen, stand Severin auf, lehnte sich mit dem Rücken gegen das Fenster und schaute abwechselnd auf Kai und den Inhaftierten, der offensichtlich nicht vorhatte, irgendwelche Fragen zu beantworten.

Eigentlich war er ein Bild des Jammers, wie er leicht vorgebeugt auf dem Besucherstuhl saß und keinerlei Notiz von ihnen zu nehmen schien. Mike fragte sich, ob sich sein Zustand ändern würde, wenn er erst rechtskräftig verurteilt sein würde. Dann sah er mit Erstaunen, wie Kai in ihre Tasche griff und eine Packung Davidoff auf den Tisch warf. Erdal Gezen hob erstmals seinen Kopf und streifte die vor ihm sitzende Kriminalbeamtin mit einem flüchtigen Blick, und auf seinem Gesicht zeigte sich der Anflug eines Grinsens, das jedoch sofort wieder verschwand.

„Mit Speck fängt man Mäuse", ging es Mike durch den Kopf, wobei er anerkennend auf seine Kollegin und Vorgesetzte schaute. Er wusste nicht wo und wann, aber irgendwie hatte sie es geschafft, ihm seine Lieblingszigarren zu besorgen.

Aber auch die Zigarren brachten nicht den gewünschten Erfolg. Auf die Angebote zur Kooperation, die sie ihm im Auftrag vom Staatsanwalt unterbreitete, ging er genau so wenig ein, wie auf ihre Fragen. Es kam ihnen so vor, als würde Erdal Gezen zum Schutz seines Herrn und Meisters eine für sie undurchdringliche Mauer aufrichten, an der alles abprallte. Nein, so kamen sie nicht weiter! Kai beschloss, das Gespräch zu beenden.

„Wie Sie wollen, Herr Gezen, es wäre wirklich von Nutzen für Sie, sich ein wenig kooperativer zu zeigen. Aber gut, dann werden wir eben weiter versuchen, Ihren Chef zu erreichen, der schont Sie gewiss nicht."

Erdal Gezen sah verstohlen auf seine protzige Armbanduhr und sagte dann hämisch grinsend: „Das wird Ihnen wohl kaum noch gelingen, Herr Menderes ist nämlich ..." Er biss sich auf die Lippen und beendete den Satz nicht – anscheinend hatte er schon zu viel gesagt.

„Verdammt", entfuhr es Kai, „damit hätten wir rechnen müssen!"

Sie stand abrupt auf, gab dem Justizvollzugsbeamten ein Zeichen und schaute dabei über die Schulter: „Herr Gezen, das war noch nicht das letzte Gespräch, wir kommen wieder."

Kai stürmte dem Ausgang entgegen, Severin versuchte, ihr zu folgen und fragte schließlich ungeduldig: „Vielleicht kannst du mir erklären, was du vorhast? Ich verstehe überhaupt nicht ..."

„Gleich, Mike, ich erkläre dir alles im Wagen." Aber bevor wir zurück in unsere Dienststelle fahren, müssen wir noch einen Umweg machen."

6

Hundertmark ließ sich ächzend auf den Besucherstuhl fallen. „Frau Sommer, ich möchte mit Ihnen über die Morde an Sonja Becker und Iris Menke sprechen. Aber vielleicht verraten Sie mir zunächst, wie Mustafa Menderes auf unsere Einladung reagiert hat."

„Gar nicht!", entfuhr es Kai, und sie fügte erklärend hinzu: „Wir haben am Montagmorgen vergeblich versucht, ihn telefonisch zu erreichen. Schließlich sind wir zu seiner Villa gefahren, aber auch da konnten wir nichts erfahren; das Anwesen wirkte wie ausgestorben. Zuletzt führten wir noch ein Gespräch mit Erdal Gezen. Er hat aber kaum etwas gesagt, ist auf unser Kooperationsangebot überhaupt nicht eingegangen. Vielleicht hat er Angst, vielleicht wird er unter Druck gesetzt. Er scheint auch in einem sehr schlechten physischen und psychischen Zustand zu sein, aber das nur nebenbei. Dennoch war die Fahrt nicht ganz ergebnislos! Er hat uns nämlich verraten, wo sich Mustafa Menderes aufhält, wenn auch unbeabsichtigt ..."

Interessiert beugte sich Kriminaldirektor Hundertmark vor: „Frau Sommer, machen Sie es nicht so spannend!"

„Kurz bevor wir uns von ihm verabschieden wollten, sagte Gezen mit Blick auf seine Rolex, wir würden seinen Chef nun ohnehin nicht mehr antreffen. Ich habe sofort verstanden, was damit gemeint war. Um es kurz zu machen: Wir konnten Herrn Menderes am Montagmittag deswegen nicht mehr erreichen, weil er an diesem Tag, also am 18. Juli, in die Türkei nach Antalya geflogen ist. Es war nicht schwer, das herauszufinden, sein Name stand auf der Passagierliste von Hapag Lloyd, Abflug von Langenhagen 03:40 Uhr. Der ist über alle Berge."

Nur schwer konnte Hundertmark seinen Ärger verbergen: „Verdammt, wer zu spät kommt, den bestraft das Leben! Aber irgendwann bekommen wir ihn, da bin ich mir sicher. Der wird nicht für immer in der Türkei bleiben. Oder wir bekommen genügend Beweismaterial für einen Haftbefehl zusammen, dann stellen wir einen Auslieferungsantrag. Nun gut, wenden wir uns den anderen Fällen zu. Wenn Sie mich bitte kurz ins Bild setzen."

„Ja, gern. Also, bei Sonja Becker und Iris Menke gehen wir nun von *einem* Täter aus, und zwar aus folgenden Gründen: Beide Frauen wurden erwürgt, und zwar von einem Linkshänder. In beiden Fällen wurden die Opfer postmortal missbraucht, auch davon können wir mittlerweile ausgehen ..."

„Das ist ja abartig, einfach widerlich!", warf Hundertmark ein und schüttelte sich.

Unbeirrt fuhr Kai Sommer fort: „Im ersten Fall, also bei Sonja Becker, ist den Rechtsmedizinern der Missbrauch zunächst nicht aufgefallen."

Als ihr Vorgesetzter leicht den Kopf schüttelte und sie fragend anschaute, zuckte Kai mit den Schultern: „Es konnten im Schambereich keine Verletzungsspuren festgestellt werden."

„Ja, und warum haben sie ihre Meinung dann revidiert?"

„Das ist leicht zu erklären. Dr. Brechts Kollegin, Frau Wegener, hat sich noch einmal intensiv mit dem Leichnam befasst und dabei im vorderen Scheidenbereich winzige Spuren einer Substanz gefunden, die sich als Gleitbeschichtung eines Verhütungsmittels herausstellte, man hat sie sogar einem bestimmten Kondom der Marke Blausiegel zuordnen können. Und da bei Iris Menke die gleiche Substanz gefunden wurde, dürfte dieses ein weiteres Indiz dafür sein, dass für beide Tötungs- und Sexualdelikte nur ein Täter in Frage kommen kann."

„Frau Sommer, diese Feststellung allein vermag mich aber nicht zu überzeugen, denn sicherlich wird dieses Verhütungsmittel von vielen Männern benutzt. Es kann durchaus Zufall sein."

„Herr Hundertmark, ich sagte ja nur, es ist ein weiteres Glied in der Indizienbeweiskette, das für *einen* Täter spricht. Aber im Grunde können wir die Kondomsache vernachlässigen, denn entscheidend sind die gentechnischen Untersuchungen, die jeden Zweifel ausräumen dürften. Die Rechtsmediziner konnten nämlich am linken Oberschenkel von Iris Menke winzige Spermaspuren feststellen, deren DNA identisch mit der ist, die bei Sonja Becker gefunden wurde."

Zufrieden lehnte Hundertmark sich zurück: „Ja, Frau Sommer, das überzeugt mich. Ein Täter also! Wie sehen nun Ihre nächsten Schritte aus?“

Etwas hilflos hob die Kriminalbeamtin die Arme und seufzte: „Ehrlich gesagt, ich weiß es nicht. Im Augenblick treten wir auf der Stelle, insbesondere auch, weil die DNA der von uns gesuchten männlichen Person nicht in der Datenbank des Bundeskriminalamtes gespeichert ist.“

„Vielleicht handelt es sich hier um einen Ersttäter, der im Sexualstrafbereich noch nicht auffällig geworden ist. Auch das, liebe Frau Sommer, soll es geben.“

„Und warum muss er das so spöttisch sagen?“, fragte Kai sich, fuhr dann aber unbeirrt fort: „Das mag zwar sein, aber ich kann es mir einfach nicht vorstellen - der ganze Tatablauf: geplant, wohlüberlegt und dann die Brutalität und Skrupellosigkeit. Nein, das war kein Ersttäter! Ich bin sicher, er ist in dieser Richtung schon auffällig geworden. Und das sagt mir auch meine Intuition.“

„Lassen Sie das nur nicht unseren Oberstaatsanwalt hören. Sie wissen ja, was der von diesen Eingebungen hält. Aber Spaß beiseite und stellen Sie sich vor, der genetische Fingerabdruck würde bereits zum Standard der erkennungsdienstlichen Behandlung auffälliger Straftäter gehören: Die Datenbank des BKA hätte uns schon lange den Namen unseres Mörders ausgespuckt. Es ist einfach ein Unding, dass wir für jede DNA-Probe eine richterliche Anordnung benötigen. Das begünstigt doch nur den Täter, kann sogar Menschenleben kosten. Der Datenschutz ist sicher wichtig, aber es kann doch nicht sein, dass der Täterschutz eindeutig vor Opferschutz geht . Was für ein Unding!“ Hundertmark hatte sich regelrecht ereifert, nun schwieg er erschöpft und tupfte sich mit einem Taschentuch kleine Schweißperlen von der Stirn.

„Die überwiegende Mehrheit der Kollegen teilt Ihre Meinung, das wissen Sie ja, Herr Hundertmark.“

„Ja, das ist mir klar, wir müssen uns ja auch mit den Folgen dieser Politik rumärgern und können sie nicht ändern. Kommen wir also zu den traditionellen Ermittlungsmethoden zurück. Wenn ich mich recht entsinne, gibt es im Fall Sonja Becker einige Zeugen.“

„Ja, wir haben aufgrund dieser Aussagen in der Hildesheimer Allgemeinen eine Phantomzeichnung veröffentlicht, doch bisher ohne Erfolg."

„Und in dem anderen Fall, gibt es da Zeugen?"

„Nein, leider nicht. Als Iris Menke ermordet wurde, waren kaum Leute unterwegs."

„Nun, dann bleibt im Augenblick wohl nur diese Phantomzeichnung. Bitten Sie doch die Zeitungsredaktion, sie nochmals abzudrucken. Vielleicht bringt das was. Und sobald es Neuigkeiten gibt, rufen Sie mich an, egal, wie spät es ist."

Beim Verlassen des Zimmers blieb er im Türrahmen stehen und drehte sich noch einmal um: „Ich wünsche Ihnen und den Kollegen der Sonderkommission viel Erfolg."

Kai nickte und meinte nachdenklich: „Vielen Dank, Herr Hundertmark. Ich bin sicher, wir werden ihn fassen. Meine größte Sorge ist jedoch, dass er, bevor wir ihn finden, erneut zuschlägt und sich der Fall zu einer Serie entwickelt."

*

Karin, die Mutter Frank Dutschkes, wurde drei Jahre vor dem Ende des Zweiten Weltkrieges in Hildesheim geboren. Eine unbeschwerte Kindheit hatte sie gewiss nicht. Mit ihren Eltern und vier jüngeren Geschwistern wohnte sie an der Münchewiese in einer Dreizimmerwohnung mit Küche und einem kleinen Abstellraum, in dem eine gusseiserne Badewanne auf vier Füßen stand; die Toilette auf dem Flur teilten sie sich mit anderen Mietern. Als Älteste übernahm Karin schon sehr bald einen Großteil der Hausarbeiten, da ihre Mutter 45 Stunden in der Woche bei Bosch-Blaupunkt im Schichtdienst arbeiten musste.

Ihren Vater hatte sie aus ihrer Erinnerung verbannt. So lange sie denken konnte, war er eine Belastung für die Familie gewesen. Jeweils in den Sommermonaten arbeitete er als ungelernter Arbeiter im Hildesheimer Hafen, hin und wieder auch bei einer Straßenbaufirma an der Lavesstraße. In der übrigen Zeit hockte er von morgens bis abends auf der Küchenbank, stierte vor sich hin, rauchte Kette, vertrank das wenige Geld und verprügelte in regelmäßigen Zeitabständen seine Frau und Kinder. Besonders schlimm war es, wenn er doch einmal die Wohnung verließ und dann volltrunken und laut grölend in den Nacht- oder frühen Morgenstunden nach Hause torkelte, seine Familie weckte und über sie herfiel. Karin Dutschke erinnerte sich noch sehr genau, wie sie alle aufatmeten, als er eine mehrmonatige Haftstrafe im Gefängnis am Godehardsplatz verbüßen musste, in das damals, im Gegensatz zu heute, auch Männer eingewiesen wurden. Aber irgendwann stand er dann wieder vor der Tür und holte das nach, was ihm während der Inhaftierung verwehrt worden war und er offensichtlich vermisst hatte.

Vergeblich hatte Karin ihre Mutter angefleht, sich doch endlich von diesem Kerl zu trennen, der erneut das wenige Geld in Alkohol umsetzte und sie und ihre Kinder weiterhin demütigte und verprügelte. Doch ihre Mutter wollte davon nichts hören, weil sie sich irgendwie für ihn verantwortlich fühlte, und nur Gott allein schien zu wissen, warum sie sich so verhielt.

Noch heute bekam Karin Dutschke ein beklemmendes Gefühl, wenn sie an ihren Vater dachte, der zeitlebens ein Säufer, Faulenzer und Schläger gewesen war. Schließlich starb er 1963 im Alter von 46 Jahren an den Folgen eines Unfalls: Er war nach einem nächtlichen Saufgelage die Treppe hinuntergestürzt. Aber zu diesem Zeitpunkt litt er bereits an fortgeschrittener Leberzirrhose. Selbst im Krankenhaus verzichtete er nicht auf seinen geliebten Alkohol und weigerte sich zudem, die verordneten Medikamente einzunehmen.

Eigentlich war Karin Dutschke froh, nun das Ende ihres Weges erreicht zu haben. Sie wusste es in dem Augenblick, als sie hier in der Onkologie der Medizinischen Klinik 2 des Sankt-Bernwards-Krankenhauses eingeliefert worden war. Ein Krebsgeschwür mit Metastasen, inoperabel. Dennoch hatte sie versucht, dagegen anzukämpfen, aber nun gab sie sich keinen Illusionen mehr hin und fügte sich in ihr Schicksal. Zunächst hatte sie jedoch mit ihrem Schicksal gehadert und Gott verflucht, der so etwas zuließ. Hatte sie in ihrem Leben nicht genug gelitten? Erst die schreckliche

Kindheit, die Schläge und Demütigungen ihres Vaters, dann all die Jahre voller Mühe, Arbeit und Entbehrungen für ihre eigene Familie. Sie hatte niemandem etwas zu Leide getan. Warum, um Himmels Willen, wurde sie jetzt mit diesen Qualen und Schmerzen bestraft? Nein, das war nicht gerecht!

Aber es hatte auch Positives in ihrem Leben gegeben, vor allem natürlich ihre sechs Kinder, die alle verschiedene Väter hatten und sich daher auch so wenig ähnelten. Sie hatte ihnen Vornamen gegeben, deren Anfangsbuchstaben dem Alphabet entsprachen. Alfons, Bertram, Clemens und Doris standen fest im Leben, waren aus Hildesheim weggezogen und hatten eigene Familien. Nur Ellen schien es damit nicht so eilig zu haben, obwohl sie auch schon über 30 war.

Große Sorgen bereitete ihr allerdings Frank, ihr Jüngster. Schon als Jugendlicher hatte er sich herumgetrieben, ständig die Schule geschwänzt, eine Schlosserlehre abgebrochen und war mehrmals mit dem Gesetz in Konflikt geraten. Seine letzte Straftat hatte ihm über fünf Jahre eingebracht. Im Alkoholrausch hatte er mehrmals seine damalige Lebensgefährtin und deren Kinder verprügelt. Aber nicht nur das! Er sollte die junge Frau auch noch vergewaltigt und sich an ihren Kindern vergangen haben. Aber daran hatte Karin Dutschke nie geglaubt. Nein, so etwas tat ihr Sohn nicht! Sie musste es schließlich wissen, denn sie hatte ihn geboren und war seine Mutter. Schläge? Ja! Aber nicht das andere! Nein, niemals! Trotzdem sperrte man ihn mehr als fünf Jahre lang weg.

Seit der Gerichtsverhandlung hatte sie Frank nicht mehr gesehen und nichts mehr von ihm gehört. Sie hatte ihren anderen Kindern versprechen müssen, jeglichen Kontakt mit ihm abzubrechen. Warum sie sich darauf eingelassen hatte, wusste sie heute nicht mehr. Wahrscheinlich hatte sie sich wie ihre Kinder geschämt, jemanden in der Familie zu haben, der nach Auffassung des Gerichts solche furchtbaren Dinge getan haben sollte und deswegen in die Psychiatrie eingewiesen werden musste. Auf jeden Fall hielt sie sich an die Absprache, selbst wenn es ihr, besonders im ersten Jahr, schwergefallen war, denn schließlich war Frank das Nesthäkchen der Familie, wenn auch ihr Sorgenkind.

Jetzt, am Ende Ihres Lebens, stellte sich immer öfter auch eine Traurigkeit darüber ein, dass sie zwar mit mehr als einem Dutzend Männern ihr Bett geteilt hatte, aber keiner darunter gewesen war, der bei ihr bleiben wollte oder den sie sich als Vater ihrer Kinder hätte vorstellen können. Auf ihrer Suche nach Liebe, Nähe und Geborgenheit war sie immer wieder enttäuscht worden. Stets wählte sie Partner, die nur das Eine wollten, ihr jedes Mal den Himmel auf Erden versprachen, um sie dann aber kurzfristig in einer Hölle zurückzulassen, bis sie dem nächsten die Tür öffnete. Einige von ihnen waren verheiratet, oft ohne Arbeit, hatten Alkoholprobleme und lehnten es ab, die Verantwortung für ihre Kinder zu übernehmen.

Obwohl sie hier in der Klinik hin und wieder von ihren Töchtern und Söhnen besucht wurde, fühlte sie sich einsamer denn je, und mit fortschreitender Krankheit fragte sie sich, ob für ihre Kinder diese wenigen Stippvisiten nicht zu lästigen Pflichtübungen wurden.

Bei den Besuchen des Krankenhausseelsorgers hatte sie diese Befürchtungen nicht, es war schließlich sein Job, sich um sie zu kümmern. Die Gespräche mit ihm taten ihr gut, und sie betete seitdem auch wieder und las in der Bibel. Der wiederentdeckte Glaube gab ihr ein wenig Hoffnung und Halt.

Wenn das Morphium für einige Stunden die oft unerträglichen Schmerzen aus ihrem Körper vertrieb, ließ sie oft ihr Leben Revue passieren und hoffte, mit sich und ihrem Gott ins Reine zu kommen. Dabei kreisten ihre Gedanken immer wieder um ein Ereignis ihres Lebens, das zu einer belastenden Erinnerung geworden war: Die Niederkunft vor 28 Jahren, als Frank, ihr Jüngster, geboren wurde im Haus ihres damaligen Arbeitgebers an der Marienburger Straße, eine unkomplizierte Geburt – aber mit einem Geheimnis belastet, das sie wohl mit ins Grab nehmen würde.

*

Als sie ihn in der Nähe des Hildesheimer Hauptbahnhofes in einer Kneipe wegen eines angeblichen Sexualdeliktes vorläufig festnahmen und über seine Rechte aufklärten, hatte er gerade sein sechstes Bier getrunken und wollte ein weiteres bestellen. Er hatte sich in sein Schicksal gefügt und artig seine Zeche bezahlt, bevor er ihnen widerstandslos gefolgt war. Was hätte er auch sonst tun sollen? Aber er verstand nicht, was die Polizei von ihm wollte. Wie kamen sie dazu, ihn einfach mitzunehmen? Gewiss, er hatte so einiges getrunken, aber das war schließlich nicht verboten. Als sie dann auf der Straße vor dem blausilbrigen Polizeiauto standen, hatte er geflucht und protestiert und darauf hingewiesen, dass es sich um eine Verwechslung handeln müsse. Aber die Bullen hatten einfach alles ignoriert, was er sagte.

Mittlerweile saß er hier in der Polizeiinspektion an der Schützenwiese schon über zwei Stunden und harrte der Dinge. Sicherlich gehörte das Wartenlassen zu ihrer Taktik. Er spürte, wie ihm dieses Herumsitzen auf die Nerven ging. Es machte ihn mürbe und unsicher, da er nicht wusste, was auf ihn zukam. Aber so ganz fremd waren ihm diese Methoden nicht, denn vor einigen Monaten hatten sie ihn schon einmal so behandelt.

Auch der Polizist in Uniform, der ihn die ganze Zeit zu beobachten schien, wollte oder konnte ihm nicht verraten, warum er hier war; zweimal hatte er ihn angesprochen und es dann schließlich aufgegeben. Seit dem letzten Versuch würdigte er ihn keines Blickes mehr, sondern versuchte selbst den Grund für seine Verhaftung zu finden. Er nahm den Kopf in beide Hände, zermarterte sich das Hirn, und jetzt, wo der Alkohol sich langsam abbaute, konnte er auch wieder klarer denken.

Nach einer Weile erinnerte er sich an die junge Frau, er hatte sie am Vormittag am Hohnsensee getroffen – war er ihretwegen hier? Nein, das konnte nicht sein, und es fiel ihm schwer, in dem kleinen Vorfall den Grund seiner Festnahme zu sehen. Schließlich war nichts passiert! Er hatte der jungen Frau lediglich zugesehen, wie sie ihr Shirt vom Körper streifte, aufreizend ihre üppigen Brüste einölte und es offensichtlich genoss, dass lüsterne Männeraugen ihren Bewegungen folgten und sie mit ihren Blicken noch weiter auszogen. Auch er konnte sich nicht von ihrem Anblick lösen und musste es einfach tun, wie ein Roboter, dem Befehle einprogrammiert worden waren, die er nach einem vorher festgelegten Funkkontakt ausführen musste.

Er war also plötzlich aufgestanden und hatte sich ihr wie zwangsgesteuert genähert, um ihr beim Einölen zu helfen. Ein wohliger Schauer durchlief seinen Körper, als er sich vorstellte, wie weich und geschmeidig sich ihre Brüste unter seinen öligen Händen anfühlen würden. Und er war fest davon überzeugt gewesen, dass auch sie das angenehm und erregend finden würde.

Aber als er sie mit seinen Händen leicht an den Schultern berührte, schrie sie plötzlich hysterisch auf, schlug ihm ins Gesicht und bedeckte ihre Brüste fast schamhaft mit einem Badetuch. Er wich erschrocken zurück und wusste nicht, wie er sich verhalten sollte. Erst als er die Pfiffe und das Gejohle der männlichen Badegäste hörte, erwachte er aus seiner Reglosigkeit und hetzte davon.

In Panik überquerte er die Straße, die über die Innerste führte, und lief dann zu seiner Wohnung in der nahe gelegenen Wiesenstraße. Völlig erschöpft warf er sich auf das Bett, starrte gegen die Decke und konnte nicht begreifen, warum er so überreagiert hatte. Warum war er nicht am Hohnsensee geblieben? Er hätte sich bei der jungen Frau entschuldigen und erklären können, dass alles nur eine Verwechslung oder ein Missverständnis gewesen sei. Alles wäre dann in Ordnung gewesen. Jetzt schien es allerdings für eine Entschuldigung zu spät. Aber warum hatten die Bullen ihn so schnell gefunden, noch dazu in der Kneipe am Bahnhof?

Wahrscheinlich war er von jemandem erkannt worden oder Badegäste konnten sich an ihn erinnern, denn mit seiner hageren Gestalt, den rötliche Haaren und der für seinen Typ ungewöhnlichen Bräune gehörte er zu denjenigen, die kaum zu übersehen waren.

Aber, was zum Teufel sollte er hier im Gebäude der Polizeiinspektion, war das nicht sogar die Mordkommission? Als die Polizisten ihn vorhin festgenommen hatten, sprachen sie von einem sexuellen Übergriff, aber er hatte es nicht so genau verstanden. Der Alkohol! Wenn es tatsächlich um die junge Frau ging, so hatte er doch wirklich nichts Schlimmes gemacht, womit sich die Mordkommission beschäftigen müsste! Eine Bagatelle, allenfalls.

Ihm blieb keine Zeit, noch weiter über seine Lage nachzudenken. Im Türrahmen erschien eine schlanke Frau mit kurzen, blonden Haaren, etwa in seiner Größe, er schätzte sie auf Mitte 30. Die kannte er, die hatte er erst kürzlich in der Hildesheimer Allgemeinen Zeitung gesehen, die kümmerte sich um Mord und solche schlimmen Sachen.

„Herr Mrotzek, es tut mir leid, dass Sie etwas länger warten mussten. Aber uns ist ein dringender Fall dazwischengekommen." Obwohl sie offensichtlich nicht die Wahrheit sagte, kam ihr die Lüge glatt über die Lippen.

Sekunden später erschien ein Kollege von ihr, der etliche Kilogramm Übergewicht mit sich herumschleppte. Er war braungebrannt und schien gerade erst aus dem Urlaub gekommen zu sein. Der übergewichtige Polizeibeamte wurde von einer kleinen, hutzeligen Frau begleitet, die sich wortlos hinter einem Computerbildschirm verschanzte.

„Verdammt", schoss es ihm durch den Kopf, „was wollen die alle von mir?"

*

Kai Sommer warf einen Blick in die vor ihr liegende Akte und hob den Kopf: „Herr Mrotzek, wie Sie sicherlich schon wissen, sind Sie hier bei der Mordkommission. Mein Name ist Kai Sommer, ich bin die leitende Kriminalbeamtin, und hier neben mir sitzt Kriminalhauptkommissar Heinz Ossenkopp. Wahrscheinlich wird im Laufe der Vernehmung noch ein Kollege zu uns kommen, der für Sexualstraftaten zuständig ist. Da Sie hier als Beschuldigter sitzen, können Sie auch jederzeit einen Anwalt hinzuziehen. Außerdem brauchen Sie auf unsere Fragen nicht zu antworten, wenn Sie sich selbst oder einen nahen Angehörigen belasten würden. Sie haben das verstanden? Gut. Dann zunächst zu Ihren Personalien, die mir ja teilweise schon vorliegen. Sie heißen Rudolf Mrotzek, wurden am 5. November 1970 in Oldenburg geboren, wohnen aber zur Zeit hier in Hildesheim an der Wiesenstraße. Ist das so richtig?"

Sie wartete seine Bestätigung ab, bevor sie weiterfragte: „Herr Mrotzek, was sind Sie von Beruf?"

„Ich bin arbeitslos, schon seit zwei Jahren und ..."

„Das ist kein Beruf. Ich meine, haben Sie etwas gelernt?"

„Ja, Maler und Lackierer."

Kai Sommer nickte und schob die Akte zur Seite: „So, die Personalien dürften jetzt vollständig sein. Also, wie haben Sie sich entschieden, wollen Sie einen Rechtsbeistand?"

„Nein, das kann ich immer noch. Zunächst möchte ich erfahren, was Sie mir vorwerfen, ich bin mir nämlich überhaupt keiner Schuld bewusst."

„Gut, wie Sie wollen, dann kommen wir doch zu dem, was Ihnen vorgeworfen wird. Ein junge Frau hat Anzeige wegen sexueller Belästigung erstattet. Sie sollen sie unsittlich berührt und ..."

Rudolf Mrotzek beugte sich erregt vor: „Aber das stimmt so nicht! Ich wollte ihr nur behilflich sein!"

Erstmals mischte sich Heinz Ossenkopp ein: „Ich erinnere Sie daran, dass Sie bereits einschlägig wegen ähnlicher Straftaten vorbestraft sind und nach dem erneuten Vorfall nun nicht mehr mit einer Bewährungsstrafe rechnen können."

„Aber es ist doch nichts passiert! Es war nur ein Spaß, weiter nichts, ich wollte ihr ..."

Ossenkopp schlug mit der flachen Hand ärgerlich auf die vor ihm liegende Aktenmappe: „Wir haben hier drei Aussagen von Zeugen, die das völlig anders schildern."

Räuspernd unterbrach Kai Sommer ihren Kollegen: „Aber, Herr Mrotzek, vordringlich geht es uns nicht um die Anzeige der jungen Frau, sondern um Straftaten, die ungleich schwerer wiegen, denn schließlich sind Sie hier bei der Mordkommission."

„Vielleicht sollte ich doch einen Anwalt hinzuziehen", fiel ihr Mrotzek mit belegter Stimme ins Wort und rutschte nervös auf seinem Stuhl hin und her.

„Dazu haben Sie gleich noch die Möglichkeit", beruhigte ihn Kai Sommer. „Wie schon gesagt, uns geht es hier nicht um die Anzeige wegen sexueller Belästigung, darum wird sich der Kollege kümmern, der nachher zu uns kommt." Sie schwieg eine Weile, blätterte in der vor ihr liegenden Akte und stellte eine Frage, die offensichtlich mit der Sache im Strandbad nichts zu tun hatte: „Sagen Sie, Herr Mrotzek, sind Sie Links- oder Rechtshänder?“

Irritiert hob Rudolf Mrotzek den Kopf. Man sah ihm an, dass er mit der Frage nichts anfangen konnte.

„Haben Sie meine Frage nicht verstanden? Ich wiederhole sie gern noch einmal.“

„Doch, doch“, beeilte er sich zu sagen, „ich habe Sie schon verstanden. Ich begreife nur nicht ...“

„Das müssen Sie auch nicht, antworten Sie einfach.“

„Also, ich bin Linkshänder, kann aber auch ...“

Unmerklich nickte Kai ihrem Kollegen zu und beugte sich vor: „Uns interessieren aber noch andere Fragen. Wo waren Sie zum Beispiel am 29. Juni, das war ein Mittwoch, und am 10. Juli, einem Sonntag?“

Er versuchte erst gar nicht nachzudenken, hob nur hilflos die Arme: „Wie soll ich denn das noch wissen? Ich führe doch kein Tagebuch.“

„Es ist aber sehr wichtig. Bitte, überlegen Sie, denn solange liegen diese Tage ja noch nicht zurück, besonders der 10. Juli – das war Sonntag vor einer Woche!“

Kai Sommer ließ ihm Zeit zum Nachdenken und nutzte die kleine Pause, ihn näher zu betrachten, die hagere Gestalt, seine rötlichen Haare. Mit einer gewissen Befriedigung bemerkte sie die Schweißperlen, die sich zunehmend unterhalb seines Haaransatzes gebildet hatten. War die Feuchtigkeit auf seiner Stirn nun ein Zeichen seines schlechten Gewissens und seiner Angst vor der Schlinge, die sich immer mehr zuzog, oder gab es dafür andere, ganz banale Gründe? Vielleicht eine plötzliche Kreislaufschwäche?

Sie schob diese hypothetischen und zudem auch noch laienhaften Gedanken zur Seite und lächelte ihm aufmunternd zu: „Na, Herr Mrotzek, ist Ihnen jetzt eingefallen, wo Sie an den genannten Tagen waren?“

„Nein, tut mir leid, ich weiß es nicht. Ich verstehe auch nicht, warum Sie das wissen wollen.“

Die nächste Frage stellte Heinz Ossenkopp: „Herr Mrotzek, treiben Sie Sport? Ich meine Laufen, Joggen oder Rad fahren?"

„Ja, schon, aber nicht übermäßig. Meist radle ich nur so durch die Gegend und hin und wieder jogge ich auch."

Für die Beantwortung der nächsten Frage gab man ihm keine Zeit zum Überlegen: „Und wo tun Sie das? Etwa auf dem Galgenberg oder im Liebesgrund?"

„Meist laufe ich an der Innerste entlang, aber auch im Lönsbruch. Aber auf dem Galgenberg? Nee, das ist mir zu umständlich, es ist zu weit entfernt, zumal dazwischen ja auch noch die Bahnlinie und die Marienburger Straße liegen. Und im Liebesgrund bin ich auch nicht."

Kalt kamen die nächsten Fragen des Hauptkommissars: „Ich nehme an, Sie haben einen Jogginganzug, verraten Sie mir bitte die Farbe – ist er grün, schwarz oder weiß? Und wie sehen Ihre Sportschuhe aus, sind sie älter oder ganz neu?"

Rudolf Mrotzek zerrte ein Taschentuch hervor, tupfte sich den Schweiß von der Stirn und protestierte: „Was soll das alles? Sagen Sie mir endlich, was Sie von mir wollen! Wissen Sie, ich verstehe das alles nicht, diese vielen Fragen. – Also gut, natürlich habe ich einen Jogginganzug und auch Sportschuhe, aber diese Sachen hat doch jeder, der sich ein bisschen sportlich betätigt. Und die Farbe? Der Anzug ist bläulich, die Schuhe sind weiß und relativ neu. Aber jetzt will ich endlich wissen, wozu das gut sein soll."

Ohne auf seine Frage einzugehen, sagte Kai Sommer, die in den letzten Minuten geschwiegen hatte und aufmerksam das Frage- und Antwortspiel zwischen ihrem Kollegen und Rudolf Mrotzek verfolgt hatte: „Sicherlich haben Sie nichts dagegen, wenn wir Ihnen eine Speichelprobe abnehmen und Sie nachher bitten, an einer Gegenüberstellung teilzunehmen?"

7

Obwohl Fritz Krüger nun schon eine kleine Ewigkeit im Ruhestand war, fand er sich mit seinen 75 Jahren noch ausgesprochen rüstig und geistig rege. Seine Augen bereiteten ihm zwar seit einiger Zeit Schwierigkeiten, wobei ihm besonders der hohe Dioptrienwert zu schaffen machte. Dennoch las er jeden Tag die Hildesheimer Allgemeine Zeitung, in der Woche den Huckup und am Sonntag den Kehrwieder.

Seine große Leidenschaft gehörte jedoch dem Wandern. Er übte diesen Sport aus, solange er denken konnte. Allerdings beschränkten sich seine Wanderungen fast ausschließlich auf das Hildesheimer Land. Krüger liebte die unterschiedlichen Landschaftsformen, im Norden die Hildesheimer Börde mit den fruchtbaren Ackerböden, aber auch das Berg- und Hügelland, das südwestlich ins Weserbergland und im Süden in das Mittelgebirge des Harzes überging. In den letzten Monaten war er allerdings mehr spazieren gegangen als gewandert, was mit der zunehmenden Arthrose in seinen Beinen zu tun hatte. Trotzdem ließ er sich nicht unterkriegen und bestieg weiterhin den Galgenberg, was zwar immer beschwerlicher wurde, ihm aber vielleicht gerade wegen der Herausforderung immer wieder Freude bereitete.

Heute jedoch fuhr er, oder besser, er wurde gefahren, in einem zivilen Dienstwagen der Kriminalpolizei, der sich mit mäßiger Geschwindigkeit der Innenstadt näherte. Vom Fahrer des Wagens, der nicht gerade zu den Plaudertaschen seiner Dienststelle zu gehören schien, hatte er so gut wie nichts erfahren. Durch einen vorausgegangenen Anruf wusste er nur, dass er in der Polizeiinspektion an der Schützenwiese erwartet wurde. Auf jeden Fall musste es wichtig sein, denn sonst hätte er eine schriftliche Vorladung bekommen.

Aller Wahrscheinlichkeit nach ging es um den Mord an Sonja Becker und seine Beobachtungen in der Nähe der Bismarcksäule Fritz Krüger schloss die Augen, um besser nachdenken zu können. Ungefähr drei Wochen musste es her sein, als er den unbekannten Jogger gesehen hatte, einen rothaarigen Mann, schlank und mittelgroß, in einem blauen Trainingsanzug mit weißen Turnschuhen, ob er inzwischen festgenommen wurde? Und wenn ja, war er wirklich der gesuchte Mörder? Sicher würde er bald mehr erfahren.

In der Polizeiinspektion wurde er von der Ersten Kriminalhauptkommissarin Kai Sommer empfangen, die ihn offensichtlich schon erwartet hatte: „Herr Krüger, wir haben vor einigen Stunden einen Tatverdächtigen festgenommen, auf den Ihre Beschreibung passt."

Fritz Krüger beugte sich vor und gab zu bedenken: „Wie ich damals schon gesagt habe, konnte ich den Mann allerdings nur von schräg hinten sehen, seine rötlichen Haare, den blauen Anzug, die weißen Schuhe."

„Ja, das haben wir auch so protokolliert", unterbrach sie ihn ungeduldig, „dennoch möchte ich Sie bitten, an einer Gegenüberstellung mitzuwirken." Und da sie wusste, dass es vielen Zeugen unangenehm war, fügte sie gleich hinzu, „ zu der Sie übrigens nach den Vorschriften der Strafprozessordnung auch verpflichtet sind."

Fritz Krüger zuckte ergeben mit den Schultern: „Wenn ich Ihnen behilflich sein kann, tue ich das natürlich gern, aber, wie schon gesagt, ich konnte den Mann ..."

„Bei der Gegenüberstellung", fiel ihm Kai ins Wort, „werden Ihnen hinter einer Glasscheibe sechs Männer vorgeführt. Einer von ihnen ist der Tatverdächtige, den wir vor einigen Stunden wegen eines Sexualdeliktes vorläufig festgenommen haben. Ich möchte Sie nur bitten, sich die Personen äußerst sorgfältig anzuschauen. Sie haben jede Menge Zeit und, wenn nötig, werden die Männer einige Schritte gehen, Ihnen den Rücken zukehren oder sich zur Seite drehen, damit Sie auch ihr Profil sehen können."

„Sechs Personen! Ist dieser Aufwand denn erforderlich?"

Nickend öffnete Kai Sommer die Tür ihres Dienstzimmers, ließ Fritz Krüger an sich vorbei und blieb einen Augenblick stehen: „Doch, doch, Herr Krüger, der Aufwand ist notwendig und auch so vorgeschrieben, denn schließlich soll durch dieses Prozedere geklärt werden, ob nun ein vorläufig Festgenommener der gesuchte Täter ist oder nicht, und zwar möglichst zweifelsfrei und gerichtsverwertbar. Ja, und um hier zu einem verwertbaren Ergebnis zu kommen, müssen nach den vorliegenden Richtlinien dem Augenzeugen nicht nur der Beschuldigte selbst, sondern zugleich mehrere andere Personen gleichen Geschlechts und ähnlicher Erscheinung gegenübergestellt werden."

Als Fritz Krüger eine Weile später etwas lustlos vor der Glasscheibe stand, durch die er sehen, aber von der anderen Seite nicht wahrgenommen werden konnte, musste er an die Erklärungen der Kriminalbeamtin denken: ähnlich aussehend, gleiche Größe und so weiter. Die sechs Männer in blauen Jogginganzügen und weißen Turnschuhen betraten im Gänsemarsch den Raum, blieben stehen, schauten teilnahmslos in seine Richtung und hielten Pappschilder mit den Zahlen eins bis sechs in ihren Händen – alles so, wie es in Kriminalfilmen gezeigt wurde. Und er fragte sich, woher die Polizei in so kurzer Zeit fast ein halbes Dutzend rothaarige, rotblonde und rotbraune Männer aufgetrieben hatte, die zudem auch noch schlank und von gleicher Größe waren.

Er befolgte den Rat der blonden Kriminalbeamtin und ließ sich bei der Betrachtung der Männer sehr viel Zeit, wobei es ihn auch nicht störte, dass der neben ihm stehende Kriminalhauptkommissar Heinz Ossenkopp sich mehrmals räusperte und ungeduldig seinen Platz wechselte. Nach einer Weile wollte Krüger die Männer von der Rückseite und etwas später im Profil und dann noch einmal von hinten sehen – er war sich seiner Verantwortung voll bewusst. Mehrmals nahm er seine Brille ab, putzte umständlich die dunklen Gläser, um sich dann wieder auf die Personen hinter der Scheibe zu konzentrieren. Endlich schien er sich entschieden zu haben, er nickte mehrmals, schaute aber noch einmal kritisch auf die Männer und verkündete: „Ich bin sicher, es ist die Nummer drei." Dem Gesicht der Kriminalbeamtin und den Reaktionen ihrer Kollegen konnte er entnehmen, eine Aussage in ihrem Sinn getroffen zu haben.

Kai Sommer lächelte ihn erleichtert an: „Herr Krüger, Sie haben uns sehr geholfen. Wir werden Ihre Aussage jetzt noch protokollieren. Mein Kollege Severin wird sich um das Weitere kümmern. Ich wünsche Ihnen alles Gute, und nochmals vielen Dank, dass Sie so schnell kommen konnten."

*

„Heinz, ich glaube, wir haben ihn. Rudolf Mrotzek! Er muss es sein, es passt alles zusammen, und schließlich hat unser Zeuge ihn einwandfrei erkannt."

Ossenkopp dämpfte ihren Optimismus: „Was mich an der Sache ein wenig stört, ist die Tatsache, dass Krüger eine Brille mit dicken Gläsern trägt. Haben wir ihn eigentlich gefragt, wie gut er sehen kann? Was wäre, nur einmal angenommen, wenn er die Brille bei seinem Spaziergang auf dem Galgenberg nicht dabei gehabt hat? Außerdem hat er den Jogger lediglich schräg von hinten gesehen."

„Aber aus diesem Grund wollte er ja die Hinterköpfe und die Profile der Männer sehen. Nein, für mich war seine Aussage durchaus glaubwürdig, und Krüger weiß auch, wie viel davon abhängt. Ich meine, wir sollten Rudolf Mrotzek gleich morgen dem Haftrichter vorführen."

Vor seinem Zimmer blieb Heinz Ossenkopp zögernd stehen. „Wann liegt die DNA vor?"

„Frühestens morgen Nachmittag, wenn überhaupt ..."

„Dann lass uns doch noch so lange warten, denn schließlich muss der Haftrichter seine Entscheidung ja erst bis Ende des morgigen Tages treffen. Wenn wir die Analyse auf dem Tisch haben, und sie ist identisch mit den genetischen Fremdspuren der beiden Opfer, sind wir auf der sicheren Seite, und die Anordnung des Richters ist dann nur noch eine Formsache."

Kai zuckte mit den Schultern.

„Okay, okay, einverstanden! Ich werde aber auf jeden Fall morgen Früh im Labor noch mal anrufen und Dampf machen."

Sie nickte ihrem Kollegen zu, verharrte dann aber: „Übrigens, wie war der Urlaub?"

Heinz Ossenkopp winkte ab, zögerte eine Weile und sagte dann mit belegter Stimme: „Na ja, schön, aber auch stressig, die beiden

Kinder haben mich ständig in Bewegung gehalten. Von wegen Erholung!"

„Ach, du Armer! Nun bist du ja wieder zurück, hier ist es vielleicht weniger anstrengend." Sie zwinkerte ihm zu. „Also, dann bis morgen!"

In ihrem Dienstzimmer legte Kai die Beine auf den Schreibtisch, schloss die Augen und spürte so etwas wie Unsicherheit in sich aufsteigen. Es würde ihr wesentlich besser gehen, wenn sie endlich die DNA-Analyse mit der unumstößlichen Gewissheit auf dem Schreibtisch hätte, dass Robert Mrotzek auch tatsächlich der gesuchte Täter war. Ossenkopp hatte sie mit seinen Zweifeln nun auch ein wenig verunsichert. Was war, wenn der genetische Fingerabdruck nicht mit dem bereits vorliegenden übereinstimmte und sie Mrotzek laufen lassen mussten? Die Aussage des Zeugen Fritz Krüger würde dann nicht mehr zählen. Kai wagte nicht, noch weiter darüber nachzudenken.

*

Die Besprechung fand wieder einmal in den Diensträumen der Staatsanwaltschaft im Justizzentrum an der Kaiserstraße statt. Von Waltershofen machte ausnahmsweise ein zufriedenes Gesicht, was niemanden wunderte, denn die Tötungsdelikte an den beiden Frauen schienen so gut wie aufgeklärt zu sein. Wohlwollend wandte er sich daher an Kai Sommer: „Setzen Sie uns doch noch einmal über den letzten Ermittlungsstand in Kenntnis, aber in Kurzfassung und nur die wesentlichen Punkte. Wie ich gehört habe, hat die gestrige Gegenüberstellung Ihren Verdacht erhärtet. Oder?"

„Ja, der Zeuge Fritz Krüger, ein ehemaliger Lehrer und geistig noch sehr rege, hat in Rudolf Mrotzek eindeutig die Person wiedererkannt, die ihm kurz vor dem Tötungsdelikt an Sonja Becker auf dem Galgenberg aufgefallen ist. Wir haben Mrotzek mit dem Ergebnis der Gegenüberstellung konfrontiert, um ihn zu einem Geständnis zu bewegen. Doch er bestreitet vehement, zur fraglichen Zeit dort gewesen zu sein."

Von Waltershofen schien in seiner Euphorie nun ein wenig gebremst: „Frau Sommer, ich kann doch davon ausgehen, dass Sie Ihrer Sache ganz sicher sind, oder? Hieß es nicht, der Zeuge habe den Mann lediglich von schräg hinten gesehen?"

„Ich finde Ihre Frage durchaus berechtigt", stimmte ihm Heinz Ossenkopp zu. „Auch ich habe mich gewundert, mit welcher Sicherheit er letztlich seine Aussage traf."

Kai streifte ihren Kollegen Ossenkopp, der ihr mit seiner Äußerung gerade in den Rücken gefallen war, mit einem ärgerlichen Blick und meinte: „Vielleicht hat er sich das Profil genau eingeprägt, die Kopfform, Halspartie, Form der Ohren, was weiß ich. Und er hat sich die Personen ja von allen Seiten genau angesehen, genauer ging es nicht!" Sie schaute kurz zu von Waltershofen: „Auf jeden Fall haben wir uns bei der Identifizierungsgegenüberstellung streng an die Vorschriften der Strafprozessordnung und die entsprechenden Richtlinien gehalten – das möchte ich an dieser Stelle noch einmal ausdrücklich betonen."

Beruhigend legte Hundertmark seine Hand auf ihren Unterarm: „Frau Sommer, das wissen wir. Aber, wie geht es nun weiter?"

„Für mich ist Mrotzek der Täter, ich zähle noch einmal die Indizien auf, die gegen ihn sprechen. Er besitzt einen blauen Trainingsanzug und weiße Sportschuhe, beides haben unsere Leute sichergestellt. Er ist Linkshänder und er hat weder für den 29. Juni noch für den 10. Juli ein überzeugendes Alibi. Nach seinen Aussagen will er zu den Tatzeiten entweder in seiner Wohnung an der Wiesenstraße oder mit dem Fahrrad unterwegs gewesen sein, wofür es aber keine Zeugen gibt. Er ist ein bekannter Sexualstraftäter. Ich darf daran erinnern, dass an beiden Opfern Sexualdelikte begangen wurden. Und er wurde kurz vor dem Mord an Sonja Becker, also am 29. Juni, in unmittelbarer Nähe des Tatortes von dem Zeugen Fritz Krüger gesehen. Was wollen wir mehr? Nur sein Motiv scheint mir noch nicht so klar." Sie wiegte den Kopf hin und her. „Seine sexuellen Straftaten waren bisher ja eher harmlos. Und plötzlich begeht er diese abscheulichen Morde! Wir haben nach Anhaltspunkten gesucht, ob in den letzten Wochen oder Monaten in seinem Leben etwas Gravierendes vorgefallen ist, quasi als Auslöser dieser brutalen Taten. Doch vergeblich, es gibt da nichts, aber auch gar nichts!"

Hundertmark mischte sich ein: „Frau Sommer, in meiner langjährigen Praxis habe ich mir mehr als einmal die Frage nach den tatsächlichen Beweggründen eines Verbrechens gestellt. In den meisten Fällen ist das Motiv klar erkennbar, dann aber wieder fällt es schwer, zu verstehen und auch zu begreifen, warum ein Täter dieses oder jenes getan hat." Hundertmark sprach nicht weiter, sondern stand auf und ging einige Schritte hin und her: „Entschuldigung, Frau Sommer, aber das wissen Sie ja alles selbst. Schauen wir lieber nach vorne: Wie geht es nun weiter?"

„Nun, wir sollten ihn heute noch dem Haftrichter vorführen. Allerdings meine ich ..."

„Das sehe ich auch so", stimmte von Waltershofen zu, „ich habe daher vorsorglich auch schon mit dem Haftrichter gesprochen und ihm unseren Besuch am späten Nachmittag angekündigt. Aber, Frau Sommer, Sie wollten noch was sagen ..."

„Wir sollten auf jeden Fall vorher noch das Ergebnis der DNA-Analyse abwarten. Dr. Brecht hat mir versprochen, umgehend anzurufen."

„Einverstanden", nickte der Oberstaatsanwalt, „obwohl es sicherlich nur eine Formsache ist, finde ich diese Vorgehensweise durchaus vernünftig, man kann ja nie wissen. Wann erwarten Sie den Anruf?"

Etwas irritiert schaute Kai Sommer ihn an. Er hatte sie soeben zum ersten Mal gelobt, wenn auch nur ansatzweise, aber immerhin. Mit Blick auf ihre Armbanduhr sagte sie: „Den Anruf erwarte ich jeden Augenblick, zumindest in der nächsten Stunde."

Von Waltershofen nickte zufrieden: „Herr Hundertmark, nach alledem schlage ich vor, umgehend eine Pressekonferenz einzuberufen. Ich meine, die Hildesheimer Bürger und Bürgerinnen haben einen Anspruch darauf, möglichst schnell von unserem Fahndungserfolg unterrichtet zu werden."

Kai fragte sich, warum er so schnell an die Öffentlichkeit gehen wollte; sie vermutete, dass es mit seinem geplanten Urlaub zusammenhing, den er bald antreten wollte. Da er gerade von „unserem Fahndungserfolg“ gesprochen hatte, was ihr im Hinblick auf sein bisher gezeigtes Desinteresse doch recht gewagt vorkam, wollte er offensichtlich den Journalisten die Aufklärung der Tötungsdelikte als seinen persönlichen Erfolg verkaufen, um dann entspannt in den Urlaub fahren zu können.

Wie sie ihren Vorgesetzten kannte, sah er das ebenso - doch Hundertmark äußerte sich nicht dazu, sondern wandte sich an Kai: „Da die Rechtsmedizin sich nicht meldet, wäre es vielleicht sinnvoll, wenn Sie dort noch einmal persönlich anriefen.“

Wortlos stand Kai Sommer auf, zerrte ihr Handy aus der Tasche, und tippte mit dem Daumen der rechten Hand die Telefonnummer ein. Mit dem Gerät am Ohr ging sie zum Fenster, lauschte dem Freizeichen und schaute dabei in die flimmernde Sommerluft, die auf den vor ihr liegenden Gebäuden regelrecht zu tanzen schien. Nach dem fünften Tuten kam die Verbindung mit dem Institut für Rechtsmedizin zustande. „Frau Sommer, das Ergebnis der Speichelprobe des Tatverdächtigen Rudolf Mrotzek liegt uns seit einigen Minuten vor, ich wollte gerade bei Ihnen anrufen. Wie Sie wissen, sollte eine Vergleichbarkeit ...“

Kai Sommer unterbrach ihn ungeduldig: „Bitte, Dr. Brecht, ich brauche das Ergebnis.“

„Ich bin ja gerade dabei“, kam es etwas beleidigt zurück: „Also, der Vergleich ist negativ verlaufen. Mit anderen Worten: Der genetische Code des Tatverdächtigen Mrotzek stimmt nicht mit dem des Täters überein. Oder noch kürzer: Er kommt als Mörder der beiden Frauen nicht in Frage.“

„Doktor“, flüsterte Kai mit heiserer Stimme in ihr Handy, „sind Sie sich da absolut sicher? Schließlich hat es auch schon Verwechslungen ...“

Ärgerlich fiel ihr Dr. Brecht ins Wort: „Frau Sommer, das meinen Sie nicht wirklich, oder?“

Sie beendete das Gespräch, ohne die Frage des Rechtsmediziners beantwortet zu haben. Eine Weile starrte sie noch weiter aus dem Fenster, ohne etwas von dem wahrzunehmen, was sie sah. Weit hinter sich hörte sie die dozierende Stimme des Oberstaatsanwaltes. Sie konnte nicht verstehen, was er sagte, die Gesprächsfetzen erreichten sie wie durch einen Wattebausch. Und so fühlte sie sich auch: weich, nachgiebig und ohne Rückgrat.

Aber Selbstmitleid half hier nicht, sie konnte nicht noch länger am Fenster stehen bleiben und ins Leere starren. Sie musste ihnen endlich die Hiobsbotschaft mitteilen. Entschlossen drehte sie sich um und trat hinter den Stuhl, auf dem sie eben noch voller Hoffnung gesessen hatte. Als das Gespräch verstummte, blickte sie mit ernstem Gesicht in die Runde und sagte mit fester Stimme: „Meine Herren, wir müssen Herrn Mrotzek laufen lassen, er ist nicht der, den wir suchen!“

*

Die Apotheke Seiters an der Marienburger Straße konnte auf eine lange Familiengeschichte zurückblicken. Schon die Eltern und Großeltern des jetzigen Eigentümers, Dr. Kurt Seiters, hatten sich mit der Zubereitung, Beschaffenheit, Anwendung und dem Vertrieb von Arzneimitteln beschäftigt. In den 70er Jahren hatte es allerdings zunächst so ausgesehen, als könne sich die Familientradition nicht fortsetzen. Elvira Seiters hatte kurz hintereinander drei Fehlgeburten erlitten.

Den Wunsch nach einem eigenen Kind und Erben hatten die Seiters endgültig aufgegeben, nachdem Elvira in zwei Spezialkliniken des europäischen Auslandes erfolglos behandelt worden war und ihnen anschließend auch noch eine gynäkologische Koryphäe des Sankt-Bernwards-Krankenhauses die letzte Hoffnung genommen hatte.

Nach dieser schockierenden Diagnose war es den Seiters wie ein gütiger Wink des Schicksals erschienen, als sich ihnen die Möglichkeit geboten hatte, den von einer Angestellten geborenen Säugling aufzuziehen und als ihr eigenes Kind in das Stammbuch ihrer Familie eintragen zu lassen. Obwohl ihnen von Anfang an die Illegalität ihres Tuns bewusst gewesen war, hatten sie diesen Gedanken verdrängt und sich eingeredet, es zum Wohle des Kindes getan zu haben, denn die allein erziehende Mutter hatte sich zum Zeitpunkt der Niederkunft in einer finanziellen Notlage befunden.

Die ersten Jahre waren problemlos verlaufen. Florian, wie sie das Kind genannt hatten, war mit sechs Jahren eingeschult worden und kam später auf das Scharnhorstgymnasium an der Steingrube. Nach ihren Plänen hätte der Junge nach dem gymnasialen Abschluss das Studium der Pharmazie aufnehmen sollen, um dann später einmal den Familienbetrieb zu übernehmen.

Immer mehr schien Florian ihnen wie ein leiblicher Sohn. Auch bei den Nachbarn, Verwandten und Bekannten regten sich nicht die geringsten Zweifel, obwohl Florian mit seinen roten Haaren und der schon sehr früh zu erkennenden schlanken und hageren Gestalt nur wenig dem Ehepaar Seiters ähnelte. Wenn Elvira darauf angesprochen wurde, sagte sie, der Junge würde stark ihrem Urgroßvater ähneln, was der Wahrheit entsprechen konnte, aber nicht nachprüfbar war.

Doch dann kam die heile Welt der Apothekerfamilie ins Wanken. Nach der Euphorie der ersten Schuljahre waren die schulischen Leistungen des Jungen langsam aber stetig zurückgegangen, bis es schließlich ratsam erschien, Florian aus der gymnasialen Oberstufe herauszunehmen. All ihre Zukunftsplanungen waren damit ad absurdum geführt. Immerhin besaß er die Mittlere Reife und konnte an der Schule des Landeskrankenhauses an der Goslarschen Landstraße eine Ausbildung zum Krankenpfleger machen. Er selbst hatte Freude an seiner Tätigkeit, aber sein Vater war natürlich enttäuscht, hatte er doch in Florian noch wenige Jahre zuvor seinen promovierten Nachfolger gesehen!

Wenn Seiters ehrlich mit sich war, dann kannte er die Ursachen für Florians „Versagen“ ganz genau. Aber er hatte die Ereignisse der Vergangenheit einfach verdrängt, verdrängen müssen, schließlich stand der Ruf der Familie, die Reputation seiner Apotheke auf dem Spiel. Und was hätte er denn auch unternehmen sollen? Sicher, als Florian häufiger die Schule geschwänzt hatte und zunehmend aggressiver und unzufriedener geworden war, hätte er der Sache auf den Grund gehen und etwas unternehmen müssen. Mit anderen Worten: Er hatte als Vater versagt und daher bis heute gegenüber Florian ein schlechtes Gewissen. Vielleicht hätten Psychologen früher als er herausgefunden, worin die Ursachen für Florians Probleme lagen.

Mit der schrecklichen und unvorstellbaren Wahrheit wurde Dr. Seiters konfrontiert, als er frühzeitig von einer Geschäftsreise zurückgekommen war. Noch heute, viele Jahre später, spürte er ein Würgen im Hals, wenn er sich an die damalige Szene im Schlafzimmer seiner Ehefrau erinnerte.

Die Bilder schwirrten ihm wie Blitze durch den Kopf, und er glaubte Bruchteile von Sekunden, seinen Augen nicht trauen zu können. Nach dem ersten Schock zog er leise die Tür ins Schloss und versuchte vergeblich, einen Entschluss zu fassen. Er war unfähig, das Gesehene zu ordnen, geschweige denn zu gewichten und ihm eine Bedeutung zu geben. Wie in Trance schlich er dann mit den gerade gesehenen Bildern vor Augen wie ein geprügelter Hund in sein Arbeitszimmer und betäubte seine aufgewühlten Gefühle und plötzlichen Empfindungen mit einer Flasche Cognac.

Aber der Alkohol hatte ihm nicht geholfen! Die Bilder von damals blieben ihm erhalten, waren in sein Hirn eingestanzt und tauchten immer wieder in seinen Träumen auf. Er wusste nicht warum, aber er hatte nie mit seiner Frau darüber gesprochen. Er hatte einfach gar nichts getan. Hatte nicht dafür gesorgt, dass sich derartiges nicht wiederholen konnte. Hatte Florian allein gelassen, auch danach, ohne therapeutische Hilfe, die ihm vielleicht in ein normales Leben zurückgeholfen hätte.

Jahre später war ihm zufällig eine wissenschaftliche Studie über das weibliche Sexualverhalten in die Hände gefallen. In ihr war dokumentiert, dass Übergriffe älterer Frauen auf Kinder oder Jugendliche nur in wenigen Ausnahmen nachgewiesen werden konnten, dass sie aber häufiger vorkamen, als man gemeinhin annahm. Aber dieses Wissen konnte ihn auch nicht trösten.

Immer wieder stellte er sich die Frage nach dem Warum. Sicher, er hatte sie in den Jahren davor vernachlässigt, ein richtiges Sexualleben hatte zwischen ihnen schon seit Jahren nicht mehr bestanden, vielleicht hatte es mit den Fehlgeburten zusammengehangen, die ihr Eheleben in den ersten Jahren nach der Hochzeit stark belastet hatten. Insofern war auch er nicht ganz schuldlos. Aber das hätte für Elvira kein Freibrief für das sein dürfen, was sie getan hatte.

Warum hatte sie sich nicht einfach einen Liebhaber genommen? Er hätte es vielleicht gar nicht bemerkt, so gleichgültig waren sie sich da schon. Musste sie sich unbedingt Florian als Sexobjekt aussuchen, der nach den standesamtlichen Unterlagen ihr eigenes Kind war? Im Nachhinein dankte er seinem Herrgott, dass es diese Blutsverwandtschaft nicht gab. Vielleicht hatte sie aber auch ihre letzten Skrupel mit der Rechtfertigung zur Seite geschoben, keinen Inzest zu begehen. Aber, verdammt, Florian war zu der Zeit noch ein Kind gewesen! Man brauchte keine tiefenpsychologischen Kenntnisse zu haben, um zu begreifen, dass diese kindlichen sexuellen Erlebnisse mit einer erwachsenen Frau, seiner Mutter!, sein späteres Leben negativ prägen würden. Er wird wohl erst in der Pubertät wirklich begriffen haben, was ihm als Kind angetan worden war. Als er erwachsen wurde und die Gefühle über ihm zusammenschlugen, moralische Bedenken und gesellschaftliche Wertvorstellungen ihn marterten. Wie konnte er jemals einem Mädchen, einer Frau ungezwungen gegenübertreten?

Aber nun befand sich Florian in einem Alter, in dem andere junge Leute schon lange eine Lebenspartnerin gefunden hatten. Dr. Seiters hatte ihn in den letzten Jahren wiederholt darauf angesprochen, ihn ermuntert, zu heiraten und eine eigene Familie zu gründen, es dann aber aufgegeben, weil Florian sofort abblockte, oft gereizt auf seine gut gemeinten Ratschläge reagierte und ihm zu verstehen gab, dass das ausschließlich seine Angelegenheit sei.

Aber immerhin schien er sich dem weiblichen Geschlecht nicht völlig zu verschließen. Mehrfach hatte Seiters von Beziehungen seines Sohnes zu Frauen erfahren, die allerdings immer zumindest ein wenig älter als er waren, nur leider bisher nie von Dauer waren. Aber vielleicht gab es noch Hoffnung.

*

Den heutigen Freitag hätte Kai am liebsten ganz schnell vergessen. Ihrer Einschätzung nach würde das Wochenende kaum ausreichen, um sich von ihrer Schlappe, wie sie die Freilassung des Tatverdächtigen Rudolf Mrotzek selbstkritisch bezeichnete, zu erholen. Aber warum eigentlich machte offensichtlich nur sie allein sich Vorwürfe? Waren der Oberstaatsanwalt und ihr Vorgesetzter nicht auch von der Täterschaft Mrotzeks überzeugt gewesen? Gewiss, der Oberstaatsanwalt hatte einmal leichte Bedenken geäußert, aber nicht, weil er dafür irgendeinen Anlass gesehen hätte, sondern weil es einfach zu seinem Naturell gehörte.

Aber das ersparte ihr nicht die Frage, warum sie sich so vorschnell eine Meinung gebildet hatte. Hätte sie nicht erst das Ergebnis der DNA abwarten können? Nach diesem Flop konnte sie sich gut vorstellen, wie von Waltershofen ihr künftig mit hochgezogenen Augenbrauen und oberlehrerhaftem Getue gegenübertreten würde. Und er würde die Fehler, die seiner Auffassung nach begangen worden waren, bis ins Detail analysieren und dabei gebetsmühlenartig darauf hinweisen, wie wichtig gerade bei der Aufklärung von Kapitalverbrechen die jahrelangen, praktischen Erfahrungen im Polizeialltag waren. Wenn er sich so oder ähnlich äußerte, wusste jeder, dass er Kai Sommer meinte, die erst vor ein paar Monaten ihren Dienst hier in der Polizeiinspektion Hildesheim aufgenommen hatte.

Kai wusste selbst sehr gut, dass die Kompetenz mit jeder neuen Aufgabe wuchs, der man sich stellen musste, im Polizeidienst wie überall sonst auch. Aber man konnte auch aus Fehlern lernen. Dieser Fall würde also sicher dazu beitragen, dass sie klüger wurde!

Ohne Ziel ging sie in ihrer kleinen Wohnung von einem Zimmer in das andere, blieb eine Weile in der Küche stehen. Ihr Blick blieb an einer Flasche Chianti Torri D'Elsa hängen, in der noch ein wenig Rotwein schimmerte. Sie schüttete diesen Rest in ein Glas, ging zurück in ihr Wohnzimmer und kuschelte sich mit einem Seufzer in ihren geerbten Lieblingssessel, den das Alter immer attraktiver machte – was ihn deutlich von Menschen unterschied.

Sie konnte nicht verhindern, dass ihre Gedanken zu Mrotzek zurückkehrten. Verflixt, sie musste sich davon freimachen. Vor allem musste sie aufhören, sich Vorwürfe zu machen. Schließlich konnte man durchaus die Meinung vertreten, dass der Fall korrekt abgewickelt worden war. Und auch von einer auf Willkür beruhenden, vorläufigen Festnahme konnte keine Rede sein, zumal ein Mann seines Aussehens in Tatortnähe des ersten Opfers gesehen worden war. Die Verdachtsmomente hatten ihr keine andere Wahl gelassen, als ihn vorläufig festzunehmen. Und allein der Umstand, sich im Zeitalter des genetischen Fingerabdrucks zu befinden, hatte Mrotzek vor dem Räderwerk der Justiz bewahrt. Was wäre denn vor 30 Jahren passiert, zu einer Zeit also, als die Polizei noch ohne Genuntersuchungen arbeitete? Die Antwort war so einfach wie erschreckend. Rudolf Mrotzek wäre wahrscheinlich aufgrund der Indizienbeweiskette das bedauernswerte Opfer eines Justizirrtums geworden, ohne die ihn entlastende DNA würde er sich jetzt wahrscheinlich in Untersuchungshaft befinden.

Um sich abzulenken, brachte sie ihr leeres Weinglas zurück in die Küche, lehnte sich weit aus dem Fenster und schaute auf die steil nach oben zu Sankt Mauritius führende Bergstraße und dann auf die handtuchbreiten Fachwerkhäuser, die dicht nebeneinander standen, so, als wollten sie sich gegenseitig stützen. Wenn das gute Wetter anhielt, würde sie gleich morgen früh zum Freibad Johanniswiese fahren; über die Große Venedig waren es mit dem Fahrrad nur wenige Minuten. Aber vielleicht traf sie auf den inzwischen freigelassenen Rudolf Mrotzek, der am Hohnsensee Stammgast zu sein schien. Sie schüttelte den Kopf. Nein lieber nicht, es wäre ihr unangenehm, denn irgendwie fühlte sie sich ihm gegenüber doch ein wenig schuldig.

Und schon wieder war sie mit ihren Gedanken bei den beiden unaufgeklärten Mordfällen. Sonja Becker und Iris Menke! Sie hauchte die Namen gegen die Fensterscheibe und sah die Frauen vor sich – eine junge Frau und eine Jugendliche, die noch ihr ganzes Leben vor sich gehabt hatte. Was war das für ein Mann, der so etwas tat? Wie sah sein Umfeld aus? Hatte er eine Partnerin oder lebte er im Kreis seiner Familie, umgeben von Frau und Kindern? Beging er die Taten, weil ihm seine Frau nicht das gab, was er sich von ihr erhoffte oder verlangte? Vielleicht war es aber auch ganz anders, und er war Single, ein Einzelgänger, den Frauen gedemütigt hatten und der sich nun willkürlich an Frauen und Mädchen rächte, die ihm gerade über den Weg liefen. Vielleicht war er als Kind selbst gequält worden und geilte sich heute an Gewaltpornos auf.

Sicher gab es noch eine Reihe anderer Beweggründe, jemanden zu ermorden, die Motive schienen so vielfältig wie die Menschen selbst. Es war für Kai immer wieder schwierig und zuweilen unmöglich, den logischen Überlegungen eines Mörders zu folgen, weil sie nicht über die Logik des gesuchten Gewalttäters verfügte. Konnte es sein, dass sich die beiden Fälle zu einer Serie entwickelten?

Noch ein weiterer Mord und sie würden von einem Serienkiller sprechen müssen. Kai wagte nicht, weiter darüber nachzudenken. Aber sie konnte diese Überlegungen nicht aus ihren Gedanken ausschließen und auch nicht die alte kriminalistische Weisheit, dass Serienmörder nur deswegen erfolgreiche Killer waren, weil sie aus ihren Fehlern und Erkenntnissen lernten.

Kai schüttelte sich und spürte, wie ihr diese Überlegungen auf den Magen schlugen. Sie versuchte, tief durchzuatmen, sich zu beruhigen und die Gedanken an einen Serienkiller weit von sich zu weisen. Nein, sie würden weiter nach einem *Mörder* suchen: Schlank, hager, mit rötlichen Haaren, darin hatte sich Fritz Krüger sicher nicht getäuscht. Nur gab es offensichtlich mehr Jogger mit solchem Aussehen, die blaue Trainingsanzüge und weiße Turnschuhe trugen!

Ein Donnergrollen riss Kai Sommer aus ihren Gedanken. Sie hatte gar nicht bemerkt, wie der Himmel sich verfinsterte und sich ein Sommergewitter ankündigte. Kein Wunder, schon den ganzen Tag herrschte drückende Schwüle in der Domstadt, die nur schwer zu ertragen war. Aber das Unwetter schien noch weit entfernt, denn zwischen dem gerade aufzuckenden Blitz und dem rollenden Donner lagen noch viele Sekunden.

8

Seit einer halben Stunde starrte er fasziniert durch die Fensterscheibe und beobachtete die zerreißenden Wolken, die ein kräftiger Sturm über den Himmel peitschte. Dem sommerlichen Unwetter vorausgegangen waren Blitz, Donner und ein kräftiger Regen, der mit Hagelkörnern vermischt gegen die Scheiben trommelte und den Staub von Pflanzen und Bäumen spülte. Die Naturgewalten hatten es ihm angetan, und zunehmend beschlich ihn das Gefühl, von Ereignissen, die seine Mitmenschen in Angst und Schrecken versetzten, magisch angezogen zu werden.

Im Fernsehen konnte er sich nicht sattsehen an den Flutkatastrophen, Erdbeben, Massenkarambolagen und allem, was das Normale übertraf. Am liebsten hätte er alle Sendungen über solche Tragödien aufgezeichnet und katalogisiert, doch dazu fehlten ihm die Zeit und die technischen Möglichkeiten. Aber ihn faszinierten nicht nur die Naturgewalten! Insgeheim hatte er damals auch die Presseartikel über die Massenvergewaltigungen im ehemaligen Jugoslawien und in anderen Kriegsgebieten mit Vergnügen gelesen und sich daran aufgegeilt. Oft träumte er davon und war beim Aufwachen jedes Mal bitter enttäuscht, nicht persönlich dabei gewesen zu sein.

Nach einer Weile drehte er sich um, lehnte sich mit dem Rücken gegen das Fensterkreuz und ließ seine Blicke träge durch das Zimmer wandern. Es gab Zeiten, in denen er sich in seinen vier Wänden ausgesprochen wohl und sicher fühlte, dann aber kamen Perioden, die ihn unruhig werden ließen. In diesen Phasen hasste er nicht nur die Gegenstände in seinem Zimmer, sondern auch die Menschen, die um ihn waren oder ihm zufällig auf der Straße oder anderswo begegneten.

Oft stellte er sich die Frage, warum sein Leben nicht wie bei gleichaltrigen jungen Leuten verlief, die sich in einer festen Beziehung befanden oder sich mit allen Höhen und Tiefen verlieben konnten. Obwohl er nur über angelesene psychologische Kenntnisse verfügte, sah er die Ursachen für seinen schwierigen Charakter in Ereignissen, die sehr weit zurücklagen und an die er sich immer nur bruchstückhaft erinnern konnte – und wollte.

Doch die Vergangenheit ließ ihn nicht los, schien ihn zu verfolgen, denn in seinen Albträumen, die ihn sporadisch marterten, durchlebte er immer wieder ein bedrückendes und kaum vorstellbares mörderisches Szenario. Aus der Traumdeutung wusste er, dass das Töten im Traum keine reale Lebensgefahr für ihn oder andere bedeuten musste, sondern lediglich die Trennung von einer Person veranschaulichen konnte. Allerdings gingen auch hier die Meinungen der Experten auseinander. Gesichert schien nur, dass im Traum Erinnerungen aus der frühesten Kindheit wachgerufen werden konnten. Er fragte sich immer häufiger, warum er keine professionelle Hilfe in Anspruch nahm. Was hielt ihn davon ab, einen Psychoanalytiker, Psychologen oder auch Psychiater zu konsultieren und sich ihnen anzuvertrauen? Er hatte mit derartigen Fachleuten schon zu tun gehabt, sie unterlagen der Schweigepflicht und konnten ihm helfen. Aber dann schob er diesen Gedanken zur Seite und dachte an die Pillen mit den furchtbaren Nebenwirkungen und die therapeutischen Maßnahmen, die sie ihm aufbürden würden.

Tief im Innern wusste er, dass diese Argumente nur vorgeschoben waren und der eigentliche Grund allein in dem Unwillen lag, vor den Therapeuten sein Seelenleben ausbreiten zu müssen. Sie würden den Schutzwall um ihn herum einreißen, in seine intimsten Gedanken und Vorstellungen eindringen und ohne Zweifel herausfinden, was in ihm brodelte und was er in den letzten Wochen getrieben hatte. Aber wem nutzten diese Erkenntnisse? Er wollte einfach alles vergessen und nur noch an die Zukunft denken, die ihn für alles entschädigen sollte.

Er erinnerte sich oft und gern an die vielen Einzelheiten, die ihm in letzter Zeit höchste sexuelle Befriedigung gebracht hatten. Wenn er nur nicht erwischt würde! Es war ein Wechselbad der Empfindungen, mit dem er ständig zu kämpfen hatte. Nach der Tat, wenn er in die Anonymität seiner Wohnung flüchtete, sprang ihn regelmäßig ein bedrückendes Gefühl der Angst wie ein wildes Tier an. Obwohl er sich in seinen vier Wänden sicher fühlte, lief immer dasselbe Szenario ab. Er schloss sich ein, machte die Vorhänge zu, blieb am verdunkelten Fenster stehen, ging in die Mitte des Raumes und starrte auf die Tür, so, als würde dort gleich etwas Bedrohliches hereinkommen. Danach lief er ziellos und voller Unruhe hin und her, und es dauerte oft mehrere Stunden, bis er sich wieder beruhigt hatte. Aber dieses Gefühl der Angst und Unrast nahm er gern für das in Kauf, was dem vorausgegangen war: die Befriedigung seiner Lust, und das Gefühl, wieder ein richtiger Mann zu sein.

Wie ferngesteuert ging er zu seinem Schrank, nahm den blauen Jogginganzug von einem Haken und griff zu den weißen Turnschuhen, die darunter standen.

*

Auch an diesem Sonnabend verließ Friedrich Bunzel gegen 10:30 Uhr seine Wohnung an der Lucienvörder Straße, um mit Vino seinen obligatorischen Spaziergang zu machen. Wie jeden Morgen überquerte er die kleine Brücke, um danach vor dem Tennisstübchen des Tennisclubs Gelb-Rot der Eintracht Hildesheim nach rechts in den Fußweg einzubiegen, der sich direkt an der Innerste entlangschlängelte. Auch heute verweilte er einen Augenblick auf der Brücke, stützte sich auf das Geländer und schaute auf den behäbig dahinfließenden Fluss, der es nicht eilig zu haben schien, sich irgendwo im Norden mit der Leine zu vereinigen.

Ein Zerren an der Hundeleine riss ihn aus seinen Betrachtungen. Er tätschelte seinen Mischlingshund, der ihn ungeduldig nach rechts zum Tennisstübchen zog. Im Normalfall nahm er in der Clubgaststätte immer ein zweites, wenn auch sehr spätes Frühstück ein, das meist aus einem Schinkenbrot oder wahlweise auch aus Kaffee und Kuchen bestand, beides für drei Euro und ein paar Cent – doch zu seiner Enttäuschung war die Gaststätte heute nicht geöffnet. „Geschlossen wegen eines Krankheitsfalles!", so stand es in Druckbuchstaben auf einem Pappschild, das an der Eingangstür baumelte. Na, da konnte man nichts machen.

Wohlwollend und auch ein wenig besorgt schaute Friedrich Bunzel auf den grauen Rücken seines Hundes. Sicher war er keine Schönheit, wie er da vor ihm hertapste: ein mittelgroßer Rüde, ziemlich gut genährt, eine Mischung aus Schnauzer und Dobermann und einer Menge anderer Vorfahren. Aber er war sein bester Freund, ihm ans Herz gewachsen, und Friedrich konnte sich nicht vorstellen, wie er ohne ihn zurechtkommen sollte. Er zwang sich, nicht darüber nachzudenken, er konnte es immer noch tun, wenn ihn dieser Schicksalsschlag einmal treffen würde – vielleicht hatte ja der Herrgott Verständnis für seine Lage und beendete sein Leben vor dem seines Hundes.

Mittlerweile waren Friedrich und sein Hund nach rechts in den Weg eingebogen. Auch heute war Betrieb auf den direkt hinter dem Clubhaus liegenden Tennisplätzen. Friedrich Bunzel blieb eine Weile am Zaun stehen und sah zu, wie sich zwei Paare in ihrer weißen Sportkleidung leichtfüßig auf dem roten Platz bewegten und sich die Bälle zuspielten. Zwischendurch wischten sie sich den Schweiß von der Stirn und riefen sich Worte zu, die er nicht verstehen konnte.

Das Hin und Her auf den Tennisplätzen gefiel auch Vino. Er folgte mit seinem Kopf dem Flug der Bälle und wedelte dabei freudig mit der Rute. Aber nach einer Weile schien sein Interesse nachzulassen, er zerrte an der Leine und wollte zurück zum Clubhaus, weil dort, wie er wusste, sonst immer ein Leckerbissen auf ihn wartete.

„Schon gut, Vino, ich habe verstanden. Aber da können wir heute nicht rein. Tut mir leid", seufzte Friedrich.

Um den Hund von der Gaststätte wegzulocken, bückte er sich, griff zu einem Stückchen Holz und warf es in Richtung des Weges, den sie langgehen wollten. Freudig zerrte der Hund an der Leine, folgte dem Stock, und Friedrich hatte Mühe, ihm nachzueilen. Doch bereits nach wenigen Metern hatte der Hund es sich wohl anders überlegt, er blieb stehen und schnüffelte auf dem Boden herum. Die Schnauze nach unten gerichtet, steuerte er auf eine Buche zu, die sich umgeben von Buschwerk, etwa zwei Meter vor dem Maschendrahtzaun des Clubgeländes befand.

Friedrich gab dem Hund die lange Leine, der mit hängenden Lefzen nun unbeirrt weiter auf den Baum zusteuerte, wahrscheinlich um dort sein Bein zu heben. Doch das war es nicht, was Vino interessierte. Er lief weiter in Richtung der Büsche und fing plötzlich an zu winseln, leise und kaum hörbar. Nur widerwillig folgte Friedrich seinem Hund, verharrte dann jedoch und schaute zur Seite auf die saftigen Grünflächen, auf der in der Mittagssonne Schmetterlinge tanzten und Mücken surrten. Was für eine friedliche Idylle! Nur im Hintergrund hörte er von der Alfelder Straße die gedämpften Geräusche vorbeifahrender Autos und links von sich das leise Klacken der geschlagenen Tennisbälle, aber sonst war es still.

Leise rief er seinen Hund, um mit ihm den begonnenen Spaziergang fortzusetzen. Doch der hörte nicht, sondern schien sich intensiv für etwas zu interessieren, was sich im Gebüsch hinter der Buche befand. Vielleicht Mäuse, Kaninchen oder anderes Getier. Friedrich überlegte einen Augenblick, ob er Vino mit Gewalt aus dem Gebüsch zerren sollte, doch dann siegte seine eigene Neugier. Energisch schob er einige lästige Zweige des Buschwerkes zur Seite, ging um den Baum herum und erstarrte.

9

Seit ihr Kollege aus dem Urlaub zurück war, hatte er sich verändert. Sie musste endlich mit ihm reden, denn schließlich war sie seine Vorgesetzte und hatte ihm gegenüber gewisse Fürsorgepflichten. Vielleicht klärte sich ja alles auf. Ein Gespräch unter vier Augen, vertraulich und sachlich, nur Heinz und sie. Vielleicht hatte Heinz Alkoholprobleme, eine Geliebte oder seine Frau einen anderen Mann. Alles war denkbar. Sie dachte an ihre eigene Scheidung und an die gescheiterten Ehen ihrer Kollegen, die in vielen Fällen Opfer der dienstlichen Anforderungen geworden waren.

Das Klopfen an der Tür unterbrach ihre Gedankengänge. Bevor sie das obligatorische „Herein!" rufen konnte, schob Heinz Ossenkopp seine füllige Gestalt über die Türschwelle und ließ sich ächzend auf einen Stuhl fallen, der sich mit einem Knarren gegen die ungewohnte Belastung zu wehren schien.

Auch heute sah er so aus wie an den Tagen zuvor – dunkle Ränder unter den Augen, unausgeschlafen und mit wilden Bartstoppeln im Gesicht. Bevor sie auf das eigentliche Thema zu sprechen kam, wechselte sie mit ihm allgemeine Höflichkeitsfloskeln, ohne sich wirklich für die Antworten zu interessieren.

Danach kam sie zur Sache. „Heinz, was ist los mit dir?"

Er schaute seine Kollegin mit müden Augen an und eine Weile schien es, als hätte er sie nicht verstanden. Kai schickte sich schon an, ihre Frage zu wiederholen, doch dann sagte er zögernd: „Okay, irgendwann erfährst du es ja doch. Also, seit wir aus dem Urlaub zurück sind, läuft es in unserer Ehe nicht mehr so richtig, wir haben uns in letzter Zeit nur noch gestritten. Ich bin daher ausgezogen und wohne zur Zeit in einer Pension in Drispenstedt. Weißt du, Silke und ich brauchen ein wenig Abstand voneinander. Vielleicht renkt sich ja alles wieder ein – schon der Kinder wegen." Heinz stockte, das Telefon läutete.

Kai meldete sich, hörte konzentriert zu und legte nachdenklich den Hörer auf die Gabel. Einen Augenblick schaute sie mit leeren

Augen auf ihren Kollegen, stand dann plötzlich auf und fuhr mit dem Zeigefinger über den Stadtplan. Sekunden später schien sie das gefunden zu haben, was sie suchte. Doch bevor sie sich wieder umdrehen konnte, hörte sie hinter sich die ungehaltene Stimme ihres Kollegen.

„Hallo Kai, ich bin auch noch da! Es wäre schön, wenn du mich einweihen würdest."

„Entschuldige bitte, aber ich war so in Gedanken. Jetzt ist das eingetreten, was ich, was wir alle befürchtet haben. Ein neuer Fall! Eine Frau, jung und blond; ein Rentner hat sie kurz nach elf auf dem Gelände des Tennisclubs Gelb-Rot der Eintracht Hildesheim gefunden, und zwar hinter dem Tennisstübchen, direkt an der Innerste. Ich rufe gleich die Kollegen des Erkennungsdienstes an und benachrichtige die Staatsanwaltschaft. Sag du bitte Mike Bescheid, wir fahren gleich los. – Und Heinz, über das mit deiner Frau, da reden wir ein andermal, ja?"

Als sie zehn Minuten später im Dienstwagen saßen, sprach Kai das aus, was sich auch ihre Kollegen fragten: „Entweder hat er wieder zugeschlagen, oder wir haben einen neuen Täter, der bisher noch nicht in Erscheinung getreten ist. Was für uns besser ist, weiß ich allerdings nicht."

Sie ließ den Satz in der Luft hängen und schwieg, wie auch ihre Kollegen. Jeder machte sich seine eigenen Vorstellungen von dem, was sie gleich vorfinden würden. Alles schien wieder einmal Routine zu sein. Aber, verdammt, das war es nicht! Zumindest nicht für Kai, sie würde sich niemals daran gewöhnen können, dass Menschenleben so einfach ausgelöscht wurden. Hinter jedem Mord stand ein individuelles menschliches Schicksal, oft auch eine kaum vorstellbare Tragödie. Und jeder dieser Fälle hatte nach ihrem Selbstverständnis Anspruch darauf, mit größter Sorgfalt und dem nötigen Respekt behandelt zu werden – sie glaubte es den Toten schuldig zu sein.

Als sie beim Veranstaltungszentrum „Vier Linden" abbogen, sagte Kai: „Mittlerweile kenne ich mich hier schon ein wenig aus. Lasst uns am Eingang des Sportvereins parken und die paar Schritte zum Tennisstübchen zu Fuß gehen."

Die uniformierten Kollegen hatten den Tat- oder Fundort bereits weiträumig abgesperrt. Kai eilte mit schnellen Schritten voraus, nickte einem jungen Polizisten wie einem alten Bekannten zu, der ihren Gruß freundlich erwiderte und mit dem Kopf auf einen Baum deutete: „Sie liegt dort hinter der Buche. Der Rentner, der sie gefunden hat, sitzt da hinten. Er ist total fertig." Als er das sagte, zeigte er auf das nur wenige Meter entfernt stehende Clubhaus, an dessen Rückseite sich eine überdachte Terrasse befand.

„Haben Sie schon die Personalien des Mannes aufgenommen?"

„Ja, sein Name ist Friedrich Bunzel, er wohnt auf der anderen Seite der Innerste an der Lucienvörder Straße, nur wenige Schritte von hier."

Kai drehte sich zu ihren Kollegen um: „Ich gehe jetzt zu dem Rentner und rede mit ihm. Mike, du kannst nachher mit ihm ein Protokoll aufnehmen. Wartet hier bitte auf den Erkennungsdienst, sicherlich werden sich auch Staatsanwalt und Arzt bald sehen lassen."

Friedrich Bunzel saß allein auf der überdachten Terrasse der Clubgaststätte und starrte mit leeren Augen über die blühenden Geranien hinweg auf den kleinen Tennisplatz, auf dem sonst immer, wie vorhin ja auch, ein fröhliches Treiben herrschte – aber jetzt war es dort still, totenstill.

Als Kai sich ihm näherte, fing der Hund des Rentners an zu knurren, beruhigte sich dann aber schnell wieder.

„Mein Name ist Kai Sommer", begann sie das Gespräch, „ich leite hier die Ermittlungen. Ich nehme an, Sie sind Friedrich Bunzel?" Als der Rentner kurz nickte, fuhr sie fort: „Kennen Sie die Tote?"

„Nein, nie gesehen."

„Wie haben Sie sie überhaupt gefunden? Sie liegt doch versteckt hinter einem Baum, umgeben von Grünzeug, einem Ort also, der vom Weg nicht eingesehen werden kann."

„Vino hat sie gefunden", antwortete der Rentner und strich dabei seinem Hund liebevoll über das ergraute Fell. Bevor Kai weitere Fragen stellen konnte, erzählte er unaufgefordert von seinen täglichen Spaziergängen, und davon, dass er sonst immer gegen

12:00 Uhr im Tennisstübchen ein spätes Frühstück einnehmen würde. Er sprach langsam und schwerfällig, so, als müsste er sich mühsam konzentrieren und seine Gedanken immer wieder neu sortieren. Der Anblick der toten Frau hatte ihn offensichtlich stark mitgenommen, und er schien sich auch jetzt noch nicht so richtig von dem Schock erholt zu haben.

Als Kai die Terrasse verließ, blieb sie vor dem Gebäude stehen und schaute nachdenklich auf die hinter dem Clubgelände stehende Buche, um die weitläufig ein rotweißes Trassierband flatterte. Ein Szenario, das an einen Kriminalfilm erinnerte, hier aber schreckliche Wirklichkeit geworden war. Zyniker würden hier von einem angemessenen und würdigen Tötungsort sprechen, umgeben von üppigem Grün, Bäumen, Büschen, einer saftigen Flussniederung und dem leise und kaum hörbar dahinplätschernden Gewässer.

Um den Baum herum bewegten sich die inzwischen eingetroffenen Spurenleute des Fachkommissariats 5 in ihren leuchtenden Tyrek-Anzügen – in Weiß eingehüllte Gestalten, aus der Entfernung anonym und wie von einem anderen Stern. Für einen Augenblick sah sie zwischen ihnen den schmalen Kopf des Rechtsmediziners Dr. Brecht, der sich aber gleich wieder ihren Blicken entzog.

Etwas abseits stand Oberstaatsanwalt von Waltershofen und unterhielt sich mit ihren Kollegen Ossenkopp und Severin. Erwartungsgemäß waren mittlerweile auch Reporter und Fotografen eingetroffen. Einer von ihnen stand, gestützt von einem Kollegen, leicht schwankend auf einem Maschendrahtzaun und versuchte von dort mit seinem Teleobjektiv so etwas wie eine Luftbildaufnahme von dem Tatort zu machen; es war nur noch eine Frage der Zeit, bis die Clubeinzäunung der ungewohnten Belastung nachgeben und zusammenbrechen würde. Aber hier und heute ging es nicht um solche lapidaren Dinge wie Sachbeschädigung, sondern um einen Mord.

Sicherlich befanden sich einige der Reporter schon wieder in ihren Redaktionen, um die Neugier der Leser mit der nächsten Zeitungsausgabe zu stillen oder sie mit ihren detaillierten Berichten und gestochen scharfen Bildern vom Tatort zu erschrecken. Es war wieder einmal ein gefundenes Fressen für die Presse und Stoff für mehrere Schlagzeilen: Ein Mord, der sich an die anderen noch nicht aufgeklärten reihte – und das alles hier in der ehrwürdigen Domstadt Hildesheim!

Entschlossen drängte Kai sich an den gaffenden Zuschauern vorbei, die nur widerwillig Platz machten und fluchten. Sie gesellte sich zu ihren Kollegen, wandte sich an den Oberstaatsanwalt und wechselte mit ihm ein paar belanglose Worte. Er sprach nicht über den neuen Fall, kleidete seine Gedanken ausnahmsweise nicht in Worte, und sie war ihm dankbar dafür. Sie wollte jetzt kein Gespräch mit ihm führen. Worüber hätten sie auch reden sollen? Schweigend schauten sie auf die weißgekleideten Spurenleute und warteten. Sie wussten, es konnte noch dauern; aber erst wenn die Kollegen ihre Arbeit erledigt hatten, wenn die Spuren gesichert waren, würden sie die Tote in Augenschein nehmen.

Ihr Warten wurde auf eine harte Probe gestellt, aber dann war es soweit. Die Spurenleute streiften sich die Überzüge von den Schuhen, befreiten sich von ihren Tyrek-Anzügen und schlossen die Tatortaufnahmekoffer.

Kai ging zu dem Leiter der Gruppe, der kurz von seinem Alukoffer aufblickte und ihr zulächelte: „Frau Sommer, um Ihre Frage zu beantworten, die Sie mir sicherlich gleich stellen werden: Ja, der Fundort ist auch der Tatort. Zweifel sind ausgeschlossen.“

Bevor Kai weiterging, brachte sie ein leises „Danke“ über ihre Lippen. Sie zwängte sich durch das Gebüsch, nickte kurz dem Rechtsmediziner hinter der Buche zu, ging neben ihm in die Hocke und schaute in ein bleiches, starres Mädchengesicht, umrahmt von einer Fülle blonder Locken. Die blauen Augen waren unnatürlich weit und leblos, von einem Glanz, wie sie künstliche Augen haben, wie die von Teddybären oder Puppen.

Der jungen Frau waren die Hände über dem Bauch gefaltet worden – es sah aus, als würde sie beten. Sie hatte schmale, schlanke Finger und rotlackierte Nägel, von denen einige abgebrochen waren. Der an ihrem Ringfinger glitzernde Stein passte ebenso wenig ins Bild, wie das schmutzige und zerrissene Sommerkleid, das nur notdürftig ihre Blöße bedeckte. Die Würgemale an ihrem Hals waren nicht zu übersehen.

Kai wandte sich an Dr. Brecht, der immer noch schweigend neben ihr hockte: „Und? War er es? Hat er wieder zugeschlagen?"

„Ich glaube schon, zumindest deutet einiges darauf hin."

„Können Sie sagen, seit wann sie hier liegt?"

Der Rechtsmediziner wiegte den Kopf hin und her: „Ich schätze, so etwa zehn bis zwölf Stunden."

„Und, wurde sie missbraucht?"

„Auf den ersten Blick nicht. Aber Sie wissen ja, bei den anderen beiden dachten wir das auch, aber dann ..."

„Ich weiß Doktor, ich weiß. Also wenn, dann vielleicht auch in diesem Fall wieder postmortal. Scheußlich!"

Dr. Brecht zuckte mit den Schultern, erhob sich und griff zu seiner Arzttasche: „Bis dann! Ich rufe Sie an, sobald ich Näheres weiß."

Als Kai wenig später den Tatort verließ, drängten die uniformierten Kollegen gerade mühsam die Zuschauer zur Seite, damit der Leichenwagen möglichst dicht heranfahren konnte. Auf dem Weg zu ihrem Dienstwagen fühlte Kai sich erschöpft und überlegte, ob sie ihren Schwur brechen und sich eine Zigarette anzünden sollte. Vielleicht würde das Nikotin ihre Lebensgeister wecken und sie ein wenig aufputschen.

Doch dann lenkte der Leiter des Erkennungsdienstes sie ab. Er kam mit schnellen Schritten auf sie zu und schwenkte dabei eine Tasche hin und her, die er in eine Plastikfolie gehüllt hatte.

„Frau Sommer, nicht so schnell, warten Sie bitte. Wir haben diesen Sportbeutel in einem Gebüsch neben der Toten gefunden."

„Und, ist was drin?"

„Leider keine Ausweispapiere, nur Tennisklamotten und Sportschuhe."

„Dann dürfte die Identifizierung nicht allzu schwer werden. Ich nehme an, sie hat hier Tennis gespielt und war Mitglied im Verein."

Kai lehnte sich gegen den Dienstwagen und schaute auf ihre Kollegen, die gerade den abgesperrten Tatortbereich verlassen hatten und nun auf sie zukamen. Sie bat Mike Severin, die Aussage des Rentners Friedrich Bunzel noch zu protokollieren und mit einem Taxi nachzukommen.

Danach setzte sie sich ans Lenkrad, ließ Heinz Ossenkopp einsteigen und startete den Wagen. Als sie in die Alfelder Straße einbogen, öffnete sie das Fenster und atmete tief durch, eigentlich war es doch ein herrlicher Sommertag.

*

Als Kai sich am folgenden Montagmorgen sehr viel früher als sonst an ihren Schreibtisch setzte, überflog sie als Erstes die Notizen von der Befragungsaktion ihrer Kollegen. Um den Namen der ermordeten Tennisspielerin zu erfahren, hatten sie Samstagnachmittag zunächst versucht, den Vereinsvorsitzenden des Turnclubs Gelb-Rot zu erreichen - doch leider vergeblich. Erst die gezielte Befragung mehrerer Vereinsmitglieder und zuletzt des Kassenwarts am gestrigen Sonntag brachte den gewünschten Erfolg.

Die Tote hieß Julia Sievers und hatte vor ein paar Tagen ihren 25. Geburtstag gefeiert. Sie wohnte an der Johannisstraße in Nähe des Friedhofes, lebte allein und war seit über einem Jahr Mitglied des Traditionsvereins Eintracht Hildesheim von 1861 - so die Aussagen des Kassenwarts.

Kai überlegte einen Augenblick und wählte dann die Nummer der Rechtsmedizin. Dr. Brecht meldete sich, konnte aber kaum mit Neuigkeiten dienen, sondern bestätige nur das, was er schon vorgestern am Tatort vermutet hatte. Julia Sievers, wie sie nun wussten, wurde am 5. August, also letzten Freitag, gegen 23:00 Uhr, plus, minus 60 Minuten, von einem Linkshänder erwürgt und danach geschändet. Postmortal! Wie schon bei Sonja Becker und Iris Menke fanden die Rechtsmediziner auch bei ihr Substanzen einer Gleitbeschichtung, wie sie der Hersteller einer bestimmten Kondommarke verwendete. Kurz vor ihrem Tod hatte die junge Frau ein Nudelgericht zu sich genommen. Wichtig für die Ermittlungen war jedoch, dass unter ihren abgebrochenen Fingernägeln Hautpartikelchen gefunden wurden; die Überfallene musste sich demnach heftig gewehrt haben. Kai schloss daraus, dass der Täter leichtsinniger wurde und sich zunehmend sicherer fühlte.

„Nach alledem“, resümierte der Rechtsmediziner abschließend, „können wir mit an Sicherheit grenzender Wahrscheinlichkeit davon ausgehen, dass die an der Innerste gefundene Tote sein drittes Opfer ist. Es gibt für mich da keine Zweifel, und die DNA-Analyse, deren Ergebnis ich morgen erwarte, wird das gewiss bestätigen. Eine reine Formsache. Alles in allem also nichts Neues.“

Kai schaute auf ihre Armbanduhr. In zehn Minuten war wieder einmal eine Dienstbesprechung angesetzt. Sie blätterte noch eine Weile in ihren Aufzeichnungen und betrat als Letzte das Besprechungszimmer, was von Waltershofen heute ausnahmsweise nicht mit einem vorwurfsvollen Blick oder einer tadelnden Bemerkung kommentierte. Sie nickten sich schweigend zu, und Kriminaldirektor Hundertmark bat Kai, die Ergebnisse der letzten Tage zusammenzufassen.

Es war von Waltershofen, der den Schluss aus Kais Ausführungen zog: „Frau Sommer, ich stelle fest, dass wir in Übereinstimmung mit der Rechtsmedizin von einem identischen Täter ausgehen. Wir suchen also, wenn Sie so wollen, ab sofort nach einem Serienkiller, der jederzeit wieder zuschlagen kann, und zwar so lange, bis wir ihn dingfest gemacht haben.“

„Was für eine zutreffende und hochintelligente Einschätzung!“, schoss es Kai durch den Kopf, bevor sie sich wieder auf die Worte des Oberstaatsanwaltes konzentrierte, der gerade sagte: „Unser Ziel muss es nun sein, diesen Psychopathen mit allen rechtsstaatlichen Mitteln zu stoppen, die unserem Polizeiapparat zur Verfügung stehen. Dem Morden muss endlich ein Ende bereitet werden!“

„Da bin ich völlig Ihrer Meinung“, stimmte Kai ihm mit ernstem Gesicht zu, wobei sie sich bemühte, ihre Stimme nicht ironisch klingen zu lassen.

Nun mischte sich Hundertmark ein: „Die Frage ist nur, wie wir taktisch und ermittlungstechnisch vorgehen. Ich gebe Ihnen durchaus Recht, da wir nun nach einem Serientäter suchen, um einmal diesen Terminus zu verwenden, hat der Fall für uns eine andere, brisantere Qualität bekommen. Das bedeutet auch, dass die Presse sich auf uns einschießen und uns zerreißen wird, wenn wir nicht bald einen Ermittlungserfolg vorweisen können."

„Warum haben wir eigentlich immer Angst vor denen? Ich finde, wir sollten ab sofort mit den Medien, besonders den örtlichen Zeitungen, noch enger und intensiver zusammenarbeiten, denn schließlich verfolgen wir dasselbe Ziel", warf Ossenkopp ein.

Und Severin ergänzte: „Ich meine, ein Presseaufruf in der Hildesheimer Allgemeinen und den bekannten Wochenzeitungen, die kostenlos an alle Haushalte verteilt werden, wäre hier durchaus sinnvoll. Vielleicht ist jemandem zur Tatzeit in der Nähe des Tennisstübchens oder auf dem Gelände des Sportvereins eine verdächtige Person aufgefallen. Und da nicht alle Leute Zeitung lesen, sollten auch Handzettel verteilt oder Lautsprecherwagen eingesetzt werden. Auch das wäre eine Möglichkeit, natürlich begrenzt auf den dortigen Stadtbereich."

Hundertmark nickte: „Herr Severin, die Idee ist nicht schlecht. Darüber sollten wir unbedingt noch einmal nachdenken." Er schwieg einen Augenblick und meinte nachdenklich: „Wenn ich mir die Tatorte anschaue, dann gehe ich davon aus, dass der Täter mobil ist und sich im ganzen Stadtgebiet bewegt. Die Bismarcksäule auf dem Galgenberg, der Liebesgrund an der Schützenallee und der Tennisclub an der Innerste liegen relativ weit auseinander und ..."

„Und bilden ein fast gleichschenkliges Dreieck", ergänzte Kai die Ausführungen ihres Vorgesetzten, der sie erstaunt ansah.

„Das ist mir noch gar nicht aufgefallen. Frau Sommer, wollen Sie damit andeuten, dass diese Konstellation etwas zu bedeuten hat und der Täter uns womöglich damit etwas sagen will?"

Kai schüttelte den Kopf: „Nein, ich glaube nicht. Es ist sicherlich eher zufällig. Aber ich hatte Sie unterbrochen. Sie sprachen gerade von der Mobilität des Täters."

„Ich meine, die Strecken kann er schlecht als Jogger zurückgelegt haben, er muss also über ein Auto verfügen, denn er wird wohl kaum mit öffentlichen Verkehrsmitteln zu den einzelnen Tatorten gefahren sein."

„Ich tippe eher auf ein Fahrrad“, warf Mike Severin ein und ergänzte: „Es ist doch denkbar, dass er ziellos durch die Gegend radelt, eine Frau sieht und dann über sie herfällt, weil sie zufällig in sein Schema passt. Möglich ist natürlich auch die Jogger-Variante oder eine Kombination.“

Von Waltershofen unterbrach ihn spöttisch: „Herr Severin, Sie glauben wohl immer noch an diesen geheimnisvollen, mysteriösen und rothaarigen Jogger in blauem Anzug und weißen Turnschuhen, der plötzlich und unerwartet wie ein Phantom auftaucht und über irgendwelche Frauen herfällt. Ich denke, das können wir vergessen! Es sind Hirngespinste! Meiner Einschätzung nach ist diese Figur der Fantasie eines alten, kurzsichtigen und senilen Rentners entsprungen.“

„Ich glaube nach wie vor an die Aussage des Spaziergängers Fritz Krüger“, protestierte Mike Severin mit geröteter Stirn und warf seiner Chefin einen hilfesuchenden Blick zu.

Hundertmark räusperte sich: „Vielleicht sollten wir nun das weitere Vorgehen besprechen. Frau Sommer, wie sehen Ihre nächsten Schritte aus?“

„Nun, zunächst werden wir uns mit dem Umfeld der Toten beschäftigen – Familienmitglieder, Freunde, Bekannte, Arbeitskollegen. Hatte sie eine Beziehung? Wichtig dürfte auch der Tagesablauf sein. Warum war sie so spät noch unterwegs? Wir müssen uns in ihrem Tennisverein und der Clubgaststätte umhören.“

Von Waltershofen hob die Hände und fiel ihr ins Wort: „Frau Sommer, das hört sich ja alles gut an. Aber ich meine, es wird letztendlich nicht viel bringen und ist somit verlorene Zeit, die wir, so meine ich, sinnvoller und effektiver einsetzen sollten. Gerade jetzt, wo es darauf ankommt und Eile geboten ist! Ihr Vorgehen wäre durchaus angebracht, wenn es hier um eine Beziehungstat gehen würde, aber die können wir aufgrund unserer Erkenntnisse nun ja wohl ausschließen. Nein, unser Mann ist kein Beziehungstäter, sondern ein Psychopath, der willkürlich seine Opfer sucht und dann über sie herfällt. Ich will damit sagen, dass sich Opfer und Täter nicht kennen und Motive wie Eifersucht, Habgier oder der Wunsch, jemanden zum Schweigen zu bringen, durch einen dunklen Trieb ersetzt werden, der sich aus der Persönlichkeit des Täters heraus erklären lässt."

Die weiteren, dozierenden Worte des Oberstaatsanwaltes gingen in einem Schrillen unter, das aus Kais Tasche kam. Sie lächelte entschuldigend, stand auf und ging mit dem Handy am Ohr in die hintere Ecke des Besprechungszimmers. Konzentriert lauschte sie dem Anrufer und beendete erst Minuten später mit einem kurzen „Danke" das Telefonat. Als sie sich wieder zu den anderen setzte, lächelte sie ihrem Kollegen Mike Severin zu und murmelte: „Deine Jogger-Variante! Du könntest Recht haben!"

Der Oberstaatsanwalt runzelte die Stirn, sah sie irritiert an und meinte vorwurfsvoll: „Frau Sommer, vielleicht sollten Sie etwas deutlicher werden und uns in Ihr Gespräch einbeziehen. Ich verstehe nämlich kein Wort."

Kai lehnte sich zurück und sagte in die erwartungsvolle Stille: „Die Bedienung aus der Clubgaststätte des Tennisclubs Gelb-Rot, eine gewisse Frau Stielecke, hat vor einigen Minuten im Kommissariat angerufen und erzählt, sie habe am 5. August, also am letzten Freitag, so gegen 23:00 Uhr, einen Gast bedient, der dort völlig unbekannt sei."

„Und, ... was ... bedeutet ... das?", unterbrach sie der Oberstaatsanwalt, betont schleppend und gelangweilt sprechend.

Hundertmark schüttelte ungehalten den Kopf: „Herr von Waltershofen, ich wäre Ihnen sehr verbunden, wenn Sie Frau Sommer ausreden ließen."

Mit leiser Stimme fuhr Kai fort: „Ja, wie gesagt, ein unbekannter Mann, was in dem Tennisstübchen sehr ungewöhnlich ist, denn dort kennt jeder jeden. Ja, und ausgerechnet am 5. August, dem Todestag der jungen Frau, taucht plötzlich dieser Unbekannte auf. Nein, das kann kein Zufall sein! Besonders interessant ist für uns jedoch das Aussehen des Mannes. Frau Stielecke hat den Kollegen erzählt, er habe rote Haare gehabt und einen blauen Trainingsanzug getragen. Und besonders aufschlussreich ist, dass sich in der fraglichen Zeit auch Julia Sievers im Gastraum befand."

„In der Tat, ein erstaunlicher Zufall", bemerkte Kriminaldirektor Hundertmark und wandte sich an Kai: „Könnte das unser

Mann sein? Welche Schlüsse ziehen Sie aus den Beobachtungen der Bedienung?"

„Im Augenblick noch gar keine. Wir werden uns sofort nach dieser Dienstbesprechung mit Frau Stielecke in Verbindung setzen und sie eingehend befragen, besonders was den Abend des 5. August angeht. Spontan fallen mir hierzu folgende Fragen ein, die wir umgehend klären müssen: Hatte Frau Stielecke den Eindruck, dass die beiden, also der Jogger und Julia Sievers, sich kannten? Wann genau verschwanden sie aus der Clubgaststätte? Wie ich eben dem Telefonat entnehmen konnte, soll der Jogger vor Julia Sievers die Gaststätte verlassen haben. Wenn das zutrifft, könnte er also draußen auf sie gewartet haben."

„Das begründet aber noch lange nicht seine Täterschaft und ...", warf von Waltershofen skeptisch ein.

„Das behauptet auch niemand!", unterbrach ihn Kai Sommer gereizt und unhöflicher, als sie eigentlich wollte. Aber irgendwie hatte sie wieder das Gefühl, dass der Oberstaatsanwalt sich auch für heute vorgenommen hatte, ihr auf den Nerven herumzutanzen. Mein Gott, nahm das denn nie ein Ende?

Hundertmark, der zu ahnen schien, was in Kai vorging, mischte sich ein: „Um noch einmal die Zusammenarbeit mit der Presse anzusprechen. Ich meine, wir sollten einen Aufruf in der Hildesheimer Allgemeinen starten und den ominösen Jogger auffordern, nein, besser, ihn sehr herzlich bitten, sich der Polizei als Zeuge zur Verfügung zu stellen. Außerdem sollten wir eine Pressekonferenz einberufen." Und mit Blick auf den Oberstaatsanwalt fügte er hinzu: „Ich nehme an, Herr von Waltershofen, das wäre auch in Ihrem Sinn. Oder?"

*

Nachdem Kai Sommer ihre Kollegen Ossenkopp und Severin gebeten hatte, noch einige Befragungen durchzuführen, fuhr sie, da kein Dienstwagen zur Verfügung stand, mit ihrem alten Golf zum Tennisstübchen des Gelb-Rot. Auch heute strapazierte der Keilriemen ihre Nerven, er kreischte furchterregend und machte einige Fußgänger auf das Auto aufmerksam, was ihr ausgesprochen peinlich war. Kai nahm sich noch einmal fest vor, den Wagen in der nächsten Woche gegen einen anderen einzutauschen. Als sie ein Stück auf der Alfelder Straße gefahren war, atmete sie auf, das Kreischen nahm ab und verschwand schließlich.

Kai sah auf die Uhr im Armaturenbrett. Sie lag gut in der Zeit; um 10:00 Uhr wollte sie sich mit Frau Stielecke in der Clubgaststätte treffen. Noch vor der Terminabsprache hatte sie die Bedienung gefragt, was der Unbekannte konsumiert habe und ob das Geschirr vom Freitagabend schon im Abwasch gelandet sei. Wenn der Täter am Freitagabend, kurz vor Feierabend, in der Gaststätte war, die Gaststätte aber am Samstag wegen Krankheit geschlossen war, wie sie auf dem Schild in der Tür gelesen hatte, und der Sonntag sowieso Ruhetag war, dann gab es ja vielleicht ein kleine Chance, dass das Geschirr nicht gespült worden war.

Frau Stielecke hatte mit der Frage zunächst nichts anfangen können. Erst als Kai ihr erklärte, dass sich wahrscheinlich auf dem Trinkglas des Unbekannten, dem sie am späten Abend des 5. August ein Getränk serviert hatte, Fingerabdrücke und Speichelspuren befinden würden, verstand sie, was die Kriminalbeamtin meinte. Und Kai hatte Glück! Frau Stielecke war es schon am Freitagabend gar nicht gut gegangen. Deshalb habe sie das Geschirr nur noch in die Spülmaschine gestellt, die sie aber nicht unbeaufsichtigt laufen lassen wollte, und sei nach Hause gegangen. Das war genau die Antwort, die sich Kai erhofft hatte.

Kurz vor zehn parkte sie ihren Wagen vor dem Gelände des Sportvereins Borussia, fast an derselben Stelle, an der sie am letzten Sonnabend ihren Dienstwagen abgestellt hatten, und ging mit schnellen Schritten die kurze Strecke zum Tennisstübchen.

Mit gemischten Gefühlen blieb Kai eine Weile vor der Clubgaststätte stehen und schaute zur Buche hinüber, die vor ein paar Tagen noch das Zentrum eines Dramas gewesen war und deren glatter Stamm heute unschuldig in der Nachmittagssonne glänzte. Ein idyllischer Ort, mit viel Grün und Vogelgezwitscher – nur das niedergetretene Gras und die vom Buschwerk abgerissenen Zweige und Äste erinnerten noch daran, dass der hochgewachsene

Baum am letzten Sonnabend im Mittelpunkt der Sensationspresse gestanden hatte und unzählige Male abgelichtet worden war. Aber auch dieses schreckliche Ereignis würde schon bald in Vergessenheit geraten und von anderen Schicksalen und Katastrophen überrollt werden. Ohne dass es ihr bewusst wurde, faltete Kai die Hände, als sie an die ermordete Julia Sievers dachte. Sie ließ ihre Blicke noch ein letztes Mal mit der Gewissheit über den Tatort schweifen, dass bereits in kurzer Zeit die üppige Vegetation die hässlichen Blessuren um den Baum verschwinden lassen würde.

Als Kai den Gastraum betrat, stand Frau Stielecke hinter dem Tresen und polierte sorgfältig mit einem Leinentuch die Trinkgläser. Eigentlich hatte Kai sich die Bedienung einer Sportgaststätte anders vorgestellt. Sie wusste nicht warum, aber immer, wenn sie mit jemandem telefonierte, machte sie sich ein Bild von der Person am anderen Ende der Leitung. Oft stimmte ihre Vorstellung über das Aussehen ihres Telefonpartners, aber in diesem Fall lag sie völlig daneben: Frau Stielecke war nicht groß, schlank und hager, wie sie wohl aufgrund des Begriffs „Sport" assoziiert hatte, sondern eher mittelgroß, rundlich und mit einer gewaltigen Oberweite. Sie gab Frau Stielecke die Hand und bat um eine Tasse Kaffee.

Lächelnd ließ sie sich an einem Tisch nieder und meinte mit Blick auf die glänzenden Gläser: „Frau Stielecke, ich gehe davon aus, dass Sie das Trinkglas des unbekannten Mannes nicht auch so poliert haben."

„Wo denken Sie denn hin! Schließlich haben Sie mir ja genau erklärt, worum es geht, und hin und wieder sehe ich mir ja auch Krimis im Fernsehen an." Sie redete nicht weiter, sondern griff unter ihren Tresen und zog triumphierend mit spitzen Fingern eine durchsichtige Plastiktüte hervor, in der ein Trinkglas durchschimmerte: „Hier ist es! Allerdings werden Sie darauf auch meine Fingerabdrücke finden."

„Frau Stielecke, sind Sie sicher, dass es das richtige Glas ist?"

„Ja, bin ich, denn ich hatte kurz vorher schmutziges Geschirr spülen lassen, war noch beim Ausräumen der Maschine, während ich das Essen für das arme Opfer zubereitete habe. Und es war ja kaum was los an diesem Abend, ich hatte sogar den Fernseher laufen, das mache ich immer, wenn einzelne Gäste da sind, und die sich mit der Glotze ein wenig ablenken wollen. Haben ja keine Unterhaltung sonst. Und der Fremde war der einzige, der noch eine Cola getrunken hat. Und für Cola nehme ich immer ein bestimmtes Glas."

„Frau Stielecke, das haben Sie prima gemacht. Vielen Dank!", lobte Kai und griff zu ihrem kleinen Notizblock: „Ich habe allerdings noch einige Fragen, die für unsere weiteren Ermittlungen sehr wichtig sind. Kannten Sie Julia Sievers persönlich?"

„Nein, eigentlich nicht. Wir haben hin und wieder zwar einige Worte gewechselt, aber näher habe ich sie nicht gekannt. Ich weiß nur, dass sie hier im Club Tennis spielte, immer am späten Freitagabend. Ich nehme an, das hing mit ihrem Beruf zusammen. Ich glaube, sie war in einem Call-Center beschäftigt und hatte Schichtdienst. Aber trotzdem berührt es mich natürlich und ..." Frau Stielecke stockte, zog ein Taschentuch aus dem Ärmel ihres Kleides und tupfte sich Tränen aus den Augen. Aber dann schien sie sich wieder gefasst zu haben: „Entschuldigung! Wissen Sie, obwohl ich sie nicht näher kannte, sehe ich sie immer noch hier am Tisch sitzen, so voller Leben und dann kommt so ein Kerl daher und ..."

Kai legte ihr beruhigend die Hand auf den Arm: „Frau Stielecke, ich kann Sie sehr gut verstehen. Kam sie denn jeden Freitagabend hier in das Clubhaus?"

„Ja, immer! Wie schon gesagt, zuerst spielte sie Tennis, dann joggte sie und kam anschließend hierher. Sie trank meist ein paar Alster."

„Hat sie auch was gegessen?"

„Ja, ihr Lieblingsgericht, immer Tortellini Panna mit Sahnesauce und Schinken für sechs Euro."

Kai nickte, das stimmte mit den Aussagen des Rechtsmediziners überein. „Können Sie bitte noch einmal sagen, wann Frau Sievers und der fremde Gast hier in die Gaststätte gekommen sind? Bitte so genau wie möglich."

Frau Stielecke dachte nach und sagte dann zögernd: „Also, Frau Sievers kam so gegen 21:30 Uhr und hat dann, wie schon gesagt, einige Alster getrunken und das Essen bestellt; sie ist dann um 23:20 Uhr, spätestens aber um 23:30 Uhr gegangen. Wissen Sie, offiziell schließe ich die Gaststätte um 23:00 Uhr, aber am Freitag mache ich immer eine Ausnahme, auch an diesem Feitag, obwohl es mir an diesem Tag gar nicht so gut ging, aber das sagte ich ja bereits. Na ja, also der fremde Jogger kam genau um 23:00 Uhr. Ich wollte ihm schon sagen, dass geschlossen ist, aber dann habe ich es doch nicht getan."

Frau Stielecke überlegte und bekräftigte dann noch einmal: „Ja, es war 23:00 Uhr! Ich weiß das deswegen so genau, weil um diese Zeit in der Glotze immer diese Doku-Reihe beginnt! Warten Sie, ich hole die Fernsehzeitung."

Kai winkte ab: „Lassen Sie, Frau Stielecke, das ist nicht nötig. Wer von den beiden ist denn zuerst gegangen?"

„Also, zuerst der Jogger, er war vielleicht 'ne Viertelstunde hier, länger nicht, und kurze Zeit später dann Frau Sievers."

„Und hatten Sie den Eindruck, dass die beiden sich kannten?"

„Nein, das glaube ich nicht. So, wie die Sievers aussieht ... Entschuldigung, ich meine, wie sie ausgesehen hat. Sie war so lebenslustig, voller Energie und Power, und er gerade das Gegenteil, stur, wortkarg und verklemmt. Er saß übrigens an dem Tisch, an dem wir jetzt sitzen, und Frau Sievers an dem da." Sie deutete mit ihren fleischigen Fingern auf einen Tisch, der etwa drei Meter entfernt stand, überlegte noch einmal kurz und schüttelte dann heftig den Kopf: „Nein, ich kann es mir nicht vorstellen, dass die beiden sich gekannt haben! Allerdings konnte ich beobachten, wie er einige Male zu ihr hinüberschielte. Aber das hatte sicherlich nichts zu bedeuten, schließlich war sie eine schöne Frau."

„Frau Stielecke, ich habe noch eine Bitte: Ein Kollege von mir wird Sie anrufen, um einen Termin mit Ihnen zu vereinbaren, wann sie zusammen in der Polizeiinspektion ein Phantombild anschauen können. Ich hoffe, dass Sie sich diese Zeit schnell nehmen können und möchte Sie bitten, sich das Bild genau anzusehen und es mit dem Aussehen des Gastes von Freitagabend zu vergleichen.

Ja, und mit Hilfe meines Kollegen können Sie es auch verändern lassen, damit es der Person möglichst ähnlich sieht."

Kai nahm einen Schluck von dem inzwischen kalt gewordenen Kaffee: „Frau Stielecke, Sie haben uns sehr geholfen. Ich glaube, weitere Fragen stellen sich im Augenblick nicht. So, und jetzt möchte ich eine Kleinigkeit essen, Nudeln wären gut. Können Sie mir Tortellini bringen?"

„Tortellini Panna mit Sahnesauce und Schinken für sechs Euro?"

„Ja, bitte!"

Als Frau Stielecke sich entfernte, fiel Kai ein, dass sie das gleiche Gericht bestellt hatte wie Julia Sievers – ihre Henkersmahlzeit, kurz vor dem Tod.

*

16:00 Uhr. Pressekonferenz im großen Sitzungssaal der Polizeiinspektion. In schneller Folge kamen die Fragen der Zeitungsleute, die Kai an diesem Mittwochnachmittag wie Hagelkörner erschienen: Viele schwirrten an ihr vorbei, manche streiften sie nur, aber einige trafen sie auch schmerzhaft, während Oberstaatsanwalt Dr. von Waltershofen und Kriminaldirektor Hundertmark nur wenige Treffer abbekamen.

Wie kommt es, dass der Täter immer noch nicht gefasst ist – was tut die Polizei den ganzen Tag? Warum haben Sie Mustafa Menderes ausreisen lassen – wurde inzwischen Interpol eingeschaltet? Haben Sie bei den bisherigen Festnahmen übereilt gehandelt? Warum haben Sie diesen ominösen Gast aus dem Tennisstübchen noch nicht gefunden? Glauben Sie, dass der Mörder noch ein viertes Mal zuschlägt? Ist die Polizei überhaupt noch im Stande, unsere Bürger zu schützen? Gibt es inzwischen eine heiße Spur?, waren die harmlosen Fragen.

Aber andere schmerzten und trafen wie Nadelstiche: „Fühlen Sie sich überfordert und wenn ja, wäre es dann nicht sinnvoll, die Leitung der Sonderkommission einem erfahrenen Kollegen zu übertragen? Glauben Sie, dass Sie den Aufgaben einer Mordermittlerin voll gewachsen sind?" Verdammt, sie durfte nicht so dünnhäutig sein, die Zeitungsleute machten nur ihren Job!

Dennoch hatte die Konferenz auch etwas Gutes: Sie sah Thomas Dreyer wieder. Er saß in der letzten Reihe, war im Auftrag seiner Zeitung hierher gekommen, und stellte keine Fragen, hörte nur zu und sammelte still seine Informationen. Als Kai nach der Pressekonferenz die Polizeiinspektion verließ und in Gedanken versunken die Treppe nach unten ging, stand Thomas vor dem mehrstöckigen Backsteinbau und winkte mit beiden Armen.

Sie ging auf ihn zu, umarmte ihn und sagte mit Blick auf ihre Armbanduhr: „Es ist gleich sechs. Wenn du Zeit und Lust hast, können wir uns ein Stündchen zusammensetzen und ..."

„Vielleicht bei dir zu Hause?", frohlockte Thomas.

„Nein, das ist keine gute Idee, zumindest nicht heute. Lass uns in die Gaststätte *Zum Klee* fahren - wir könnten dort eine Kleinigkeit essen und was trinken."

„Wo ist denn das?"

„Es liegt an der Renatastraße - und es wird dir gefallen. Du kannst bei mir einsteigen, denn zufällig habe ich heute meinen Wagen dabei. Deinen Mondeo kannst du hier lassen, ich nehme an, du hast ihn da hinten in der Pappelallee geparkt. Oder?" Ohne auf eine Antwort zu warten, drehte sie sich um und steuerte auf ihren alten Golf zu.

„Mein Gott, du hast ja immer noch diese alte Schrottkiste! Ich finde, es wird höchste Zeit, dass du dir endlich einen neuen Wagen zulegst und ..."

„Das werde ich, und zwar schon sehr bald! Allerdings wieder einen Gebrauchten, denn einen Neuen kann ich mir bei meinem Gehalt beim besten Willen nicht leisten, aber das muss auch nicht sein. Ich habe mich auch schon in mehreren Autohäusern ein wenig umgesehen und gut erhaltene Gebrauchtwagen entdeckt. Ja, in der nächsten oder übernächsten Woche geht's los, auch schon wegen der Ummeldung ... Aus *H* wird dann *HI* und natürlich mit der Buchstabenkombination *KS*. Wird ja wohl noch zu haben sein."

Thomas lachte: „Die Botschaft hör' ich wohl, allein mir fehlt der Glaube, um einmal aus Goethes Faust zu zitieren, oder mit anderen

Worten: Erst wenn ich das neue Stück sehe, glaube ich es! Ich habe nämlich das untrügliche Gefühl, dass du dich gar nicht von der alten Kiste trennen willst. Weißt du, es soll Menschen geben, die zu ihrem Auto im Laufe der Jahre oder gar Jahrzehnte eine enge, ja fast schon erotische Beziehung aufbauen und die dann Depressionen bekommen und in Tränen ausbrechen, wenn sie das gute Stück ..."

„Thomas, es reicht! So einen Unsinn habe ich schon lange nicht mehr gehört."

Eine Weile schwiegen sie, und Kai konzentrierte sich auf den zunehmenden Verkehr. Erst als sie am Hohnsensee vorbeifuhren, sagte sie: „Ich bin sicher, die Gaststätte wird dir gefallen. Seit ich hier in Hildesheim bin, war ich schon einige Male dort, es gibt da einen wunderschönen Bayerischen Biergarten, und man trifft viele interessante Leute. Natürlich Kommunalpolitiker und Abgeordnete aus dem Land- und Bundestag, aber auch Showstars wie Toni Marshall, der übrigens ein guter Freund des Wirtes ist."

Mittlerweile waren sie am Parkplatz des Klinikums vorbeigefahren und befanden sich auf der Renatastraße. Kai zeigte nach vorn: „Da, am Ende der Straße ist es! Wir fahren gleich rechts auf den Parkplatz."

Als sie ausstiegen, meinte Kai: „Ich schlage vor, dass wir uns zunächst in die Gaststätte setzen und später dann vielleicht in den Biergarten?"

Thomas nickte und folgte ihr zu einem rechts hinten in der Ecke stehenden Tisch, über dem ein Hirschgeweih schwebte. Wortlos ließ er sich in der Ecke nieder und war beeindruckt von der bayerischen Atmosphäre in Hildesheim.

Kai beobachtete ihn und sagte mit Blick auf die Bedienung, die sich dem Tisch näherte: „Bei meinem letzten Besuch habe ich mir den *Kleetopf* bestellt – ein Genuss sage ich dir! Aber heute werde ich den *Hildesheimer Rosenteller* probieren, mit verschiedenen Steaks, Würstchen, Zwiebeln, Paprika, Steaksauce und ..."

Thomas unterbrach sie: „Okay, den nehme ich auch. Und was trinken wir, vielleicht einen Roten?"

„Ja, gern. Ich trinke hier immer den 2001er Beaujolais Villages, der ist nicht so teuer und schmeckt sehr gut."

„Einverstanden! Ich weiß ja, dass ich mich auf deinen Geschmack verlassen kann."

Als das Essen aufgetragen war und sie sich zuprosteten, kam es ihnen so vor, als hätten sie sich das letzte Mal nicht vor ein paar Wochen gesehen, sondern erst gestern. Sie plauderten, aßen und tranken, aber irgendwann holte sie ihr beruflicher Alltag ein und Thomas meinte: „Übrigens, ich habe mich gestern mit einem Kollegen der Bild-Zeitung unterhalten – du weißt schon, über diesen Artikel, in dem gemutmaßt wurde, es gebe bei euch eine undichte Stelle."

„Was ich mir beim besten Willen nicht vorstellen kann", warf Kai ein.

„Also, der Kollege hat mir erzählt, dass an diesem Tag in der Redaktion der Teufel los war. Einige kämpften mit der Sommergrippe oder lagen mit Fieber im Bett, der Chefredakteur war in Hamburg zu einer Besprechung und ein älterer Kollege, der sonst immer so etwas wie die redaktionelle Filterfunktion übernimmt, befand sich auf der Beerdigung seiner Tante. Ja, und in diesem Durcheinander ist der Artikel des Praktikanten dann ungeprüft durchgelaufen und in Druck gegangen."

Thomas nahm einen Schluck von dem Beaujolais, der auch ihm zu schmecken schien, und fuhr fort: „Allerdings musste sich der junge Mann so einiges anhören, und ich meine mit Recht."

Kai blieb skeptisch: „Mag ja sein, dass dieser missratene Artikel von einem Praktikanten kam. Aber sicherlich gibt es bei den Bild-Redakteuren auch schwarze Schafe, die zwar ein Gespür für reißerische Artikel haben, aber nur wenig oder gar nichts von einer sauberen Recherche halten, weil sie ihnen zu mühsam und zeitintensiv ist. Vielleicht hat unsere Dienststelle ja ein wenig überreagiert, denn wir sind in letzter Zeit alle etwas dünnhäutig, nicht nur die Kollegen von der Drogenkriminalität, sondern auch meine Leute."

„Du meinst, wegen der drei unaufgeklärten Fälle?"

„Ja, wir kommen einfach nicht weiter. Es ist so, als würden wir auf der Stelle treten." Seufzend schwieg sie, nahm einen Schluck von dem Rotwein und fuhr dann leise fort: „Zur Zeit werden die

Fälle noch einmal ganz von vorn aufgerollt. Ich hoffe, wir haben Glück und der Zufall führt uns auf die richtige Spur. Aber ich glaube, wir brauchen beides. Glück und Zufall! Im Augenblick geht es uns jedoch darum, dem Glück ein wenig auf die Sprünge zu helfen und das Netz von Zufällen so feinmaschig wie nur möglich zu knüpfen, und zwar so eng, dass sich der Frauenmörder schließlich darin verfangen wird. Und was wir in dieser Phase noch brauchen, meine Kollegen und ich, das ist ein wenig Zuspruch von guten Freunden und den Hoffnungsschimmer eines baldigen Erfolges."

Kai stockte, hob ihr Glas mit dem funkelnden französischen Rotwein und prostete Thomas zu. Es war gut, dass sie in diesem Augenblick nicht die Hindernisse und Unannehmlichkeiten sehen konnte, die sich schon jetzt auftürmten, um sich ihr in den nächsten Tagen in den Weg zu stellen.

10

Lustlos warf Kai einen Blick auf die Notiz über ein Telefonat, das am gestrigen Abend im RLFZ, dem Regionalen Lage- und Führungszentrum, eingegangen war. Ein Student aus dem Stadtteil Ochtersum behauptete, der Mann auf dem Phantombild wohne ganz in seiner Nähe. Der Anrufer hieß Dirk Franzke, war 24 Jahre alt und studierte seit drei Jahren an der örtlichen Universität. Kai drückte ihrem Kollegen Mike Severin den Zettel in die Hand und bat ihn, die Angaben des Studenten zu überprüfen. Danach beschäftigte sie sich erneut mit einigen Kurzprotokollen, die Kollegen von den Telefonaten aufgezeichnet und ihr auf den Tisch gelegt hatten. Obwohl seit dem Erscheinen des Phantombildes einige Dutzend Anrufe eingegangen waren, war kein entscheidender Hinweis dabei. Und es gab natürlich wieder Anrufe von Spinnern, Wichtigtuern oder auch von ehrenwerten Bürgern, die ihren Nachbarn oder Bekannten etwas anhängen wollten.

Alles in allem waren es frustrierende Ergebnisse, auch wenn fast jeder Anruf zunächst immer wieder die trügerische Hoffnung weckte, dem Täter endlich auf der Spur zu sein. Da Kai Sommer darauf bestanden hatte, jedem Hinweis nachzugehen, wurden die Kollegen mit zusätzlicher Arbeit nahezu überschüttet. Aber letztlich störte es sie nicht; weil das immer noch besser war, als untätig herumzusitzen und auf den nächsten, den vierten Mord des Psychopathen zu warten.

Kai seufzte. Verdammt, es musste doch irgendwann der Anruf eines Bürgers eingehen, mit dem sie etwas anfangen konnten! Dieser Mann, schlank und rothaarig, konnte sich doch nicht in Luft aufgelöst haben. Mit großer Wahrscheinlichkeit wohnte er hier in der Stadt, hatte Nachbarn, Bekannte, Arbeitskollegen und vielleicht auch Freunde. Es war unvorstellbar, dass ihn keiner kannte oder gesehen haben wollte, zumal Phantomzeichnung und Beschreibung nicht deutlicher und informativer hätten sein können.

Worin lagen die Ursachen? Vielleicht in der tiefverwurzelten Scheu, einen Nachbarn oder Bekannten zu verraten? Wenn alle so waren wie ihr Vater, dann konnte sie sich vorstellen, dass besonders ältere Bürger sich von der polizeilichen Aufforderung nicht angesprochen fühlten. Der alte Herr Sommer hatte oft und gern Hoffmann von Fallersleben zitiert: „Der größte Lump im ganzen Land, das ist und bleibt der Denunziant!" Aber mein Gott, das war eine Feststellung, die der Dichter aufgrund der politischen Gegebenheiten von sich gegeben hatte - damals, vor mehr als 150 Jahren. Aber hier und heute lebten sie in einem Rechtsstaat, und es ging schließlich darum, einen Serientäter aus dem Verkehr zu ziehen, bevor er weiteres Unheil anrichten konnte.

Dass der späte Gast aus der Clubgaststätte sich der Polizei nicht von sich aus als Zeuge zur Verfügung stellen würde, hatte Kai vorausgesehen - denn schließlich war er der gesuchte Serientäter. Das hatte der DNA-Vergleich von dem Glas mit den genetischen Spuren an den Opfern eindeutig bewiesen. Aber diese DNA war nun einmal nicht in einer Kartei erfasst, die sie zum Täter führen könnte.

Am späten Nachmittag meldete sich Mike Severin: „Ich bin hier im Stadtteil Ochtersum."

„Ja, und? Was machst du denn da?"

„Nur zu deiner Erinnerung: Ich sollte hier einen jungen Mann namens Dirk Franzke aufsuchen und ihn befragen."

„Ja, ja, ist ja schon gut", unterbrach ihn Kai genervt, „das hatte ich wirklich total vergessen, entschuldige. Und, ist was dran?"

„Ich glaube schon", kam es hoffnungsvoll aus dem Telefon. „Dieser Franzke ist nämlich fest davon überzeugt, dass der Mann in seiner Nachbarschaft wohnt. Er sagt, er würde ihn fast jeden Morgen beim Joggen treffen und einmal wäre er sogar mit ihm um die örtliche Kleingartenanlage gelaufen."

„Weiß er, wo genau der Mann wohnt?"

„Nein, leider nicht."

„Ja, und was schlägst du vor?"

Mike Severin räusperte sich: „Ich meine, bevor wir mit dem Phantombild von Haus zu Haus latschen und hier in Ochtersum Unruhe verbreiten und ihn möglicherweise sogar aufschrecken, wäre es am sinnvollsten, wenn ich morgen früh in meinen Jogginganzug steige, hier einige Runden drehe und ..."

„Mike, das ist eine gute Idee! Geh aber bitte kein Risiko ein."

„Keine Sorge, ich werde einige Kollegen um Unterstützung bitten. Ja, und wenn der Jogger tatsächlich dem Phantombild ähneln sollte, werden wir ihn höflich bitten, mit auf die Dienststelle zu kommen."

„Okay Mike, mach das, aber sei vorsichtig!"

Kai behielt noch eine Weile den Hörer in der Hand, legte ihn zögernd zurück und schielte dabei über die Schulter auf den Stadtplan von Hildesheim. Ochtersum, im Süden der Domstadt! Konnte es sein, dass dort der Mann lebte, den sie seit Wochen suchten? Ihr Blick fiel auf das Grün des Liebesgrundes, wanderte dann nach rechts zum Landschaftsschutzgebiet des Galgenberges und blieb dann links davon an der Innerste hängen, der Stelle, an der vor ein paar Tagen Julia Sievers überfallen und ermordet worden war. Die Luftlinie vom Stadtteil Ochtersum zu den Tatorten war nicht allzu groß, dennoch war es unwahrscheinlich, dass der Täter, wenn er es denn tatsächlich sein sollte, die Strecke zu Fuß zurückgelegt hatte. Nein, das war nur schwer vorstellbar; er musste ein Auto haben oder, wie Kollege Mike Severin meinte, ein Fahrrad. Konnte sie es überhaupt verantworten, diesem jungen Kollegen die Sache in Ochtersum zu übertragen? Wie würde der Mann reagieren, wenn er wirklich der gesuchte Straftäter war? Aber vielleicht hatte der Student sich ja auch getäuscht und diese vermeintlich heiße Spur war wieder nur eine Sackgasse.

*

Bei der Frühbesprechung ging es wieder einmal um die eher frustrierende Reaktion auf die Veröffentlichung des Phantombildes. „Ich frage mich schon die ganze Zeit, ob der Mann, den wir suchen, so etwas wie ein Verwandlungskünstler ist", brachte Ossenkopp nicht ganz ernst gemeint vor. „Vielleicht kommt er aus dem Zirkus, einem Varieté oder ..."

Kai fiel ihm ins Wort: „Kann ich nicht drüber lachen, in unserer Situation."

„Das war auch gar nicht als Witz gemeint! Es ist doch denkbar, dass er in seiner Nachbarschaft in einem völlig anderen Outfit herumläuft – und wer sagt uns denn, dass die roten Haare echt sind? Vielleicht trägt er eine Perücke, die ihn völlig verändert. Das wäre zumindest eine Erklärung dafür, warum ihn niemand auf dem Phantombild erkennt."

„Eine Erklärung schon, aber sie bringt uns nicht weiter!" Sie beendeten die fruchtlose Diskussion nach kurzer Zeit und Kai ging in die Teeküche, um sich einen Kaffee zu holen.

Plötzlich stand Mike Severin im Türrahmen. Er machte einen geradezu euphorischen Eindruck. Irritiert schaute Kai auf, wollte etwas sagen, aber er kam ihr zuvor: „Kai, ich glaube, wir haben ihn! Er befindet sich nebenan im Schreibzimmer. Wenn du willst, kannst du ihn dir gleich vornehmen."

„Was macht dich so sicher?", dämpfte Kai seinen Optimismus.

„Na, sein Aussehen! Es ist der Mann auf dem Phantombild!"

Obwohl es in Kai brodelte, sie plötzlich ihren Herzschlag spürte und ein Adrenalinstoß durch ihren Körper zu sausen schien, stand sie langsam auf und sagte betont ruhig und gelassen: „Gut, dann werden wir ihm einige Fragen stellen. Was macht er für einen Eindruck, hat er Probleme gemacht?"

„Nein, überhaupt nicht. Er wirkt sehr friedfertig, aber das kann natürlich auch Fassade sein."

Mike sprach nicht weiter, sondern folgte seiner Kollegin, die mit schnellen Schritten vorauseilte. Einen Augenblick blieb Kai vor dem Schreibzimmer stehen, holte tief Luft und drückte entschlossen die Klinke nach unten. Sie nickte dem uniformierten Beamten zu, der gelangweilt an der Wand neben der Tür lehnte, und fixierte den Mann, den ihr Kollege hierher gebracht hatte und der drei Frauen bestialisch ermordet haben sollte. In der Tat, er machte einen friedfertigen Eindruck, wie er so am Tisch saß, etwas hilflos und bescheiden, mit den rötlichen Haaren und dem blauen Sportanzug, der ihm mindestens eine Nummer zu groß war.

Kein Zweifel! Er war es! Der Mann auf dem Phantombild! Es war der Jogger, den Frau Stielecke im Tennisstübchen am 5. August bedient hatte. Kai gab ihm die Hand, setzte sich ihm gegenüber an den Tisch und stellte sich vor: „Mein Name ist Kai Sommer, Kriminalhauptkommissarin. Ich möchte Ihnen zunächst danken, dass Sie unserem Wunsch gefolgt und hierher gekommen sind. Wir haben einige Fragen. Zunächst möchte ich Sie jedoch bitten, uns Ihre Personalien zu nennen."

Ihr Gegenüber rutschte auf seinem Stuhl etwas unruhig hin und her, antwortete dann aber bereitwillig: „Ich weiß zwar nicht, was für Fragen ich beantworten soll, aber wenn ich der Polizei helfen kann, tue ich das natürlich. Also, mein Name ist Frank Dutschke, ich bin 28 Jahre alt und wohne im Stadtteil Ochtersum an der Theodor-Storm-Straße, aber das wissen Sie ja bereits."

„Was machen Sie beruflich, Herr Dutschke?"

„Ich bin Hausmeister an einer Schule in der Nordstadt."

„Sind Sie verheiratet, gibt es Kinder, Geschwister, leben Ihre Eltern noch?"

„Ich bin ledig, habe fünf Geschwister, und meine Mutter lebt, soviel ich weiß, auch noch. Ich habe keinen Kontakt mehr zu meiner Familie, aber das sind sehr persönliche Dinge, über die ich nicht gern rede."

Kai nickte verständnisvoll und fragte beiläufig: „Waren Sie die letzten Wochen immer hier in der Stadt, auch in den Sommerferien?"

Spontan nickte Frank Dutschke: „Ja, die ganze Zeit, ich war viel mit dem Fahrrad unterwegs, hier in der Stadt und auch in der Umgebung, da braucht man gar nicht in Urlaub zu fahren. Außerdem habe ich dafür kein Geld."

Auch die nächste Frage klang harmlos: „Kann es sein, dass Sie am 5. August, also genau vor einer Woche, am späten Abend in der Clubgaststätte des Tennisclubs Gelb-Rot waren?"

Frank Dutschke schüttelte verständnislos den Kopf: „Nein, ganz bestimmt nicht! Ich weiß nicht einmal, wo das ist. Aber warum wollen Sie das denn wissen?"

Ohne auf seine Frage einzugehen, fuhr Kai fort: „Dann können Sie mir sicherlich sagen, wo Sie sich an diesem Abend, also am letzten Freitag, sagen wir, so zwischen 23:00 Uhr und Mitternacht aufgehalten haben?"

„Ja, da war ich in meiner Wohnung, um diese Zeit bin ich immer zu Hause.“ Er stockte und hob hilflos seine Hände: „Bedeutet das etwa, dass ich für diese Zeit so etwas wie ein Alibi brauche?“

Kai nickte und sah ihm direkt in die Augen: „So ist es, Herr Dutschke, denn nach einer Zeugenaussage waren Sie in dieser Clubgaststätte, die übrigens direkt an der Innerste liegt.“

„Um was geht es denn überhaupt, ist das alles so wichtig?“

„Ja, das ist es! Also, Herr Dutschke, überlegen Sie noch einmal, ob jemand Ihre Anwesenheit zu Hause bestätigen kann. Denn wenn Sie an dem Abend in der Clubgaststätte waren, was die Zeugin bei einer Gegenüberstellung sicherlich bestätigen wird, stehen Sie im dringenden Tatverdacht, eine junge Frau ermordet zu haben.“

Frank Dutschke starrte mit offenem Mund sprachlos auf die Kriminalbeamtin, und erst nach einer Weile schien er zu begreifen, was sie ihm da gerade vorgeworfen hatte. Plötzlich kam Bewegung in seinen hageren Körper, er fuchtelte heftig mit den Armen herum, schaute hilfesuchend zu dem uniformierten Beamten an der Tür, dann auf Mike Severin und schließlich wieder auf Kai Sommer. Mit dem Ärmel seines Jogginganzuges wische er sich zitternd den Schweiß von der Stirn und sagte leise mit einem schiefen Lächeln: „Nein, nein, das können Sie mir nicht anhängen. Warum sollte ich so was tun? Ich bin froh, wenn ich in Ruhe gelassen werde.“ Zur Bekräftigung seiner Worte schüttelte er heftig den Kopf, schwieg erschöpft und starrte auf seine Hände.

In das Schweigen hinein sagte Kai: „Herr Dutschke, es tut mir leid, ich muss Sie wegen dringenden Tatverdachts vorläufig festnehmen. Sie haben das Recht zu schweigen, und wenn Sie etwas sagen, kann das gegen Sie verwendet werden. Sie können ab sofort auch einen Rechtsbeistand hinzuziehen.“

„Ich brauche keinen Anwalt. Bitte, glauben Sie mir doch, ich habe mit der Sache nichts, aber auch gar nichts zu tun.“

„Dann helfen Sie uns, dass wir Ihre Unschuld beweisen können, denn wie Sie vielleicht wissen, gehört es auch zu unseren Aufgaben, nach Spuren zu suchen, die Sie entlasten. Zunächst möchte ich Sie jedoch bitten, an einer Gegenüberstellung teilzunehmen.

Ferner benötigen wir eine Speichelprobe und Fingerabdrücke. Mein Kollege hier wird sich um alles kümmern. Und bitte, glauben Sie mir, wenn Sie nicht der Täter sind, haben Sie nichts zu befürchten."

Bei ihren letzten Worten stand Kai auf und nickte dem uniformierten Beamten zu, der nun das tat, was er tun musste: Weiterleitung zur KTU, der kriminaltechnischen Untersuchung, und Überführung des vorläufig Festgenommenen an die Kollegen des Gewahrsams, die sich im Raum 30 des Erdgeschosses befanden.

In ihrem Dienstzimmer wandte Kai sich an ihren jungen Kollegen: „Mike, das hast du gut gemacht. Ich glaube, er ist es! Organisiere bitte eine Gegenüberstellung, sagen wir heute Nachmittag, 16:00 Uhr. Heinz kann dir dabei helfen. Ich schlage vor, wir bitten dieselben Kollegen um Unterstützung, die wir in diesem Fall schon einmal hier hatten – hoffentlich kannst du sie erreichen."

„Du meinst, die bei der Gegenüberstellung mit dem Rentner Fritz Krüger dabei waren?"

„Ja, genau die! Und nimm bitte gleich Kontakt mit Frau Stielecke auf, ihre Privatnummer hast du ja."

Als Kai allein war, ließ sie sich erschöpft auf ihren Schreibtischstuhl fallen; die Anspannung der letzten Stunde machte sich bemerkbar. Sie überlegte kurz, ob sie von Waltershofen in Kenntnis setzen sollte. Da Sie aber nicht wusste, ob er schon aus dem Urlaub zurück war, entschied sie sich, zuerst Hundertmark anzurufen, der jedoch nicht zu erreichen war.

*

„Frau Sommer, so geht das nicht! Ich erwarte von Ihnen, dass Sie mich umgehend informieren, wenn sich bei Ihren Ermittlungen erste Erfolge einstellen, denn schließlich ist die Staatsanwaltschaft immer noch die Herrin des Verfahrens, und Sie und Ihre Kollegen ..." Der Oberstaatsanwalt hatte sie schon vor der Lagebesprechung in das Besprechungszimmer zitiert, um ihr unter vier Augen seine Meinung zu sagen. Nun redete er sich in Rage, und es würde sicherlich noch eine Weile dauern, bis er das losgeworden war, was er ihr unbedingt sagen wollte. Ein wenig konnte Kai ihn verstehen, denn wenn sie an seiner Stelle gewesen wäre, würde sie vielleicht auch etwas ungehalten reagieren – allerdings nicht in dieser überheblichen Art, wie er das tat. Ihre Überlegungen wurden unterbrochen durch sein plötzliches Schweigen, als Hundertmark und ihre beiden Kollegen den Raum betraten und sich offensichtlich wunderten, dass der Oberstaatsanwalt und sie schon anwesend waren.

Hundertmark rieb sich die Hände: „Frau Sommer, wenn Sie uns bitte noch einmal kurz ins Bild setzen würden", er schaute zum Oberstaatsanwalt , „und denken Sie daran, wir müssen Frank Dutschke heute noch dem Haftrichter vorführen – das ist ja auch der Hauptgrund, warum wir heute, am Samstag, hier sitzen. Nach allem gehe ich davon aus, dass wir dem Richter überzeugende Beweise auf den Tisch legen können."

Verstehend nickte Kai und warf einen kurzen Blick in ihr Notizbuch.

„Wie Sie wissen, wurde Frank Dutschke anhand des Phantombildes erkannt und von mir gestern Vormittag aufgrund der Beweislage vorläufig festgenommen. Am Nachmittag des gestrigen Tages ist zudem eine Identifizierungsgegenüberstellung vorgenommen worden. Frau Stielecke, Sie erinnern sich vielleicht, das ist die Bedienung der Gaststätte des Tennisclubs Gelb-Rot, hat hierbei den Tatverdächtigen eindeutig wiedererkannt und ..."

Von Waltershofen fiel ihr ins Wort: „Frau Sommer, ich hoffe, die Gegenüberstellung endet nicht wieder mit solch einer Blamage, wie kürzlich die mit diesem senilen und kurzsichtigen Rentner."

Er stockte, als Kriminaldirektor Hundertmark sich räusperte und den Kopf schüttelte.

Ohne auf diese Unverschämtheit einzugehen, fuhr Kai fort: „Wir können davon ausgehen, dass Frank Dutschke am 5. August um 23:00 Uhr die Clubgaststätte aufsuchte, dort eine Cola trank, die Gaststätte eine Viertelstunde später verließ, auf Julia Sievers in Nähe des Tatortes, also an dieser Buche, wartete und dann über sie herfiel. Dutschke streitet zwar alles ab und beteuert seine Unschuld, andererseits fehlt ihm jedoch für die Tatzeit ein Alibi. Die letzten Zweifel an seiner Täterschaft wird uns die DNA nehmen, die allerdings erst Montag vorliegen wird."

Auffallend höflich fragte von Waltershofen: „Können Sie noch einmal etwas zu den Vergleichswerten sagen?"

„Ja, gern. Wie Ihnen bekannt ist, hatten wir ja bereits DNA-fähiges Material bei den Tötungsdelikten Sonja Becker und Iris Menke vorliegen, und dessen Analyse hat ergeben, dass beide Frauen vom selben Täter ermordet wurden. Und im Fall Julia Sievers konnten wir am Colaglas des Tatverdächtigen Speichelproben sicherstellen und auch Fremdmaterial unter den Fingernägeln der Getöteten – und beides befindet sich zur Auswertung im Labor. Wir gehen davon aus, dass die DNA aus der Speichelprobe von Frank Dutschke identisch mit den übrigen ist."

Hundertmark zuckte mit den Schultern: „Es wäre zwar hilfreich, wenn wir das Ergebnis der Analyse schon vorliegen hätten, aber ich glaube, wir können den Haftrichter auch so problemlos von der Schuld Frank Dutschkes überzeugen, zumal er für die Tatzeit kein Alibi hat." Einen Augenblick schwieg er, fuhr sich mit der Hand über die spärlichen Haare und bemerkte: „Ach ja, jetzt fällt es mir wieder ein. Die Fingerabdrücke! Frau Sommer, wenn ich mich recht entsinne, wurden am Fahrrad der Schülerin Iris Menke und jetzt auch am Colaglas des Tatverdächtigen Abdrücke gefunden. Konnte die KTU hier eine Übereinstimmung feststellen?"

Kai schüttelte den Kopf: „Leider nicht, aber ich meine, das dürfte im Augenblick sekundär sein. Es ist nämlich gar nicht bewiesen, dass die Fingerabdrücke am Fahrrad der Schülerin überhaupt vom Täter stammen."

Von Waltershofen schien nicht wirklich überzeugt, er wiegte den Kopf hin und her.

„Wir haben jedoch noch etwas anderes", beruhigte ihn Kai.

„Und das wäre?"

Kai wandte sich an ihren Kollegen Ossenkopp: „Heinz, vielleicht kannst du kurz berichten, was du über den Tatverdächtigen herausgefunden hast."

Gespannt richteten sich die Augen auf den Kriminalhauptkommissar, der mit Blick in sein Notizbuch sagte: „Herr Dutschke ist kein unbeschriebenes Blatt. Er wurde vor fast sechs Jahren vom Landgericht Aurich zu einer Gesamtfreiheitsstrafe von fünf Jahren und sechs Monaten verurteilt. Wegen verminderter Schuldfähigkeit hatte das Gericht damals entschieden, ihn in ein psychiatrisches Krankenhaus einzuweisen. Die Unterbringung endete vor etwa sieben Wochen; er wurde am vierundzwanzigsten Juni aus dem Maßregelvollzug des Landeskrankenhauses Hildesheim als geheilt entlassen ..."

„Und, was war der Grund seiner Verurteilung?"

„Nun, das Gericht sah es als erwiesen an, dass er nicht nur seine damalige, wesentlich ältere Lebensgefährtin mehrmals geschlagen und vergewaltigt, sondern auch die Kinder der Frau missbraucht hatte."

Oberstaatsanwalt Dr. von Waltershofen nickte nachdenklich: „Dann scheinen die therapeutischen Maßnahmen der Klinik offensichtlich nicht den gewünschten Erfolg gebracht zu haben."

Ossenkopp beendete seinen Bericht mit einer Frage: „Aber warum wurde der genetische Fingerabdruck Frank Dutschkes nicht in der Datenbank des Bundeskriminalamtes in Wiesbaden gespeichert? Denn wenn das der Fall gewesen wäre, hätten wir Dutschke schon nach dem Tötungsdelikt an Sonja Becker aus dem Verkehr ziehen können, und Iris Menke und Julia Sievers könnten heute noch leben." Sein letzter Satz drang in ihre Köpfe, blieb dort haften und belastete sie.

In die Stille hinein bemerkte von Waltershofen: „Dieses Versäumnis, wenn es denn eines gewesen ist, wäre ein gefundenes Fressen für die Zeitungen. Wie ich unsere Presseleute kenne, werden sie ohnehin bald dahinterkommen und die Sache skandalträchtig ausschlachten. Aber unabhängig davon werde auch ich der Frage nachgehen, warum es nicht zu einer Datenspeicherung gekommen ist." Er überlegte einen Augenblick und sagte mit Blick in die Runde: „Ich glaube, wir haben alles besprochen."

Beim Verlassen des Besprechungszimmers wandte er sich an Kai: „Frau Sommer, der Termin beim Haftrichter findet um 15:00 Uhr im Justizzentrum statt. Ich bitte mir Pünktlichkeit aus!"

„Wissen Sie, welcher Anwalt ihn vertreten wird?"

„Ja, Dr. Rudi Bechstein."

„Waas? Etwa der Bechstein, der Staranwalt?"

„Genau der!"

„Wie ist das möglich? Der kostet doch ein Vermögen."

Von Waltershofen zuckte mit den Schultern: „Wissen Sie, Frau Sommer, Bechstein ist nicht gerade ein Freund von mir, aber er gehört zu den wenigen Anwälten, die noch so etwas wie ein soziales Gewissen haben, was darin sichtbar wird, dass er ein- oder zweimal im Jahr die Verteidigung völlig mittelloser Mandanten übernimmt."

*

Der strahlend blaue Himmel an diesem Montagmorgen sorgte bei den Menschen, deren Stimmung stark vom Wetter abhing und sich mit dem Barometer hob und senkte, für ausgesprochen gute Laune. Aber das allein schien nicht der Grund für die entspannte und freundliche Atmosphäre während der Frühbesprechung zu sein. Anlass der guten Stimmung war vielmehr ihr Fahndungserfolg: Frank Dutschke saß in Untersuchungshaft. Kai und ihre Kollegen hatten das Gefühl, von einer schweren Last befreit zu sein. Bald würden auch die Zeitungen nicht mehr über ihn berichten. Heute und in den nächsten Tagen würden sich die Medien noch mit dem Serienkiller beschäftigen und versuchen, an seine Familie heranzukommen, um Details aus seiner Kindheit zu erfahren; aber dann war der Fall Dutschke kein schlagzeilenträchtiges Thema mehr.

Gestern hatte Thomas Dreyer sie angerufen, ihr zur Aufklärung des Falles gratuliert und sich mit ihr verabredet. Er erzählte, dass er sich bei der Hildesheimer Allgemeinen Zeitung an der Rathausstraße beworben habe und gute Chancen hätte, bei der ältesten deutschen Tageszeitung eine Anstellung zu bekommen; der Stolz in seiner Stimme war kaum zu überhören.

Kurz nach dem Telefonat mit Thomas erfuhr Kai von einem Lokalredakteur der Allgemeinen, dass einige Bürger in Leserbriefen die umgehende Verurteilung Dutschkes zu lebenslanger Haft mit anschließender Sicherungsverwahrung vorschlugen, wobei mehrfach lobend auf Gerhard Schröder hingewiesen wurde, der ja für bestimmte Straftaten ein lebenslanges Wegschließen gefordert hatte. Andere Leser meinten, die verantwortlichen Therapeuten des Maßregelvollzugs hätten versagt und müssten zur Verantwortung gezogen werden. Und wie immer bei solchen Verbrechen, die die Volksseele zum Kochen brachten, gab es naturgemäß auch Bürger, die für solche bestialischen Morde wieder die Ende der 40er Jahre abgeschaffte Todesstrafe einführen wollten.

Als Kai die Bild-Zeitung aufschlug, erregte ein Artikel ihre Aufmerksamkeit, in dem auch maßgebliche Politiker dafür plädierten, ja, den Vertreter der Anklagebehörde regelrecht zu nötigen versuchten, dem tatverdächtigen Dutschke umgehend den Prozess zu machen, und für ihn eine lebenslange Haftstrafe mit anschließender Sicherungsverwahrung zu fordern. Sicherlich hingen die öffentlichkeitswirksamen Äußerungen damit zusammen, dass sich einige Politiker im Hinblick auf anstehende Wahlen schnell noch ein wenig profilieren wollten. Kai konnte sich gut vorstellen, wie der völlig unpolitische von Waltershofen auf diese „Ratschläge“ reagieren würde.

Um die Stimmung der Bevölkerung weiterhin anzuheizen, hatte sich ein Reporter der Boulevardzeitung unter der Schlagzeile „Formulierungshilfe für den Staatsanwalt“ sogar erdreistet, eine Anklageschrift zu formulieren.

Kai schob die Zeitung zur Seite und beschäftigte sich wieder mit der Ermittlungsakte Frank Dutschkes, die sie heute noch der Staatsanwaltschaft zuleiten wollte. Aber sie wurde durch einen Anruf davon abgehalten, der sie kurz vor Dienstschluss erreichte. Zunächst konnte sie mit dem Namen Bechstein und der wohlklingenden Stimme nichts anfangen. Da der Anrufer das an ihrer Reaktion zu bemerken schien, beeilte er sich, seinen Namen zu wiederholen, dieses Mal vollständig und mit Berufsbezeichnung: „Hier ist Dr. Rudi Bechstein, der Strafverteidiger! Wie Ihnen sicherlich bekannt ist, vertrete ich den Untersuchungshäftling Frank Dutschke.“

Für den Bruchteil einer Sekunde stutzte Kai, doch dann fragte sie geschäftsmäßig: „Dr. Bechstein, was kann ich für Sie tun?“

Aus der Ohrmuschel kam ihr ein leises Lachen entgegen: „Frau Sommer, es sieht eher so aus, als wenn ich etwas für Sie tun könnte. Aber warum das so ist, möchte ich Ihnen gern persönlich sagen."

„Ja, dann kommen Sie doch in die Polizeiinspektion an der Schützenwiese. Sie finden mich im dritten Stock, Zimmer 31."

„Nein, nein, Frau Sommer, nicht in Ihrer Dienststelle! Aber, glauben Sie mir, was ich Ihnen zu sagen habe, wird sehr interessant für Sie sein."

Sie verabredeten sich dann doch erst für den kommenden Freitag um 19:00 Uhr im Ratskeller, der Anwalt hatte in den nächsten Tagen kaum freie Termine, und Kai Sommer wollte nach dem gelösten Fall einige Tage Urlaub machen.

Kai schob die Ermittlungsakte zur Seite, sie konnte sich nicht mehr konzentrieren und beschloss, den Vorgang gleich morgen früh der Staatsanwaltschaft zuzuleiten. Ja, und dann wollte sie in den nächsten Tagen die angefallenen Überstunden abbummeln, sie hatte es so mit ihrem Vorgesetzten abgestimmt.

Sie nickte dem uniformierten Kollegen am Empfang zu - dieses Mal freundlich und mit einem warmen Lächeln - und fuhr mit ihrem Fahrrad über Dammstraße und Pfaffenstieg in die Innenstadt, um dort einige Sachen einzukaufen.

Während ihres Abendessens zu Hause dachte sie an den renommierten und erfolgreichen Strafverteidiger Dr. Bechstein, der sie angerufen hatte und sich mit ihr treffen wollte - außerhalb ihrer Dienststelle, zu einem vertraulichen Gespräch. Kai fragte sich, was dahinter steckte, denn sie konnte sich beim besten Willen nicht vorstellen, was er von ihr wollte. Auf jeden Fall musste sie wachsam sein. Einerseits schmeichelte der Anruf ihrer Eitelkeit, andererseits musste sie aber auch daran denken, dass der Strafverteidiger, trotz seiner hohen fachlichen Kompetenz und seiner Erfolge, oder vielleicht gerade deswegen, nicht zu den Lieblingen der Staatsanwaltschaft zählte. Besonders von Waltershofen schien nicht gut auf ihn zu sprechen zu sein, weil Bechstein schon einige seiner Anklageschriften und Plädoyers regelrecht auseinandergenommen hatte.

Daher war es nicht verwunderlich, dass sie dem Treffen am kommenden Freitag mit gemischten Gefühlen entgegensah.

11

Als sie kurz vor 19:00 Uhr den Ratskeller am Marktplatz betrat, deutete die Bedienung mit dem Kopf nach hinten. Kai folgte ihrem Blick und sah ihn ganz hinten rechts an einem kleinen Tisch in einer logenartigen Nische sitzen - der ideale Platz für ein vertrauliches Gespräch oder Rendezvous, ging es ihr durch den Kopf.

Dr. Rudi Bechstein war nicht nur ein hervorragender Strafverteidiger, sondern er sah auch verdammt gut aus. Sein exakt geschnittenes, grau meliertes Haar und der sauber gestutzte Schnurrbart schmeichelten seinem ovalen Gesicht und der geraden Nase. Er trug einen hellgrauen Anzug, ein blaugestreiftes Hemd, aber keine Krawatte. Kai schätzte ihn auf Mitte 50.

Als er sie kommen sah, stand er rasch auf und deutete auf den Stuhl, der rechts von ihm stand. Ihre Hand, die warm und weich in seiner lag, zuckte nervös, als er sie zu lange hielt. Die fehlende Distanz und der vertrauliche Umgang machten sie etwas verlegen und unsicher.

Doch dann kam er gleich zur Sache: „Frau Sommer, ich habe um dieses vertrauliche Gespräch gebeten, weil ich Sie und die Ermittlungsbehörde vor einer Blamage bewahren möchte."

Nach Sekunden der Sprachlosigkeit antwortete Kai: „Das ist mir zu abstrakt, würden Sie vielleicht etwas konkreter werden?"

„Aber gern. Wie Sie sich vorstellen können, geht es um meinen Mandanten Frank Dutschke."

„Ja, das war nicht schwer zu erraten", entfuhr es Kai.

Unbeirrt fuhr Dr. Bechstein fort: „Ich weiß, für Sie ist der Fall abgeschlossen. Denn jetzt kommt ja die große Stunde des Vertreters der Anklagebehörde, meines hochverehrten Freundes von Waltershofen. Mir ist zugetragen worden, dass er sich mit Leidenschaft dafür eingesetzt hat, gerade diesen spektakulären Fall zur Anklage bringen zu können, um den vermeintlichen Frauenmörder Frank Dutschke seiner gerechten Strafe zuzuführen. Und er ist auch noch fest davon überzeugt, wieder einmal etwas Gutes für die Menschheit zu tun. Dabei weiß er natürlich, dass er die empfindsame, zugleich aber auch kochende Volksseele und die geballte Sympathie der sogenannten rechtschaffenen Bürger hinter sich hat."

Das klang theatralisch, pathetisch, gespreizt und ironisch - und so sollte es auch auf Kai wirken, denn Dr. Bechstein wählte seine Sätze stets sorgfältig und mit Bedacht aus, er kannte die Macht der Worte genau und wusste, wie er mit ihr Menschen überzeugen, aber auch manipulieren konnte, - und er spielte seine Rolle nicht nur im Gerichtssaal perfekt, sondern auch hier. Er lächelte ihr noch einmal zu und fuhr dann mit leiser Stimme fort.

„Aber, liebe Frau Sommer, für meinen Mandanten geht es jetzt erst richtig los, denn die Emotionen in der Bevölkerung schlagen hoch! Und ganz nebenbei werden die Diskussionen auch noch von einigen karrieregeilen Politikern aufgeheizt, die sich auf dem Rücken meines Mandanten profilieren wollen. Was für ein unwürdiges und menschenverachtendes Schauspiel! Wissen Sie, es ist ein Skandal, wie Frank Dutschke schon Wochen vor dem Prozess von den Medien verurteilt wird. Dabei dürfte allen bekannt sein, dass nach unserem Rechtssystem jeder Untersuchungshäftling solange als unschuldig gilt, bis seine Schuld in einem fairen Gerichtsverfahren festgestellt wird. Aber das scheint niemanden zu interessieren! Allein die Leserbriefe! Unglaublich! Mittlerweile ist auch schon gar nicht mehr die Rede von dem *mutmaßlichen Täter*, nein, für die von den Medien aufgeputschte Öffentlichkeit ist mein Mandant der Täter und seine Schuld schon bewiesen. Aber wem erzähle ich das? Sie kennen ja die Presseberichte und ..."

Kai unterbrach seinen Redefluss: „Dr. Bechstein, worauf wollen Sie eigentlich hinaus? Das, was da zur Zeit abläuft, ist weiß Gott nicht in Ordnung! Aber andererseits sind die Beweise gegen Ihren Mandanten eindeutig - und allein das Ergebnis der gentechnischen Untersuchung erübrigt jegliche Diskussion über seine Täterschaft."

„Und genau das, liebe Frau Sommer, ist der Punkt!", fiel er ihr ins Wort.

„Ich verstehe nicht."

„Hören Sie einen Augenblick zu und unterbrechen Sie mich bitte, wenn ich etwas Falsches sage. Erlauben Sie mir, dass ich etwas aushole. Also, wir haben drei Tötungsdelikte. An allen drei Tatorten wurde DNA-fähiges Material sichergestellt, wobei die Analysen ergeben haben, dass für die Delikte nur ein und derselbe Täter infrage kommen kann. Richtig?"

Kai nickte, und Dr. Bechstein fuhr fort: „Auf den ersten Blick also eine eindeutige Sache, die ideale Beweislage! So, wie sich das jeder Staatsanwalt nur wünschen kann. Allerdings nur bei oberflächlicher Betrachtungsweise, denn nun kommen wir zu den Tatzeiten, die bei mir begründete Zweifel an der Täterschaft meines Mandanten wecken." Der Anwalt lehnte sich entspannt zurück und lächelte: „Frau Sommer, ich hoffe, Sie sind neugierig geworden? Aber Sie haben ja noch gar nicht von dem köstlichen Rotwein getrunken. Entschuldigung, ich hatte ihn bestellt, ohne Sie vorher zu fragen, dennoch hoffe ich, dass er Ihren Geschmack trifft, bitte probieren Sie ihn, tun Sie mir den Gefallen."

„Dr. Bechstein, ich weiß gar nicht, ob ich mit Ihnen über diesen Fall reden sollte, denn immerhin habe ich mich gegenüber der Staatsanwaltschaft, die ja gerade die Anklageschrift vorbereitet, loyal zu verhalten. Ich könnte mir vorstellen, dass die Anklagebehörde und auch meine Dienststelle nicht gerade erbaut darüber wären, wenn sie unserem Gespräch hier lauschen würden, wobei ich immer noch nicht weiß, was Sie eigentlich von mir wollen."

„Frau Sommer, Ihre loyale Haltung ehrt Sie natürlich. Um Sie nicht in allzu große Gewissenskonflikte zu stürzen, treffen wir uns ja auch hier in privater Atmosphäre im Andechser Ratskeller; der Wirt ist übrigens ein guter Freund von mir. Sehen Sie in unserer Unterredung so etwas wie einen Gedankenaustausch, ein Gespräch unter Freunden", und lächelnd fügte er hinzu: „Wenn die Polizeiinspektion Hildesheim für Sie keine adäquate Verwendung mehr haben sollte, können Sie gern bei mir anfangen, natürlich unter wesentlich besseren Konditionen, denn gute Detektive, liebe Frau Sommer, werden immer gebraucht."

„Herr Dr. Bechstein, würden Sie jetzt bitte zur Sache kommen?", bemerkte Kai etwas ungehalten.

„Wo waren wir denn stehen geblieben? Ach ja, bei den Tatzeiten. Nach den mir vorliegenden Unterlagen wurden die Frauen am 29. Juni, 10. Juli und 5. August getötet. Das ist eindeutig von der Rechtsmedizin so festgestellt worden. Und für all diese Tage hat mein Mandant angeblich keine nachprüfbaren Alibis, weil er entweder zu Hause oder mit dem Fahrrad unterwegs war. Ist das so richtig?"

Kai schlug die Beine übereinander und lehnte sich genervt zurück: „Ja, so ist es! Meine Leute haben ..."

„Frau Sommer, und hier muss ich Sie enttäuschen! Mein Mandant hat nämlich für alle drei Tage ein Alibi, nur, und hier gebe ich Ihnen teilweise Recht, kann das in zwei Fällen niemand bestätigen, weil ihn in der fraglichen Zeit niemand gesehen hat – aber, und jetzt kommt es, für den 10. Juli, das ist der Sonntag, an dem die Schülerin Iris Menke im Liebesgrund ermordet wurde, kann mein Mandant ein hieb- und stichfestes Alibi vorweisen!"

An dieser Stelle machte der Anwalt eine kunstvolle Pause, so, als wolle er seine gerade getroffene Feststellung auf die Kriminalbeamtin wirken lassen.

Kai schüttelte ungläubig den Kopf, doch bevor sie etwas sagen konnte, fuhr er sachlich und emotionslos fort: „An diesem Tag, liebe Frau Sommer, hatte er nämlich einen Fahrradunfall. Mit anderen Worten: Frank Dutschke kann den Mord an Iris Menke nicht begangen haben, weil er in der fraglichen Zeit im Klinikum am Weinberg lag, was Ärzte und Schwestern bestätigen können. Außerdem gibt es darüber auch ein Protokoll Ihrer uniformierten Kollegen von der Innenstadtwache, die den Unfall aufgenommen und Frank Dutschke am Bett befragt haben. Was sagen Sie nun?"

Angespannt beugte Kai sich vor, sie fühlte eine Hitzewelle in sich aufsteigen, die ihr kleine Schweißperlen auf die Stirn trieb. Was sie da hörte, war ungeheuerlich – vielleicht ein Trick des Anwalts? Nein, er hatte Fakten und Daten genannt, die leicht nachprüfbar waren. Kai griff nervös zum Weinglas, obwohl sie überhaupt nicht das Bedürfnis hatte, etwas zu trinken. Plötzlich spürte sie die Finger des Anwalts auf ihrem Handrücken, der offensichtlich ahnte, was in ihr vorging.

„Frau Sommer, beruhigen Sie sich bitte, aber es ist wirklich so. Frank Dutschke hat für diesen Tag ein wasserdichtes Alibi, Sie können es gern überprüfen."

Beide schwiegen einen Augenblick. Kai nippte an dem Glas, ohne den Geschmack des köstlichen Spätburgunders auf ihrer Zunge zu spüren und sah dem Anwalt offen ins Gesicht: „Und, haben Sie dafür eine Erklärung?"

„Eigentlich wollte ich Ihnen diese Frage stellen."

Kai zuckte etwas hilflos mit den Schultern: „Nein, ich habe dafür keine Erklärung, und ich kann es auch immer noch nicht glauben. Sie wissen so gut wie ich, dass die Beweiskraft des genetischen Fingerabdrucks bei nahezu 100 Prozent liegt. Und Tatsache ist nun einmal, dass die Codes von den drei Tatorten völlig identisch sind. Nein, tut mir leid, ich habe keine Erklärung! Es ist für mich ein Phänomen."

Dr. Bechstein unterbrach sie: „Vielleicht verstehen Sie jetzt, warum ich um dieses Gespräch gebeten habe, denn immerhin sind Sie die ermittelnde Beamtin."

„Sagen Sie, Dr. Bechstein, warum gehen Sie mit Ihrem Wissen nicht zum Haftrichter oder warten bis zur Schwurgerichtsverhandlung? Die Sensation wäre perfekt! Zweifel an der hundertprozentigen Beweiskraft eines genetischen Fingerabdrucks! Ich sehe jetzt schon die Schlagzeilen der Presse. Die Staatsanwaltschaft könnte die Anklageschrift in den Papierkorb werfen, der Prozess würde platzen, bevor er begonnen hätte, und Ihr Mandant würde als freier Mann den Gerichtssaal verlassen. In dubio pro reo! Und Sie würden wieder einmal als gefeierter Held dastehen und Ihrem Ruf gerecht werden, weit und breit der beste und brillanteste Anwalt zu sein!" Kai hatte sich in Rage geredet, der letzte Satz klang ironisch und verbittert, und sie wusste, dass sie in ihrer Enttäuschung, Verärgerung und Hilflosigkeit weit über das Ziel hinausgeschossen war. Sie riss sich zusammen, atmete einige Male tief durch und sagte leise: „Entschuldigen Sie, Herr Dr. Bechstein, ich habe es nicht so gemeint, aber ..."

„Frau Sommer, ich kann Sie gut verstehen. Aber um auf Ihre Bemerkungen einzugehen: Sie haben Recht mit der Schwurgerichtsverhandlung. Vor 20 Jahren hätte ich mir dieses Spektakel sicherlich nicht entgehen lassen und es auch genossen. Aber im Augenblick ist es für mich viel spannender und interessanter, ein wenig Detektiv zu spielen und die Ursachen dieser offensichtlichen Unerklärlichkeit zu erforschen, denn auch für mich ist der genetische Fingerabdruck immer noch unantastbar, fast wie ein Evangelium, um es einmal religiös auszudrücken. Allerdings kommen mir jetzt doch so einige Zweifel. Ich mache Ihnen daher folgenden Vorschlag: Das, was wir gerade besprochen haben, bleibt vorerst unter uns. Sie ermitteln weiter, natürlich inoffiziell, und da der Prozess sicherlich noch nicht so bald anberaumt wird, haben wir noch etwas Zeit, die wir sinnvoll nutzen sollten. Ich werde auch ..."

Kai unterbrach ihn: „Herr Dr. Bechstein, ich verstehe immer noch nicht, warum Sie nicht die Aufhebung des Haftbefehls beantragen – Frank Dutschke könnte in kurzer Zeit frei sein. Jeder Anwalt würde doch sofort diesen Weg beschreiten, warum tun Sie es nicht auch? Sie müssten doch brennend daran interessiert sein, dass Ihr Mandant so schnell wie möglich auf freien Fuß kommt."

Der Anwalt zuckte mit den Schultern und lächelte ironisch: „Wissen Sie, ich überlege mir die ganze Zeit, was wohl passieren würde, wenn der wegen Vergewaltigung vorbestrafte Frank Dutschke – nach alledem, was die Boulevardpresse über ihn verbreitet hat – sich plötzlich wieder auf freiem Fuß befände? Freigelassen aus Mangel an Beweisen! Er könnte keinen Schritt mehr vor die Haustür gehen, weil unsere aufgestachelten Mitbürger in ihm nach wie vor das Monster sehen, das drei junge Frauen bestialisch getötet hat – selbst wenn man es ihm in einem Fall eindeutig nicht nachweisen konnte, aber es bleiben ja die beiden anderen Fälle. Und seine Vorstrafe! Die in unserem Rechtsstaat festgeschriebene Unschuldsvermutung können Sie in diesem hochgeputschten Fall vergessen! Ich denke hier nur an die Drohbriefe, die er in letzter Zeit bekommen hat. Wenn er in der jetzigen Ermittlungsphase frei käme, wäre er dem Hass und der Verachtung seiner Mitbürger gnadenlos ausgeliefert – und ich könnte nichts, aber auch gar nichts für ihn tun. Nein, Frau Sommer, wir brauchen den wahren Täter, und zwar möglichst schnell - aber bis es soweit ist, gibt es für meinen Mandanten keinen sichereren Ort, als das Untersuchungsgefängnis!"

Dr. Bechstein schwieg, nahm einen Schluck von dem Rotwein und ergänzte: „Natürlich geht es mir auch darum, eine logische, überzeugende und auch nachvollziehbare Erklärung für diese offensichtlichen Ungereimtheiten zu bekommen. Und dazu brauche ich Ihre Ermittlungsarbeit."

Kai unterbrach ihn: „Ja, ich glaube, ich kann das nachvollziehen. Vielleicht haben Sie Recht, vielleicht ist es das Beste auch für Ihren Mandanten, wenn er in Untersuchungshaft bleibt."

„Ja, Frau Sommer, das ist es ganz gewiss." Er stockte, überlegte und sagte dann übergangslos: „Ich schlage vor, dass wir uns in einer Woche wieder hier treffen."

Kai ersparte sich eine Antwort, sie senkte nur leicht den Kopf und reichte dem Anwalt die Hand. Es war ein fester Händedruck, der wortlos ihr Abkommen und auch das konspirative Treffen am kommenden Freitag besiegelte.

*

Als Kai an diesem Samstagmorgen in ihrer Wohnung im Stadtteil Moritzberg aufwachte, hatte sie das Gefühl, keine Stunde geschlafen zu haben. Von Albträumen geplagt, war sie aufgewacht und ruhelos in ihrer Wohnung herumgelaufen. Immer wieder stellte sie sich die Frage, warum ihr und den Mitgliedern der Sonderkommission nicht aufgefallen war, dass Dutschke ein hieb- und stichfestes Alibi für den Mord am 10. Juli hatte. Sie konnte es sich nur so erklären, dass sie sich alle zu sehr auf die Aussagekraft der DNA-Analyse verlassen hatten. Aber sie war die verantwortliche Kriminalbeamtin, die Leiterin der Sonderkommission - verdammt, es hätte ihr auffallen müssen!

Es war müßig, im Nachhinein Spekulationen über ihr Fehlverhalten anzustellen. Trotzdem fragte sie sich, wie sie mit dem Problem umgegangen wäre, wenn sie bei der Festnahme Frank

Dutschkes den Widerspruch erkannt hätte: auf der einen Seite die Beweiskraft des genetischen Fingerabdrucks, auf der anderen das wasserdichte Alibi.

Nachdenklich ging Kai in die Küche und setzte Kaffeewasser auf. Danach lehnte sie sich aus dem Fenster, sog geräuschvoll die frische Luft in sich hinein und schaute auf die Bergstraße, die an diesem Morgen wie verlassen unter ihr lag. Allerdings würde sich das schon bald ändern, wenn die ersten Moritzberger die steile Straße nach oben zur Sankt Mauritiuskirche gingen, in der die Messe um 8:30 Uhr begann.

Kai seufzte, vielleicht sollte sie auch wieder einmal in die Kirche gehen. Sie dachte an ihre Eltern in Heidelberg, die oft in den Gottesdienst gingen, für sie war der Glaube ein wichtiger Bestandteil ihres Lebens.

Als sie hinter sich sprudelnde Geräusche hörte, drehte sie sich um, nahm den Elektrokocher aus der Halterung und goss vorsichtig Wasser in einen Becher, in dem sich schon drei Teelöffel Pulverkaffee befanden. Essen konnte sie nichts. Wann hatte sie zuletzt etwas gegessen? Sicherlich gestern irgendwann. Sie erinnerte sich nicht genau. Aber so reagierte sie immer, wenn sie in eine Stresssituation geriet und unter Spannung stand.

Kai seufzte, ging mit dem Becher in der Hand zurück ins Schlafzimmer und schaute auf den digitalen Wecker: Samstag, 20. August, 7:00 Uhr. In drei Tagen endeten in Niedersachsen die Sommerferien. Sie beschloss, sich wieder ins Bett zu legen.

Sie ging den Fall noch einmal gedanklich durch, Punkt für Punkt. Sie dachte an Frank Dutschke, sah ihn vor sich, wie er ruhig und bescheiden im Vernehmungszimmer gesessen hatte. War es möglich, dass er unschuldig in Untersuchungshaft saß?

„Nein, und nochmals nein!", begehrte sie auf und schlug mit ihren Fäusten auf das Kopfkissen, nur um sich zu beruhigen. Immerhin gab es da noch die DNA-Analysen in den Fällen Sonja Becker und Julia Sievers, die auch ein Staranwalt Dr. Bechstein nicht aushebeln konnte. Zudem passten auch seine Vorstrafen ins Bild: Mehrfache Vergewaltigung, sexueller Missbrauch an Kindern, allerdings keine Tötungsdelikte. Aber das besagte nichts, denn für jeden Mörder gab es das erste Mal, irgendwann und irgendwo, aus welchem Anlass auch immer.

Sie richtete sich auf, stützte sich auf die Ellenbogen und fluchte leise. „Verdammt, es musste doch eine Lösung für dieses Problem geben, das vielleicht gar keins war. Es gab für alles eine Lösung!"

Sie ließ sich erschöpft zurück in das Kissen fallen, schloss die Augen und überlegte angestrengt. Dann fiel ihr plötzlich ein Fall aus Süddeutschland wieder ein, von dem sie in einer Fachzeitschrift gelesen hatte. Vor ein paar Jahren war ein Ehepaar bestialisch ermordet worden. Der Täter hatte im Haus keinerlei verwertbare Spuren zurückgelassen, die Spurenleute fanden lediglich vor dem Gebäude eine achtlos weggeworfene Zigarettenkippe, von der die Kollegen Speichelreste für eine DNA-Analyse sicherstellen konnten. Einige Jahre später wurde ein junger Mann mit dem gleichen DNA-Code festgenommen – der Täter schien endlich gefasst! Die Kollegen konnten sich aber nur kurz über ihren Erfolg freuen, da der junge Mann einen eineiigen Zwillingsbruder hatte, der aufgrund der gleichen DNA auch als Täter hätte in Frage kommen können. Da die Täterschaft nicht eindeutig geklärt werden konnte, mussten die Richter das Verfahren einstellen.

Sie richtete sich jäh in ihrem Bett auf. Das war es vielleicht! Das konnte doch eine Erklärung auch in ihrem Fall sein ...

*

Obwohl es schön zu werden schien, ließ Kai ihr Fahrrad im Verschlag und stieg in ihren alten Golf, der heute erstaunlicherweise keine nervtötenden Geräusche von sich gab. Vielleicht hatte er ja so etwas wie Selbstheilungskräfte entwickelt, nur um nicht auf dem Autofriedhof zu landen. Aber das würde ihn nicht vor der Schrottpresse retten – nur noch wenige Tage, dann würde sie sich endgültig von der Kiste trennen.

Als sie in ihrer Dienststelle angekommen war, ging sie als Erstes in das Zimmer ihres Kollegen Severin: „Mike, versuche doch bitte herauszufinden, wo die Mutter Frank Dutschkes wohnt. Außerdem interessiert mich ..."

Ihr Kollege fiel ihr ins Wort: „Sag mal, was soll denn das? Ich denke, der Fall ist abgeschlossen?“

„Bitte, Mike, tu einfach nur das, worum ich dich bitte – und rede mit keinem darüber.“

„Okay, okay, ist ja schon gut.“

Eine halbe Stunde später hatte sie das Ergebnis auf ihrem Schreibtisch: Zur Familie Dutschke gehörten sechs Kinder von sechs verschiedenen Vätern, vier von ihnen waren verheiratet, hatten selbst schon Kinder, lebten aber nicht mehr in Hildesheim. Das wusste sie aber alles schon aus den Akten. Neu war für Kai, dass die Mutter, Karin Dutschke, sich wegen einer Krebserkrankung im Sankt-Bernwards-Krankenhaus befand.

Kai bat ihren Kollegen, sich beim zuständigen Standesamt zu erkundigen, ob der am 10. Juli 1977 geborene Frank Dutschke dort registriert und eingetragen worden sei. Mike vermied es, dieses Mal zu hinterfragen, warum Kai diese Angaben benötigte – für einen abgeschlossenen Mordfall, der sie eigentlich nicht mehr zu interessieren hatte.

Bevor Kai zum Krankhaus fuhr, rief sie bei Dr. Brecht an. Sie wusste, dass ein alter Freund von ihm auf der Onkologie-Station arbeitete, und bat ihn, sich bei ihm nach dem Gesundheitszustand von Karin Dutschke zu erkundigen. Als sie eine Stunde später ihr Auto auf dem Krankenhausparkplatz abstellte, war sie tief in ihre Gedanken versunken, ging an der Glockensäule vorbei, ohne das kleine Kunstwerk und die digitale Uhr darüber wahrzunehmen. Erst als sich Sekunden später surrend die Türen des Haupteingangs öffneten, schien sie aus ihrer Lethargie zu erwachen. Um sich ein wenig aufzuputschen, ging sie erst in das Bistro und bestellte sich einen Kaffee.

Sie wusste noch nicht genau, wie sie Karin Dutschke ansprechen sollte, war sich nicht einmal sicher, welche Fragen sie ihr stellen wollte. Sie kam ja aus einem Gefühl heraus, konnte sich nicht auf Fakten berufen. Wie wohl von Waltershofen ihren Besuch hier in der Klinik beurteilen würde? Eigentlich konnte sie es sich ganz gut vorstellen. Alles, was mit Gefühlen, Inspirationen, Intuitionen zusammenhing – zumindest, wenn es sich um weibliche handelte –

hatte nach seiner Auffassung in der professionellen Ermittlungsarbeit nichts zu suchen. Bei jeder passenden und unpassenden Gelegenheit gab er solche oder ähnliche Kommentare von sich – und er tat es stets in seiner oberlehrerhaften Art, oft auch noch unterstützt von dem erhobenen Zeigefinger und hochgezogenen Augenbrauen. Immer wenn Kai diese Reden hörte, musste sie sich zurückhalten, um nicht etwas zu sagen, das sie später garantiert bereuen würde.

Sie schaute aus dem Fenster und musste dabei an die schreckliche Wahrheit denken, die sie über den Gesundheitszustand der Patientin erfahren hatte. Sie war todkrank und sollte in den nächsten Tagen in ein Sterbehospiz verlegt werden, da die Metastasen bereits in das Lymphgefäßsystem und in die Blutbahn vorgedrungen waren und sich dadurch im ganzen Körper ausgebreitet hatten.

Beim Verlassen des Bistros zögerte sie einen Augenblick, blieb stehen, schaute nach rechts auf die Blumengebinde und kaufte einen kleinen Biedermeierstrauß, der wohl das passende Mitbringsel für eine ältere Dame war. Einen kleinen Augenblick zögerte sie noch, sie war sich immer noch nicht sicher, ob sie das Richtige tat, aber dann ging sie doch entschlossen zur Onkologischen Schwerpunktstation im Erdgeschoss. Eine Schwester zeigte ihr den Weg. Zaghaft klopfte sie an die Tür des Krankenzimmers, dann erneut ein wenig fester, und erst als sich niemand meldete, öffnete sie zögernd die Tür. Frau Dutschke lag allein in dem abgedunkelten Raum. Sie schien geschlafen zu haben, öffnete nun aber blinzelnd die Augen.

Kai erschrak beim Anblick der Patientin, die in wenigen Wochen 63 Jahre alt wurde, aber vom Aussehen her gut 20 Jahre älter hätte sein können. Langsam trat sie an das Bett heran und schaute in ein gramzerfurchtes, bleiches Gesicht, aus dem sie trübe Augen verständnislos anstarrten. Frau Dutschke hatte ihre Bettdecke bis an das Kinn gezogen. Die Schwerkranke hatte eine Art Mütze auf, die offensichtlich den kahlen Kopf bedeckte. Kai fühlte sich unwohl. Sie hatte Mitleid mit der Frau, wagte es aber nicht zu zeigen.

Sie wusste nicht so recht, wie sie das Gespräch beginnen sollte. Jedes Wort konnte das falsche sein. Was sagte man einer sterbenskranken Frau, die nach den Unterlagen des Standesamtes sechs Kinder geboren und als alleinerziehende Mutter großgezogen hatte? Konnte es sein, dass die häusliche Atmosphäre - mit den wechselnden Männerbekanntschaften und den verschiedenen Vaterfiguren - eine Mitschuld an der Entwicklung ihres jüngsten Sohnes trug? War der Mensch wirklich ein Produkt seiner Umwelt, wie kluge Leute zu wissen glaubten? Es schien müßig, derartigen Fragen nachzugehen, mit denen sich ohnehin noch Psychologen und vielleicht auch Psychiater befassen würden.

Karin Dutschke hatte selbst wohl auch nur wenig Schönes erfahren und hatte sicherlich nicht auf der Sonnenseite des Lebens gestanden - bis zum Schluss.

Kai überlegte, ob sie der Kranken den kleinen Biedermeierstrauß auf die Bettdecke legen sollte. Würde sie ihn überhaupt wahrnehmen? Freundlich lächelnd trat sie noch näher an das Bett heran, wollte etwas sagen, doch Karin Dutschke drehte den Kopf zur Seite und schloss die Augen. Sie atmete gleichmäßig und schien nach einer kurzen Aufwachphase nun tief und fest zu schlafen. Sicherlich die Wirkung des Morphiums, das ihr in den letzten Tagen ihres Lebens die furchtbaren Schmerzen nahm und sie in einen Dämmerzustand versetzte.

Die Schwester, die sie vor wenigen Minuten hierher gebracht hatte, betrat das Zimmer. Sie warf einen Blick auf die schlafende Patientin und zuckte mit den Schultern: „Frau Dutschke schläft die meiste Zeit, sie bekommt ständig Beruhigungsmittel und Medikamente gegen ihre Schmerzen. Zwischendurch wird sie aber immer wieder wach und ist für kurze Zeit ansprechbar, meistens dann, wenn die Schmerzen zurückkommen. Sie müssen schon viel Zeit und Geduld aufbringen, wenn Sie sich mit ihr unterhalten wollen."

„Schwester, ich muss mit ihr sprechen. Es ist wichtig für unsere Ermittlungen. Vielleicht weiß Frau Dutschke etwas, was uns weiterhilft."

Die Krankenschwester nickte verstehend: „Erfahrungsgemäß wird sie in wenigen Minuten wieder aufwachen, bleiben Sie doch einfach sitzen und warten, vielleicht haben Sie Glück."

Kai war wieder allein mit der Schwerkranken und ihren Gedanken. Sie dachte an das Pflegepersonal, das hier seinen Dienst versah. Wie kamen die Schwestern mit der Belastung zurecht, ständig von Patienten umgeben zu sein, bei denen kaum noch Hoffnung bestand? Man konnte nur Hochachtung vor ihrer Arbeit haben. Und die wurde in unserer Gesellschaft keineswegs genügend gewürdigt. Wie hatte doch kürzlich ein intelligenter Journalist in einem kritischen Zeitungsartikel geschrieben? „Die Alten und Kranken in unserem Lande werden in Krankenanstalten, Heime und Hospize abgeschoben und dort oft bis an ihr Lebensende von Krankenschwestern und Pflegekräften versorgt. Und wenn man einmal den Verdienst dieser Menschen, die Verantwortung für das Leben anderer tragen, mit dem eines Spielers vergleicht, der nur einen blöden Ball treffen muss, so erkennt man deutlich, wie die Prioritäten in unserer verkorksten Gesellschaft gesetzt sind ..." Sie hatte sich das gemerkt, weil sie es wirklich gut formuliert fand, und seither auch schon oft darüber gesprochen.

Endlich, es kam ihr wie eine Ewigkeit vor, erwachte Frau Dutschke und schaute mit klaren und neugierigen Augen auf die Polizeibeamtin. Kai rückte mit dem Hocker näher heran und legte ihr den kleinen Biedermeierstrauß auf die Bettdecke. Zögernd nahm sie ihn hoch, betrachtete ihn mit erstaunten Kinderaugen wie eine Kostbarkeit, und Kai fragte sich, wann sie wohl das letzte Mal Blumen geschenkt bekommen hatte. Plötzlich erschien der Anflug eines Lächelns auf ihrem faltendurchzogenen Gesicht, das jedoch sofort wieder von einem misstrauischen Blick verdrängt wurde.

Betont freundlich begann die Kriminalbeamtin zu sprechen: „Mein Name ist Kai Sommer, ich komme von der Polizei und muss Ihnen ein paar Fragen stellen." Entschuldigend fügte sie hinzu: „Es ist mein Beruf, verstehen Sie ..."

Die Kranke nickte unmerklich, zog die Decke wieder hoch bis an ihr Kinn und schaute mit großen Augen auf die Besucherin, die nun einschmeichelnd sagte: „Keine Angst, Frau Dutschke, die Fragen sind harmlos, und es dauert auch nicht lange. Wichtig ist nur, dass Sie wahrheitsgemäß antworten."

Als Kai den trotzigen Blick der Patientin sah, änderte sie ihre Vorgehensweise und versuchte, eine vertrauliche Atmosphäre zu schaffen. Sie sprach erst mal über belanglose Sachen, erzählte von einem Gespräch mit ihren Kindern, was gelogen war und nicht den Tatsachen entsprach. Frau Dutschke lächelte, schloss jedoch nach einer Weile wieder die Augen und Kai befürchtete schon, sie sei erneut eingeschlafen, doch plötzlich hob sie den Kopf und sagte mit erstaunlich fester Stimme: „Warum sind Sie gekommen? Jetzt, wo es mit mir zu Ende geht! Reden Sie nicht um den heißen Brei herum, sagen Sie einfach, warum Sie hier sind. Haben meine Kinder was angestellt?"

Kai war erstaunt, wie klar Karin Dutschke auf einmal war. Aber sie wagte nicht, ihr die Wahrheit zu sagen. „Nein, Frau Dutschke, aber wir vervollständigen gerade die Unterlagen über Ihren Sohn Frank, und wir benötigen noch ein paar Informationen über seine Familie. Es ist nur zu seinem Besten, ich erkläre Ihnen gleich warum. Sind Sie einverstanden?"

„Gut, dann fragen Sie."

Kai rückte noch näher an das Bett heran und beugte sich vor: „Frau Dutschke, wie Sie ja wissen, war Ihr Sohn Frank einige Jahre im Maßregelvollzug. Mittlerweile ist er entlassen worden, die Therapien haben gewirkt, er gilt als geheilt und hat eine Anstellung als Hausmeister gefunden. Er wird nun, davon ist auszugehen, ein straffreies Leben führen können."

Kai stockte. Welcher Teufel hatte sie geritten, der kranken Frau diese Lügen aufzutischen! Oder entsprach es den Tatsachen? Kai dachte an das Gespräch mit Bechstein, der fest an die Unschuld seines Mandanten glaubte. Flüchtig schaute Kai in das Gesicht der Patientin, das jedoch keinerlei Regungen zeigte. Obwohl sie befürchtete, die Patientin zu überfordern, redete sie weiter: „Bitte, Frau Dutschke, helfen Sie uns. Man verdächtigt Frank, etwas Furchtbares getan zu haben. Aber wir glauben das nicht. Lassen Sie es nicht zu, dass Ihr Sohn, was immer er früher auch getan hat, für etwas büßen muss, das er nicht ..."

Kai schwieg betroffen, als sich der Gesichtsausdruck der Kranken schlagartig veränderte. Frau Dutschke wurde plötzlich aschgrau, die haarlosen Augenlider zuckten und ihre Stirn wurde feucht. Scheinbar waren die letzten Minuten zu anstrengend für sie gewesen, vielleicht auch zu schockierend, und nun schien es, als würde eine wohltuende Ohnmacht sie vor weiteren, unbequemen Fragen schützen. Auf jeden Fall hatte Kai eine schwache Stelle getroffen, und sie befand sich auf dem richtigen Weg! Frau Dutschkes Verhalten hätte es ihr nicht deutlicher zeigen können – und vielleicht war ihre Vermutung doch nicht so abwegig? Trotzdem machte sie sich wegen ihres Vorgehens Vorwürfe. Wer gab ihr das Recht, die Frau so zu bedrängen?

Hinter sich hörte sie die Stimme der Schwester, die leise in das Zimmer gekommen war: „Ist sie immer noch nicht aufgewacht?"

„Nein, leider nicht!", log Kai und zuckte zur Bekräftigung ihrer Worte mit den Schultern.

Kopfschüttelnd legte die Schwester der Patientin die Hand auf die Stirn, fühlte ihren Puls und schaute dabei auf ihre Armbanduhr: „Das ist ungewöhnlich, aber sonst scheint mit ihr alles in Ordnung zu sein." Im Hinausgehen fügte sie mit Blick auf Frau Dutschke hinzu: „Wenn irgend etwas sein sollte, rufen Sie mich bitte."

Schweigend nickte Kai und atmete auf, als die Schwester endlich das Zimmer verlassen hatte. Sie setzte sich wieder auf den Hocker und beobachtete aufmerksam die Patientin. Frau Dutschkes Augen bewegten sich unruhig unter den geschlossenen Lidern. Vielleicht war Frau Dutschke gerade in diesem Augenblick dabei, aus ihrem Unterbewusstsein mühsam die Geschehnisse hervorzukramen, die sich vor 28 Jahren irgendwo in Hildesheim oder einem anderen Ort ereignet hatten.

Ihre bisherigen Überlegungen und Vermutungen waren nichts als Hypothesen, die vielleicht nur ihrem Wunschdenken entsprachen und wie ein Kartenhaus zusammenbrechen würden, wenn Frau Dutschke weiterhin schwieg – oder ihr Geheimnis mit ins Grab nahm. Nein, das durfte nicht passieren! Sie betupfte mit einem Tuch die Mundwinkel der Patientin, in denen sich Speichel angesammelt hatte. Nach einer Weile öffnete Frau Dutschke blinzelnd die Augen. Ihr Blick war nun auffallend klar. Sie versuchte mühsam, sich etwas aufzurichten, doch es gelang ihr nicht. Erschöpft flüsterte sie: „Sie sind ja immer noch hier! Lassen Sie mich doch in Ruhe, ich habe Schmerzen und ..." Ihre Stimme versagte. Sie schaute zum Klingelknopf, der über ihr an einem Kabel pendelte, den sie aber nur mit großer Kraftanstrengung erreichen konnte. Einige Sekunden überlegte Kai, ob sie Hilfe rufen sollte, unterließ es dann aber – denn die Schwester würde der Patientin erneut Morphium spritzen und sie damit wieder in einen Dämmerzustand versetzen.

Kai ignorierte den flehenden Blick, der vom Klingelknopf zu ihr wanderte und sagte mit einschmeichelnder Stimme: „Frau Dutschke, hinter Ihnen liegt ein schweres und arbeitsreiches Leben. Sie haben Ihre Kinder großgezogen und zu ordentlichen Menschen erzogen, und niemand hat Ihnen dabei geholfen. Dafür gebührt Ihnen Anerkennung und Respekt!"

Kai schwieg einen Augenblick und streichelte die Hände der Patientin, die mit Flecken und Falten überzogen waren. Geschmeichelt lächelte Frau Dutschke, ihre Lippen zuckten und sie strich verlegen über ihre Decke. Die Worte der Kriminalbeamtin taten ihr gut. Sie konnte sich nicht erinnern, jemals so gelobt worden zu sein. Von wem auch? Sogar die Schmerzen, die wie böse Tiere unbarmherzig auf sie zugekrochen kamen, schienen erträglicher. Ja, die sympathische Polizistin hatte Recht, die Kinder waren ihr Leben, und sie würde auch heute noch alles für sie tun.

In das Schweigen hinein sagte Kai beiläufig: „Und für das, was Frank getan hat, sind Sie nun wirklich nicht verantwortlich. Außerdem liegt das nun schon so lange zurück, fast sechs Jahre. Er war damals zwar noch ein junger Mann, aber schon erwachsen und für sich selbst verantwortlich. Nein, nein, liebe Frau Dutschke, Sie trifft keine Schuld. Sie haben im Rahmen Ihrer Möglichkeiten alles getan. Aber, was ganz wichtig ist, Frank hat sich jetzt wieder gefangen und will ein ordentliches Leben führen. Und dabei müssen wir ihm helfen! Glauben Sie mir, Frau Dutschke, Ihr Sohn Frank bereut zutiefst, was er damals getan hat. Er würde sie auch gern hier im Krankenhaus besuchen, um sich mit Ihnen zu versöhnen. Aber leider geht das nicht, weil er zur Zeit für Straftaten in Untersuchungshaft sitzt, die er nicht begangen hat."

Kai schwieg einen Augenblick und fragte sich, ob sie von dem, was sie der Schwerkranken da gerade erzählte, wirklich überzeugt war. Doch dann sprach sie weiter: „Frau Dutschke, Sie sind die Einzige, die ihm jetzt helfen kann – und vielleicht ist es das Letzte, was Sie für Ihren jüngsten Sohn tun können."

Kai ließ ihren letzten Satz in der Luft hängen und schwieg eine Weile, um die Worte auf Frau Dutschke wirken zu lassen, bevor sie beschwörend fortfuhr: „Bitte, sagen Sie mir, was damals vor 28 Jahren passiert ist."

Das Aussehen der Patientin ließ Kai verstummen. Innerhalb von Sekunden wechselte die Farbe ihres Gesichts von einer fahlen Blässe zu einer unnatürlichen Rötung, die am Hals begann und sich bis zur Stirn ausbreitete. Als Kai ihre Hand ergriff und sie erneut streichelte, zitterten ihre Lippen, und sie stammelte unverständliche Worte.

Sekunden später schien Frau Dutschke ihren Schwächeanfall überwunden zu haben, und bat um ein Glas Wasser. Doch dann fing sie an zu reden, teilweise leise, stockend und mit brüchiger Stimme, doch verständlich.

„Wissen Sie, das war damals eine sehr schwierige Zeit – meinen Kindern und mir stand das Wasser bis zum Hals. Die Kerle, die ich hatte, haben alle nichts getaugt, sie wollten immer nur mit mir ins Bett. Ich bin immer wieder und wieder darauf reingefallen und habe jedes Mal geglaubt, endlich den Richtigen gefunden zu haben, aber sobald sie mitbekamen, dass ich schwanger war, haben sie sich aus dem Staub gemacht und nicht einen Pfennig gezahlt."

Frau Dutschke seufzte und fuhr dann stockend fort: „Na ja, ich war damals jung und naiv und habe an die große Liebe geglaubt. Ja, und dann kamen vor 28 Jahren auch noch die Zwillinge. Wir wären sieben gewesen! Trotzdem, das können Sie mir glauben, wollte ich den einen Zwilling nicht weggeben. Aber meine damalige Chefin hat geredet und geredet, dass er bei ihr eine bessere Zukunft habe und später auch das Geschäft übernehmen könne. Ja, und dann hat sie mir auch noch 5000 Mark gegeben, wissen Sie, das war viel Geld für mich damals."

Kai Sommer konnte nicht glauben, was ihr Frau Dutschke da erzählte, aber sie hörte weiter aufmerksam zu und wünschte sich, dass die Krankenschwester sie nicht stören würde.

*

Im großen Besprechungszimmer herrschte erwartungsvolle Spannung. Einige Kollegen, die sonst immer gern Kommentare von sich gaben, schwiegen heute, und andere verloren sich in Spekulationen und Gerüchten, wobei sich alle darüber einig waren, dass es für die erneute Einladung der gerade aufgelösten Sonderkommission einen besonderen Grund geben musste.

Als von Waltershofen und Hundertmark mit Kai Sommer vor dem Besprechungsraum zusammentrafen, verharrte der Oberstaatsanwalt einen Augenblick und zischte: „Über Ihr eigenmächtiges Vorgehen sprechen wir noch! Wie kommen Sie überhaupt dazu, einen Fall aufzugreifen, der schon als abgeschlossen gilt? Ich werde ..." Er sprach nicht weiter, weil ein Kriminalbeamter sich an ihnen vorbei in den Raum drängte.

Kai Sommer betrat, gefolgt von Kriminaldirektor Hundertmark und dem Oberstaatsanwalt, den Besprechungsraum. Trotz der Zurechtweisung schien sie guter Laune zu sein – eine Stimmung, die sich offensichtlich auch auf ihren Vorgesetzten übertragen hatte, nicht aber auf den Oberstaatsanwalt, der den Mitgliedern der Sonderkommission mürrische Blicke zuwarf. Hundertmark bat Kai, die neuen Erkenntnisse vorzutragen.

Sie nickte, schaute ihre Kollegen an und begann entschuldigend: „Tut mir leid, aber wie es aussieht, müssen wir den Fall noch einmal aufgreifen. Es sind begründete Zweifel aufgetreten, dass Frank Dutschke die Schülerin Iris Menke getötet hat. Er kann für die Tatzeit ein absolut wasserdichtes Alibi vorweisen."

Kai schwieg einen Augenblick und schaute in die erstaunten und teilweise verwirrten Gesichter ihrer Kollegen, die zwar ihre Worte gehört, aber offensichtlich nicht verstanden hatten.

Sie lächelte: „Auch ich wusste zunächst nicht, was ich davon halten sollte, doch unsere Recherchen haben mittlerweile ergeben, dass es noch eine zweite Person mit dem gleichen DNA-Profil geben muss." Kai stockte erneut, um ihren Kollegen Zeit zum Nachdenken zu geben. Als der Oberstaatsanwalt sich ungeduldig räusperte und zur Eile drängte, fuhr sie fort: „Mit anderen Worten: Frank Dutschke muss einen Zwillingsbruder haben - und zwar einen eineiigen, denn nur eineiige Zwillinge haben ein völlig identisches Erbgut. In den standesamtlichen Unterlagen ist aber nur die Geburt eines Jungen eingetragen worden. Ja, und dieser nicht erklärbare Widerspruch war auch der eigentliche Grund, warum ich die Mutter Frank Dutschkes gestern in der Onkologie des Sankt-Bernwards-Krankenhauses aufgesucht habe. Frau Dutschke ist todkrank, die Ärzte geben ihr nur noch wenig Zeit, sie bekommt Morphium gegen die Schmerzen, schläft viel. Daher war es schwierig, überhaupt mit ihr ins Gespräch zu kommen. Doch ich hatte Glück."

Von Waltershofen hob beide Hände und fiel ihr ins Wort: „Ein Quäntchen Fortune können wir bei unseren Ermittlungen immer gebrauchen, aber letztlich hat auf Dauer nur der Tüchtige Glück. Das ist übrigens eine alte Lebensweisheit, leider nicht von mir, sondern von ..."

Als er die erstaunten und unverständlichen Blicke der Kriminalbeamten bemerkte, schwieg er und Kai fuhr fort: „Wie gesagt, ich hatte Glück und bin froh, dass ich dieses Gespräch mit der sterbenskranken Frau noch führen konnte."

Der Oberstaatsanwalt mischte sich erneut ein: „Was ich persönlich von Ihrem Vorgehen halte, habe ich Ihnen ja vorhin schon gesagt. Ich hoffe nur, Sie sind nicht zu hart mit der Patientin umgesprungen. Einer schwerkranken Frau! Ich bitte Sie! Wenn die Presse davon erfährt, könnten wir Schwierigkeiten bekommen. Stellen Sie sich vor, Frau Dutschke behauptet plötzlich etwas, was Sie nicht widerlegen können. Dann hätten Sie ganz schlechte Karten! Es wäre daher besser gewesen, wenn Sie mich vorher konsultiert und einen erfahrenen Kollegen mitgenommen hätten."

„Das sehe ich ganz anders", warf Kriminaldirektor Hundertmark ein: „Ich meine, Frau Sommer hat sich, zumindest was ihr taktisches Vorgehen bei der Befragungsaktion betrifft, sehr geschickt verhalten und das einzig Richtige getan. Das möchte ich hier an dieser Stelle unmissverständlich betonen. Sie musste in dieser äußerst heiklen und schwierigen Situation zunächst einmal das Vertrauen der Kranken gewinnen, und dabei wäre eine weitere Person nur hinderlich gewesen. Nein, so war es genau richtig."

Er schwieg einen Augenblick, streifte den Oberstaatsanwalt mit einem finsteren Blick und wandte sich wieder an Kai: „Frau Sommer, wenn Sie uns jetzt bitte die Ergebnisse Ihrer Unterredung mit Frau Dutschke mitteilen würden."

Kai nickte und fasste die wesentlichen Punkte zusammen, die ihr Frau Dutschke im Krankenhaus anvertraut hatte. „Sie lebte also in einer finanziell sehr prekären Lage, und mit den Zwillingen wären dann nicht nur fünf, sondern gleich sieben Kinder zu versorgen gewesen. Daher beschloss sie, einen der Neugeborenen, also den Zwillingsbruder von Frank, dem gut situierten Ehepaar zu überlassen, bei dem sie als Haushaltshilfe beschäftigt war. Allerdings nicht ganz freiwillig! Sie sagte mir, die kinderlose Ehefrau ihres damaligen Arbeitgebers hätte sie unter Druck gesetzt, ja, regelrecht genötigt, ihr das Kind zu überlassen, was ..."

„Was sicherlich eine reine Schutzbehauptung ist", beendete Oberstaatsanwalt Dr. von Waltershofen ihren Satz.

Unbeirrt fuhr Kai fort: „ ... was ich ihr durchaus glaube. Sie hat mir auch nicht verschwiegen, von dem Ehepaar 5000 Mark bekommen zu haben, was damals für Frau Dutschke eine Menge Geld gewesen ist. Allerdings musste sie versprechen, ja, sogar schwören, keinen Kontakt zu dem Kind aufzunehmen, quasi zu vergessen, es geboren zu haben! Folglich konnte das Ehepaar sie natürlich auch nicht mehr in seinem Haushalt beschäftigen, sondern besorgte ihr nahtlos eine Stelle im Stadtteil Himmelsthür, also weit weg von ihrer damaligen Arbeitsstätte an der Marienburger Straße."

Kai stockte, überlegte und blickte dabei auf ihre Kollegen, die aufmerksam ihren Ausführungen gefolgt waren.

Bevor sie jedoch fortfahren konnte, meinte Kriminaldirektor Hundertmark nachdenklich: „Es ist erstaunlich, was Frau Dutschke Ihnen alles anvertraut hat – einem ihr völlig fremden Menschen. Das ist schon außergewöhnlich. Haben Sie dafür eine Erklärung?"

„Darüber habe ich auch schon nachgedacht. Ich glaube, das hängt mit ihrem nahen Tod zusammen und dem dringenden Bedürfnis, zu reden und sich jemandem anzuvertrauen. Wie ich von den Krankenschwestern erfahren habe, bekommt sie nur ganz selten Besuch. Trotz der großen Familie und ihren Männerbekanntschaften, die offensichtlich nur reine Bettgeschichten waren, ist sie doch sehr allein. Ein trauriges und deprimierendes Leben."

Kai überlegte eine Weile und fuhr leise fort: „Frau Dutschke hat sich streng an die Abmachung mit ihrem damaligen Arbeitgeber gehalten. Und die Ehefrau ihres damaligen Arbeitgebers hat gleich nach der Geburt einen der Neugeborenen als ihr eigenes Kind in das Stammbuch der Familie eintragen lassen."

„Eine schier unglaubliche Geschichte", bemerkte von Waltershofen.

Ein älterer Kollege der Sonderkommission pflichtete ihm bei und fragte kritisch: „Wieso wurde das nicht bemerkt? Den Nachbarn und Bekannten muss doch was aufgefallen sein. Und auch den Standesbeamten! Die können doch erst dann Eintragungen vornehmen, wenn eine Geburtsurkunde vorliegt."

Kai unterbrach ihren Kollegen: „Das war gar nicht so schwierig und wohl von langer Hand geplant. Frau Dutschke hatte ziemlich schnell erfahren, dass sie mit Zwillingen schwanger war und auch mit ihren Arbeitgebern darüber gesprochen, denn sie war natürlich entsetzt. Und bei denen muss dann dieser Plan gereift sein, das eine Kind ohne langwieriges Adoptionsverfahren einfach als ihr eigenes auszugeben. Sie waren sehr befreundet mit ihrem damaligen und inzwischen verstorbenen Hausarzt. Frau Dutschkes Chef hatte wohl schon die Schulbank mit ihm gedrückt. Und der Arzt spielte mit. So wuchsen die Bäuche der beiden Frauen gleichzeitig. Bei der einen wurden immer größere Kissen unterlegt, bei der anderen wuchsen Zwillinge heran. Frau Dutschke hat den Gynäkologen, der die Zwillingsschwangerschaft festgestellt hatte, nie mehr aufgesucht. Alle Vorsorgeuntersuchungen wurden – notdürftig – von dem Hausarzt vorgenommen. Gottlob traten keine Komplikationen ein. Und der Arzt betreute auch die Geburt im Haus ihres Arbeitgebers und er stellte die Geburtsurkunden für die Zwillinge aus, nur dass er sie unterschiedlichen Müttern zuschrieb."

Ungeduldig mischte sich von Waltershofen ein und meinte mit säuerlichem Gesichtsausdruck: „Frau Sommer, das ist ja alles sehr spannend und interessant. Aber kommen Sie doch bitte endlich zur Sache, zu den relevanten Dingen! Haben Sie inzwischen herausgefunden, wo und in welcher Familie sich dieser ominöse Zwillingsbruder befindet? Welchen Namen trägt er? Wann nehmen Sie ihn fest? Sie sind doch sonst nicht so zimperlich bei Ihren Entscheidungen! Ich denke da nur an ... aber lassen wir das ..." Er stockte, wollte noch etwas hinzufügen, aber Kai kam ihm zuvor.

„Sie können unbesorgt sein, ich habe bereits die nötigen Vorkehrungen getroffen. Wir wissen, wo er wohnt und wie er heißt – und er wird seit gestern Abend von meinen Leuten observiert."

„Ja, und warum haben Sie ihn noch nicht festgenommen?"

„Keine Sorge, Herr Oberstaatsanwalt, das werde ich im Anschluss an diese Besprechung tun, und zwar persönlich und ohne Aufsehen."

Anerkennend nickte Kriminaldirektor Friedrich Hundertmark: „Respekt, Frau Sommer, das ist gute Arbeit. Sobald Sie den Mann hierhaben, rufen Sie mich an, ich möchte gern bei der Vernehmung dabei sein und Herr von Waltershofen sicherlich auch."

*

Seit einigen Stunden befanden sich Heinz Ossenkopp und Mike Severin mit ihrem unauffälligen Dienstwagen auf der Marienburger Straße. Sie hatten sich gegenüber dem Wohn-und Geschäftshaus postiert, in dessen Erdgeschoss sich eine Apotheke und ein Apartment befand, dessen seitlichen Eingang sie so unauffällig wie möglich im Auge behalten sollten.

Ossenkopps Gedanken beschäftigten sich mit dem jungen Mann, den sie im Wechsel mit zwei anderen Kollegen seit gestern Abend observierten. In dieser Zeit hatte der nur einmal kurz seine Wohnung verlassen. Mit einer wippenden Zigarette im Mundwinkel und leicht schwankend war er zu dem nahen Automaten gegangen, um sich dort eine Schachtel Zigaretten zu ziehen, wobei er auf dem Rückweg zu seiner Wohnung die immer noch brennende Kippe achtlos auf den Fußweg warf.

Obwohl die beiden Kriminalbeamten den Mann mit den rotblonden Haaren nicht kannten, wussten sie einiges über ihn: Er war am 10. Juli vor 28 Jahren in Hildesheim geboren und hatte einen Zwillingsbruder, der auf den Vornamen Frank getauft worden war, sich zur Zeit in Untersuchungshaft befand und den man schon bald wegen dreifachen Mordes in Tateinheit mit mehrfacher Vergewaltigung anklagen würde - von dessen Existenz er aber nichts ahnte. Und natürlich wusste er auch nichts von seiner leiblichen Mutter, die sich im Sankt-Bernwards-Krankenhaus befand, in wenigen Tagen in ein Sterbehospiz verlegt werden sollte und seit einigen Stunden wieder oft an ihn denken musste, obwohl sie ihn als Neugeborenen nur wenige Male an sich gedrückt hatte, bevor sie ihn verkaufte. Und er ahnte auch nichts von den Ermittlern der Sonderkommission, die ihm dicht auf den Fersen waren.

Von einer mitteilsamen Nachbarin hatten sie erfahren, dass der junge Mann jeden Morgen gegen 10:00 Uhr sein Apartment im Jogginganzug verließ, manchmal nähme er auch sein Fahrrad. Wie sie zudem herausgefunden hatten, konnte er über die Morgenstunden frei verfügen, weil sein Dienst in einem örtlichen Krankenhaus immer erst nachmittags begann.

Heinz Ossenkopp spürte eine leichte Nervosität in sich aufsteigen. Er fragte sich, warum sie ihn nicht schon gestern Abend oder in der Nacht festgenommen hatten, denn er schien gefährlich und unberechenbar zu sein - aber andererseits konnte er ihnen nicht entwischen, ihre Observierung war lückenlos.

Ossenkopp erinnerte sich an das gestrige Telefonat mit seiner Kollegin, kurz nach ihrer Rückkehr aus dem Krankenhaus. Der Besuch hatte sie offensichtlich stark mitgenommen, was nicht verwunderlich war. Eine schier unglaubliche Geschichte!

Trotz vorausgegangener Pannen und Fehlentscheidungen schien Kai wieder einmal den richtigen Riecher gehabt zu haben. Aber nicht auszudenken, wenn das Gespräch mit Frau Dutschke anders verlaufen wäre – wenn die Kranke sich zu sehr aufgeregt und einen Kollaps bekommen hätte.

Ossenkopp schaute auf seinen jungen Kollegen, der ein kleines Nickerchen machte; er gönnte es ihm, denn schließlich war Mike schon einige Stunden im Einsatz.

Im Rückspiegel sah er Kais klapprigen Golf herankommen, offensichtlich hatte sie ihn immer noch nicht verschrotten lassen. Sie stellte ihn in einiger Entfernung ab und ging den Bürgersteig entlang auf ihr Auto zu. Ossenkopp griff mit dem Arm über die Rückenlehne, weckte dabei seinen Kollegen, und öffnete die hintere rechte Tür, damit Kai einsteigen konnte.

Statt einer Begrüßung sagte sie: „Na, wie steht's, ist er immer noch in seiner Höhle?"

Die Frage sollte flapsig klingen, aber Ossenkopp hörte die leichte Sorge in ihrer Stimme und sagte daher betont forsch: „Es ist jetzt kurz nach halb zehn, ich schätze, er wird bald rauskommen. Wie willst du vorgehen?"

„Möglichst ohne Aufsehen – oder glaubst du, ich fordere das Mobile Einsatzkommando an? Nee, wir machen das allein! Ich sehe da auch keine Probleme. Wie wir wissen, liegt sein Apartment ebenerdig, es gibt keine Stufen und Treppen, und alle Fenster sind auf der Rückseite des Gebäudes. Ideale Voraussetzungen. Wir klingeln und bitten ihn, mit zur Dienststelle zu kommen. Alles andere, offizielle Festnahme, Aufklärung über seine Rechte und so weiter, machen wir dort. Also, keine große Sache."

„Und wenn er nicht öffnet?", fragte Mike Severin etwas schläfrig und gähnte verstohlen.

„Dann lässt er uns keine andere Wahl. Wir müssen davon ausgehen, dass er sich damit einer polizeilichen Verfolgung entziehen will. Also liegt Fluchtgefahr vor. Ihr wisst, was das heißt, wir können gewaltsam in die Wohnung eindringen."

Sie schaute in die skeptischen Gesichter ihrer Kollegen und fügte beruhigend hinzu: „Für alle Fälle habe ich noch vier Kollegen mitgebracht, die sitzen dahinten in dem blauen Ford. Ich habe mit ihnen abgesprochen, dass wir mit der Aktion um Viertel vor zehn beginnen."

Sie schwiegen eine Weile, und Kai fragte sich, warum sie bei der Festnahme des jungen Mannes so zögerlich vorging, und ohne es zu wissen, stellte sie sich damit die gleiche Frage, mit der sich vorhin schon ihr Kollege Heinz Ossenkopp beschäftigt hatte. Ohne Probleme hätten sie ihn schon gestern Abend in Gewahrsam nehmen können. Sogar dem Oberstaatsanwalt war ihre fehlende Entschlossenheit aufgefallen. Verdammt, warum hatte sie es nicht getan? Sie konnte es sich selbst nicht erklären. War sie sich nicht sicher gewesen, ob ihr Belastungsmaterial ausreichen würde, um den Verdächtigen dem Haftrichter vorzuführen? Sie hatte gestern Abend alles immer wieder durchgeprüft. Die Beweislage war eindeutig. Ihre Angst war also in diesem Fall unbegründet. Aber wenn sie an die anderen vorläufig Festgenommenen dachte, die sie in letzter Zeit nach wenigen Stunden wieder hatte freilassen müssen ... Das hämische Grinsen des Oberstaatsanwaltes verfolgte sie noch heute.

„Viertel vor Zehn, bringen wir es hinter uns!", murmelte Kai und warf einen Blick auf die gegenüberliegende Straßenseite. Wortlos stiegen sie aus, überquerten die Fahrbahn und gingen gemeinsam zu ihren wartenden Kollegen. Ossenkopp besprach mit ihnen das weitere Vorgehen, schickte zwei Beamte auf die Rückseite des Geschäftshauses und folgte Kai, die bereits staunend vor dem luxuriösen Eingang stand. Sie schüttelte leicht den Kopf: „Wenn ich da an meine Wohnung denke, könnte ich direkt neidisch werden."

Ossenkopp zuckte mit den Schultern: „Da müsstest du erst mal die Briefkästen in unserem Mietshaus sehen, verrostet und beschmiert, einfach schäbig."

Grinsend meinte Kai: „Wenn ich mich recht entsinne, sind wir aber nicht hier, um unseren Sozialneid zu schüren, sondern um jemanden in unsere Dienststelle zu bringen. Oder?"

Während sie das sagte, beugte sich Heinz Ossenkopp vor und schaute auf das protzige Messingschild, das in Großbuchstaben Auskunft über den Bewohner des Apartments gab: Florian Seiters.

Kai nickte ihrem Kollegen zu und drückte entschlossen auf den messingfarbenen Klingelknopf. Es ertönte eine Melodie, die auch außerhalb der Wohnung gut zu hören war, aber nichts geschah. Nach einer Weile betätigte Ossenkopp die Klingel etwas länger und mehrmals. Endlich hörten sie schlurfende Schritte. Die Tür öffnete sich und vor ihnen stand Florian Seiters. Er trug einen blauen Jogginganzug, dazu weiße Turnschuhe und wollte anscheinend gerade das Haus verlassen.

Kai zog ihren Dienstausweis aus der Jackentasche: „Ich bin Kriminalhauptkommissarin Kai Sommer", stellte sie sich vor und zeigte auf ihren Begleiter: „Und das ist mein Kollege Ossenkopp. Ich nehme an, Sie sind Herr Seiters, Herr Florian Seiters." Kai fragte nicht, sie stellte es fest, weil ihr sein Aussehen bestens bekannt war.

Florian Seiters schien erstaunt und grinste unsicher: „Was, was wollen Sie von mir? Stehe ich etwa im Halteverbot, oder warum sind Sie hier?" Seine Stimme klang monoton und belegt und ähnelte der seines Zwillingsbruders, von dessen Existenz er sicherlich immer noch nichts ahnte.

„Nein, Herr Seiters, wir sind nicht wegen eines Verkehrsverstoßes hier, sondern wegen einiger Fragen, die wir Ihnen gern in der Polizeiinspektion an der Schützenwiese stellen würden."

Florian Seiters unterbrach sie: „Ich meine, diese Fragen können Sie mir auch hier und jetzt stellen."

Heinz Ossenkopp mischte sich ein: „Nein, Herr Seiters, unsere Dienststelle ist dafür besser geeignet, wir können Ihre Aussage dann auch gleich protokollieren. Also, machen Sie bitte keine Schwierigkeiten, ziehen Sie sich etwas über und kommen Sie mit!" Bei den letzten Worten hob der Polizeibeamte seine Stimme, wobei der leichte Befehlston nicht zu überhören war.

Fünf Minuten später verließ Florian Seiters in Polizeibegleitung sein Apartment und wurde zum Auto geführt, in dem Severin schon mit laufendem Motor wartete. Kai schaute hinter ihnen her, bis sie aus ihrem Blickfeld verschwunden waren.

Unschlüssig blieb sie noch eine Weile stehen, ging dann zur Vorderseite des mehrgeschossigen Gebäudes und stand vor der Apotheke, die sich in der linken Hälfte des Erdgeschosses befand. Sie blickte durch die Schaufensterscheibe und schaute auf die umfangreichen Angebote, ohne sie wirklich wahrzunehmen, geschweige denn sich dafür zu interessieren.

Danach ließ sie ihre Augen durch den Verkaufsraum wandern, wobei ihre Blicke einige Kunden streiften und dann an der Frau und dem Mann in den weißen Kitteln hängen blieben – offensichtlich die Eigentümer und Betreiber der alteingesessenen Apotheke: Dr. Kurt Seiters und Gattin Elvira – die vor 28 Jahren einen Säugling für 5000 Mark wie eine Ware gekauft und ihn als ihren eigenen Sohn in das Familienstammbuch hatten eintragen lassen. Kai fragte sich, ob Florian wusste, dass die Frau im weißen Kittel nicht seine leibliche Mutter und der Mann neben ihr nicht sein Erzeuger war.

*

Die Bullen hatten ihn über zwei Stunden verhört, ihn verschiedener Straftaten beschuldigt, über seine Rechte aufgeklärt und dann hier im Keller der Polizeiinspektion in eine Zelle gesperrt.

Von dem Verhör und dem ganzen Theater hatte er allerdings kaum etwas mitbekommen, denn die Pille, die er sich noch schnell in seinem Apartment zur Beruhigung eingeworfen hatte, hielt länger an, als er dachte. Doch nun ließ die Wirkung langsam nach, und er inspizierte mit Ekel das Loch, in dem er sich befand.

Nein, das konnte und wollte er sich nicht gefallen lassen! Das war entwürdigend! Er schrie und schlug mit beiden Fäusten mehrfach gegen die Tür – doch das schien niemanden zu interessieren. Schließlich resignierte er, warf sich voller Widerwillen auf die Liege, von der er glaubte, dass sie nicht nur stank, sondern auch verlaust war, starrte an die Decke und dachte über seine Lage nach. Als er sich nicht mehr konzentrieren konnte, schloss er die Augen und hatte in einem Zustand zwischen Wachen und Träumen wieder die Szenen vor sich, die ständig in seinem Kopf herumschwirrten. Bilder einer zunächst unbeschwerten Kindheit, bis zu den Ereignissen, die sein Leben verändert und unbekannte Lustgefühle in seine kindliche Welt gebracht hatten. Und sie hatten gleichzeitig ein Chaos in seinem Innern erzeugt, das seit der

Pubertät sexuelle Begehrlichkeiten und Bedürfnisse in ihm weckte, die er nicht steuern konnte und denen er sich hilflos ausgeliefert sah. Florian wusste nicht, wie oft er in dieser Zeit verzweifelt um Hilfe gerufen hatte – doch die stummen Schreie seiner gequälten Seele blieben ungehört. Bis heute fragte er sich, wie sein Leben wohl verlaufen wäre, wenn er dieses schockierende Erlebnis nicht gehabt hätte. Wäre er dann das geworden, was sein Pseudovater sich von ihm erträumt hatte? Sicherlich hätte er nach dem Abitur Pharmazie studiert, später auch promoviert und vielleicht wäre er jetzt schon verheiratet und Mitinhaber der alteingesessenen Apotheke. Es war müßig, darüber nachzudenken, denn jetzt war es ohnehin zu spät!

Florian dachte an seine erste Freundin: Gabriele, blond, grüne Augen, gerade 16 Jahre, eine Kindfrau mit aufregender Figur und sexueller Erfahrung. Auch jetzt sah er wieder die Szene vor sich, als er versucht hatte, mit ihr zu schlafen und nicht gekonnt hatte, weil plötzlich die Frau vor seinen Augen aufgetaucht war, die nach den amtlichen Unterlagen seine leibliche Mutter war, ihn aber nicht geboren hatte. Nach Gabriele kam noch ein gutes Dutzend anderer Frauen, die er zwar begehrt hatte, aber körperlich nicht lieben konnte.

Ja, und dann tötete er „Sonja B."! Eine Frau, die durch ihre passive Verfügbarkeit das Handikap seiner Impotenz zerstört hatte und ihm – wenn auch nur für einige Minuten – erstmals das Gefühl gegeben hatte, ein richtiger Mann zu sein. Ihren Vornamen hatte er zwei Tage später in der Hildesheimer Allgemeinen Zeitung gelesen. Da stand „Sonja" und dahinter das große „B", was vielleicht die Abkürzung für Berger, Bürger oder Bauer war, was ihn aber nicht sonderlich interessierte. Wichtig war für ihn nur, dass er mühelos in sie eindringen konnte, erstmals war es ihm gelungen, seine sexuellen Bedürfnisse bei einer Frau zu befriedigen und das Bild seiner Pseudomutter nicht mehr vor sich zu sehen: Und es störte ihn nicht im geringsten, dass Sonja B. auf den Stufen der Bismarcksäule leblos unter ihm lag.

*

Es gehörte zu ihren Gepflogenheiten, sich auf anstehende Termine beim Haftrichter, Zeugenbefragungen und Vernehmungen nicht nur fachlich, sondern auch mental vorzubereiten. Das war auch der Grund, warum sie heute am frühen Morgen in ihrem Dienstzimmer saß und Akten studierte, während im Erdgeschoss unter ihr Florian Seiters im Polizeigewahrsam vor sich hinbrütete. Von Waltershofen hatte ihr mitgeteilt, dass der Termin beim Haftrichter im Justizzentrum an der Kaiserstraße um 14:00 Uhr stattfinden sollte. Aber zuvor wollten sie noch gemeinsam den Beschuldigten Florian Seiters vernehmen. Kai dachte über ihre Vorgehensweise nach und notierte sich einige Stichpunkte. Wie immer würde sie mit der Befragung harmlos beginnen, über seine Hobbys reden, ein gewisses Verständnis für seine Taten heucheln, ihn dann jedoch härter anfassen und ihm letztlich die lückenlose Beweiskette vorhalten, sie hoffte nur, dass der Oberstaatsanwalt und ihr Vorgesetzter sie gewähren ließen und sich nicht unnötig einmischten.

Kai legte die Beine auf den Schreibtisch, schloss die Augen und ließ den gestrigen Tag noch einmal Revue passieren. Deutlich sah sie die Szene wieder vor sich, wie sie Florian Seiters nach seinem Eintreffen in der Polizeiinspektion einige Fragen gestellt hatte, die er nicht beantworten konnte oder wollte – und dann sein ungläubiges Erstaunen, als sie ihm schließlich die vorläufige Festnahme erklärt hatte. Zeitweise hatte Kai den Verdacht gehegt, dass er unter irgendwelchen Drogen stand und gar nicht mitbekam, worum es ging. Sie hatte sogar das Verhör schon abbrechen und ein Drogenscreening bei ihm durchführen lassen wollen, doch dann wieder hatte er einigermaßen vernünftig auf ihre Fragen reagiert. Bevor er abgeführt worden war, durfte er das obligatorische Telefonat führen. Auch hier reagierte er völlig atypisch, er verlangte nach keinem Anwalt, sondern rief seinen Vater, den Apotheker Dr. Kurt Seiters an, dem er belanglose Dinge mitteilte.

Kai konnte sich vorstellen, dass die Festnahme sich bald herumsprechen würde, zumal es sich hier um den Sohn einer bekannten und angesehenen Hildesheimer Familie handelte. Die Medien würden sich dann tagelang mit seiner Person beschäftigen. Schon jetzt sah sie die Schlagzeilen vor sich und die Kommentare und Meinungen von renommierten Experten, die sich berufen fühlten, Stellungnahmen abgeben zu müssen, die aber oft wenig hilfreich waren und häufig nur der Eitelkeit ihrer Verfasser dienten. Auf jeden Fall würden sie tief in die Psyche und Intimsphäre des jungen Mannes und seiner Angehörigen einzudringen versuchen und mit ihren fundierten oder auch nur pseudowissenschaftlichen Erkenntnissen den Boulevardblättern und Illustrierten reichlich Stoff liefern.

Das Schicksal der Familie Seiters und der Zwillingsbrüder würde nun in die Öffentlichkeit gezerrt werden, der Fall bundesweit Aufsehen erregen, da war Kai sich ganz sicher. Der Katastrophe, die sich jetzt schon wie ein bedrohliches Gewitter über ihrer heilen Welt zusammenbraute, konnten sie vielleicht nur entgehen, indem sie das Land verließen. Aber hatte es Sinn, diesem Schicksal hier trotzen zu wollen? Würden die Kunden nicht wegbleiben, wenn sie erst einmal ihre Neugierde befriedigt hatten? Dann müssten sie ihre Apotheke aufgeben, die sich seit Generationen in ihrem Familienbesitz befand. Irgendwie taten ihr die Seiters leid, obwohl sie an ihrer Misere gewiss nicht unschuldig waren. Dennoch war Kai froh darüber, für diese Begleiterscheinungen nicht die Verantwortung zu tragen – und auch nicht für die Maschinerie, die sich jetzt von Amts wegen in Bewegung setzen würde und nicht mehr gestoppt werden konnte ...

Kai seufzte und warf einen Blick auf ihre Armbanduhr. Es war höchste Zeit, sie musste zur Vernehmung. Sie nahm einen Schluck Kaffee, klemmte sich die Kriminalakte unter den Arm und betrat das Vernehmungszimmer, in dem sich neben dem Beschuldigten Florian Seiters bereits der Oberstaatsanwalt, Kriminaldirektor Hundertmark, ein uniformierter Polizeibeamter und ihre Kollegen Ossenkopp und Severin befanden. Wie nicht anders zu erwarten, warf ihr von Waltershofen einen ärgerlichen Blick zu, denn immerhin hatte sie sich um zwei Minuten verspätet, und nur die Anwesenheit ihres Vorgesetzten schützte sie vor einer Zurechtweisung.

Noch während Kai Platz nahm, wurde sie von Florian Seiters wütend angefaucht, der einen verwirrten Eindruck machte und sich seit seiner Festnahme erschreckend verändert hatte: „Es ist eine bodenlose Frechheit und menschenunwürdig, was Sie hier mit mir abziehen. Ich protestiere gegen diese Behandlung! Wie kommen Sie überhaupt dazu, mich da unten in das Verlies, in dieses erbärmliche Loch einzusperren, mit dem ekligen Abfluss, der vergammelten Liege, in dem sich noch nicht mal 'ne Toilette und Dusche ..." Er hörte abrupt auf zu reden, schaute auf seine Uhr und geiferte weiter: „Ich hatte schon gestern ausdrücklich auf einen Termin hingewiesen, den ich heute wahrnehmen muss."

Ohne zunächst auf seine Worte einzugehen, sagte Kai betont freundlich: „Guten Morgen, Herr Seiters! Nur zu Ihrer Erinnerung: Ich hatte Sie gestern vorläufig festgenommen, über Ihre Rechte aufgeklärt und Ihnen den Rat gegeben, einen Anwalt hinzuzuziehen. Ich will damit sagen, dass wir Sie jetzt weiterhin als Beschuldigten vernehmen und anschließend dem Untersuchungsrichter vorführen werden."

Kai ließ die Worte auf ihn wirken und fügte dann etwas ironisch hinzu: „So, wie ich das sehe, können Sie heute und auch in absehbarer Zeit außerhalb einer Justizvollzugsanstalt ohnehin keine Termine mehr wahrnehmen, auch wenn sie noch so wichtig sein sollten. Aber nun zum Raum dreißig im Erdgeschoss unseres Hauses: Es ist weder ein Verlies, noch ein Loch, wie Sie den Haftraum gerade plastisch beschrieben haben, sondern der Gewahrsam der hiesigen Polizeiinspektion, in dem die vorläufig Festgenommenen so lange verbleiben, bis ein Richter Untersuchungshaft anordnet oder die Freilassung des Festgenommenen verfügt, wenn die Beweise nicht ausreichen."

„Was bei mir sicherlich der Fall sein dürfte", fiel ihr Florian Seiters schroff ins Wort.

Unbeeindruckt fuhr Kai fort: „Wie schon gesagt, Herr Seiters, wir werden Sie jetzt weiter vernehmen. Sie können natürlich auch schweigen oder einen Anwalt hinzuziehen. Also, was ...?"

Florian Seiters fiel ihr erneut ins Wort und zischte: „Das kann ich immer noch tun. Zunächst will ich wissen, warum Sie und Ihre

Bullen mich hier tatsächlich festhalten, denn die Anschuldigungen von gestern waren doch völliger Schwachsinn!"

Ohne auf seine Beleidigungen einzugehen, erkundigte sich Kai ausgesprochen höflich nach Einzelheiten seines Lebenslaufes, und obwohl sie seine Antworten teilweise schon kannte, ließ sie ihn reden und hörte aufmerksam zu.

Nach einigen Minuten räusperte sich von Waltershofen und tippte mit dem Zeigefinger demonstrativ auf den Deckel seiner vergoldeten Taschenuhr, und auch auf dem Gesicht ihres Vorgesetzten zeigte sich eine leichte Ungeduld – Signale für Kai, endlich zur Sache zu kommen.

Sie nickte und stellte die nächste Frage: „Herr Seiters, wissen Sie wirklich nicht, warum Sie hier sind? Wir hatten Ihnen doch gestern schon den Grund Ihrer vorläufigen Festnahme erklärt. Allerdings waren Sie da in keinem besonders guten Zustand. Kann es sein, dass Sie gestern irgendwelche Beruhigungsmittel oder Drogen zu sich genommen haben?"

Als er mit den Schultern zuckte, fuhr sie fort: „Also gut, dann wiederhole ich die Fragen noch einmal, die Sie ja gestern nicht beantworten konnten oder wollten: Können Sie mir sagen, wo Sie sich am 29. Juni, am 10. Juli und am 5. August aufgehalten haben?"

Florian Seiters stutzte, sein mit Sommersprossen übersätes Gesicht wurde zusehends blasser, und Kai glaubte in seinen Augen für den Bruchteil einer Sekunde so etwas wie panisches Erschrecken zu sehen, aber sie konnte sich auch täuschen.

Plötzlich runzelte er die Stirn, schien intensiv nachzudenken, und beugte sich vor: „Verdammt, das weiß ich doch heute nicht mehr! "

„Aber, Herr Seiters, an den 5. August werden Sie sich doch noch erinnern können, das war vor weniger als drei Wochen."

„Nein, tut mir leid!", stieß er heftig und wenig glaubwürdig hervor.

„Dann will ich es Ihnen sagen: Sie waren in der Gaststätte des Tennisclubs Gelb-Rot, dem Tennisstübchen und ..."

„Was soll ich denn da gemacht haben? Ich verstehe überhaupt nicht, was Sie von mir wollen!"

Kai warf einen Blick auf den Oberstaatsanwalt und wandte sich dann wieder an den Beschuldigten: „Herr Seiters, das, was wir Ihnen gestern vorgeworfen haben, gilt auch noch heute. Das ist hier kein Spaß! Und falls Sie es vergessen haben sollten: Sie stehen unter dem dringenden Tatverdacht, in den letzten Wochen drei Frauen getötet und vergewaltigt zu haben, und zwar in dieser Reihenfolge!"

Wütend schlug der Beschuldigte mit der Faust auf den Tisch: „Diesen Schwachsinn muss ich mir nun wirklich nicht länger anhören! Haben Sie Beweise? Denn wenn ich mich recht entsinne, muss nicht ich meine Unschuld, sondern Sie müssen Ihre Anschuldigungen beweisen. Also, wo sind die Beweise?"

„Herr Seiters, die haben wir! Uns liegen von allen drei Tatorten DNA-Analysen vor, die mit Ihren Genen identisch sind. Was sagen Sie nun?"

Kai schwieg, schaute auf den Oberstaatsanwalt, den Kriminaldirektor und ihre Kollegen. Sie wusste, was in ihren Köpfen vorging: Diese drei Analysen stimmten auch mit den Genen Frank Dutschkes überein! Und genau mit den gleichen Anschuldigungen hatten sie ihn vor zwei Wochen in Untersuchungshaft geschickt.

Florian Seiters' Mienenspiel änderte sich innerhalb von Sekunden, er bemühte sich, cool zu bleiben, was ihm aber nicht so recht gelang. Zudem verloren seine Augen an Glanz, die Lippen zuckten unmerklich, und nur mit Mühe brachte er seine Hände unter Kontrolle. Doch nach einer Weile schien er sich wieder gefasst zu haben. Er hob den Kopf, beugte sich mit einem schiefen Grinsen vor und sagte überheblich: „Sie bluffen! Womit wollen Sie denn die Analysen von den Tatorten verglichen haben? Sie hätten von mir eine Speichelprobe nehmen müssen oder was weiß ich. In Krimis wird doch so was immer wieder gezeigt. Aber Sie haben nichts dergleichen getan, und ich hätte es Ihnen auch nicht erlaubt. Mein Anwalt wird ..."

Lächelnd fiel Kai ihm ins Wort: „Entschuldigung, Herr Seiters, ich hätte es Ihnen sagen müssen. Wir haben Ihren genetischen Fingerabdruck seit ..." Kai überlegte: „Ja, seit Montagabend. Seit diesem Tag observieren wir Sie nämlich. Wie Sie sich vielleicht erinnern, haben Sie an diesem Abend aus einem Automaten in der Nähe Ihres Apartments eine Schachtel Zigaretten gezogen und dabei einen Zigarettenstummel weggeworfen. Ja, und mit den Speichelresten an der Kippe konnten unsere Laborleute so einiges anfangen. Mit anderen Worten: Die Beweiskette gegen Sie ist lückenlos, und Sie können Ihre Lage nur noch verbessern, wenn Sie jetzt ein umfassendes Geständnis ablegen. Herr Seiters, aus der Nummer kommen Sie nicht mehr raus!"

Florian Seiters presste die Lippen zusammen, drehte demonstrativ den Kopf zur Seite und schwieg. Kai schaute auf den Oberstaatsanwalt, wollte etwas sagen, doch der schüttelte den Kopf und machte eine abwehrende Handbewegung. Sie drehte sich um und nickte ihrem uniformierten Kollegen zu: „Bringt ihn zurück! Wir sehen uns um 14:00 Uhr beim Haftrichter."

Als sie allein waren, meinte von Waltershofen genervt: „Was hier abläuft, kommt mir alles so bekannt vor. Als wir vor knapp zwei Wochen Frank Dutschke dem Haftrichter vorführten, hatten wir fast das gleiche Szenario. Es erscheint mir wie die Imitation eines skurrilen Filmes: die gleichen Anschuldigungen, die genetischen Fingerabdrücke, die nicht vorhandenen oder fragwürdigen Alibis, ein Beschuldigter, der zwar so aussieht wie der andere, und in Wirklichkeit, wie wir nun wissen, der eineiige Zwillingsbruder ist."

Kai beugte sich vor und fügte noch hinzu: „Das Tragische ist allerdings auch, dass der eine von dem anderen nichts weiß."

„Eigentlich dürfte es beim Haftrichter keine Probleme geben", bemerkte von Waltershofen und wandte sich an Kai: „Oder sehen Sie das anders?"

Kai schwieg einen Augenblick verwundert, denn solch eine Frage hatte ihr der Oberstaatsanwalt noch nie gestellt. Doch bevor sie antworten konnte, meinte Hundertmark: „Wie schon angedeutet, ist die Situation ziemlich verfahren! Immerhin haben wir zwei Beschuldigte für drei Morde."

„Nein, ganz so ist es nicht!", korrigierte ihn Kai und schüttelte den Kopf.

„Zumindest hat Frank Dutschke den Mord an Iris Menke nicht begangen, denn wie wir alle wissen, hat er für den 10. Juli ein wasserdichtes Alibi. Aufgrund des genetischen Fingerabdrucks kann diese Tat also nur sein Zwillingsbruder Florian begangen haben! Das ist nun einmal Fakt!"

Kai wandte sich an den Oberstaatsanwalt: „Wenn ich an Ihrer Stelle wäre, würde ich die Anklage gegen Frank Dutschke fallen lassen, denn wie ich den Bechstein kenne, wird er alles daransetzen, dass sein Mandant als freier Mann den Gerichtssaal verlässt. Und, wie ich meine, mit Recht! Ich glaube nicht mehr an die Schuld Frank Dutschkes, und ich meine, dass sein Zwillingsbruder Florian alle drei Morde begangen hat."

Ärgerlich zischte der Oberstaatsanwalt: „Frau Sommer, ich glaube nicht, dass es Ihnen ansteht, sich in die Entscheidungsbefugnisse der Staatsanwaltschaft einzumischen, denn schließlich ..."

„Lassen Sie nur, Herr von Waltershofen, Frau Sommer sagt so etwas ja nicht aus Jux und Tollerei, sie wird ihre Gründe dafür haben", unterbrach ihn Hundertmark beschwichtigend und schaute erwartungsvoll auf die Kriminalbeamtin: „Bitte, Frau Sommer, vielleicht könnten Sie etwas deutlicher werden."

Kai streifte ihre Kollegen mit einem kurzen Blick und schaute dann zum Oberstaatsanwalt: „Ich meine, wir brauchen uns nur noch auf das erste Tötungsdelikt zu konzentrieren, und zwar auf den Mord an Sonja Becker am 29. Juni, denn die anderen beiden sind, wie ich gerade sagte, zweifelsohne von Florian Seiters begangen worden. Sollte Florian für diesen Tag kein Alibi haben, – und ich bin sicher, er hat keines – dürfte es der Staatsanwaltschaft im Hinblick darauf, dass Seiters ohnehin für zwei Tötungsdelikte zur Verantwortung gezogen wird, nicht allzu schwerfallen, ihn zu einem Geständnis zu bewegen."

„Wieso gibt es an der Täterschaft Florian Seiters' keine Zweifel, was die letzten beiden Morde angeht?", unterbrach sie von Waltershofen mürrisch und etwas begriffsstutzig.

Direkt auf seine Frage eingehend resümierte Kai: „Ich glaube, über die DNA, die ja die Zwillinge Frank und Florian gleichermaßen belastet, brauchen wir nicht mehr zu reden. Entscheidend sind jetzt die Fingerabdrücke, die wir nun wieder als Beweismittel ins Spiel bringen müssen. Wie bekannt, hatten wir ja Abdrücke am Fahrrad der ermordeten Schülerin Iris Menke sichergestellt, die wir bisher weder Frank Dutschke noch einer anderen Person zuordnen konnten. Aber jetzt, jetzt können wir das! Denn wie die Fingerabdrücke am Colaglas aus dem Tennisstübchen, stammen auch die vom Fahrrad eindeutig von Florian Seiters; die Kollegen der Kriminaltechnischen Untersuchung haben mir das vorhin noch einmal bestätigt."

Hundertmark lächelte diabolisch, warf dem Oberstaatsanwalt einen triumphierenden Blick zu und schaute dann wohlwollend auf Kai: „Frau Sommer, das überzeugt mich und sicherlich auch den Oberstaatsanwalt. Es wird Florian Seiters das Genick brechen!" Und nachdenklich fügte er hinzu: „Wir können nur froh sein, dass eineiige Zwillinge zwar identische Gene, nicht aber die gleichen Fingerabdrücke haben!"

Epilog

Sie hatten sich im bayerischen Biergarten der Gaststätte „Zum Klee" verabredet. Der Abend, die Nacht und auch der kommende Morgen sollten ganz allein ihnen gehören.

Thomas Dreyer erreichte als Erster das alteingesessene Lokal an der Renatastraße und überlegte etwas unschlüssig, ob er hineingehen oder auf Kai warten sollte. Doch die Entscheidung wurde ihm durch die quietschenden und ihm wohlbekannten Geräusche abgenommen, die nach wenigen Sekunden hinter der Gaststätte verebbten. Er wusste, es war Kai, die sich von ihrem alten Golf immer noch nicht getrennt hatte.

Sekunden später sah er sie vom Parkplatz kommen. Als sich ihre Blicke begegneten, eilten sie aufeinander zu, umarmten sich und gingen Hand in Hand in den Biergarten, wobei es ihnen so vorkam, als seien sie im Süden der Republik in Urlaub.

Suchend ließen sie ihre Blicke über die lachenden und gut gelaunten Menschen gleiten, und Thomas entdeckte ihn zuerst, den letzten freien Tisch. Lächelnd stellte Kai fest, dass es der war, an dem sie schon einmal gesessen hatten. Aber seitdem war so unendlich viel geschehen, und es kam ihr vor, als seien zwischenzeitlich Monate vergangen.

Doch ein Blick in die Zeitungen hatte sie vor ein paar Stunden eines Besseren belehrt, denn noch immer lieferte dieser spektakuläre und nun aufgeklärte Mordfall den Presseleuten Schlagzeilen, und noch immer meldeten sich Psychiater, Psychologen und Zwillingsforscher zu Wort. Und auch die zahlreichen Leserbriefschreiber schienen aus den Fachbeiträgen in den Zeitungen ständig Kraft zu schöpfen und neuen Auftrieb zu bekommen.

Aber die Veröffentlichungen interessierten Kai nur am Rande; für sie war es viel wichtiger, dass der Fall nun endgültig abgeschlossen werden konnte, zumal Florian Seiters vor einigen Stunden auf Anraten seines Anwalts auch den ersten Mord an Sonja Becker zugegeben und ein umfassendes Geständnis abgelegt hatte. Somit war die Unschuld seines Zwillingsbruders Frank bewiesen.

In ihre Gedanken hinein reichte ihr Thomas die Speisekarte: „Bevor wir uns weiter anschweigen, sollten wir das Essen bestellen, vielleicht bringt dich das auf andere Gedanken. Ich habe nämlich das Gefühl, dass dich der Fall immer noch stark beschäftigt."

Schuldbewusst unterbrach ihn Kai: „Du hast Recht, suchen wir uns etwas Leckeres aus."

Nachdem die Bedienung ihre Wünsche notiert hatte, fragte Thomas: „Was meinst du, warum er die Morde begangen hat, gab es da einen besonderen Auslöser?"

Kai seufzte und hob ein wenig hilflos die Hände: „Ach Thomas, ich weiß nicht, ob ich dir auf deine Frage eine nur halbwegs zufriedenstellende Antwort geben kann, denn schließlich gehört das nicht unbedingt zu meinem Fachgebiet. Aber ganz bestimmt werden sich mit diesem Fall schon sehr bald qualifizierte Psychologen und Psychiater beschäftigen. Das Gericht selbst wird gewiss ein psychiatrisches Gutachten in Auftrag geben, um überhaupt ein Urteil fällen zu können. Und das dürfte auch im Interesse seines Anwalts sein, der sicherlich darauf dringen wird, dass Florian Seiters nicht in eine Justizvollzugsanstalt, sondern in eine forensische Klinik kommt, vielleicht sogar in das örtliche Landeskrankenhaus am Galgenberg."

Kai schwieg eine Weile und fügte dann nachdenklich hinzu: „Ja, und was könnte der Auslöser für die Taten gewesen sein? Ich habe lange darüber nachgedacht und glaube, es war wohl in erster Linie der Zwang, Macht über wehrlose Frauen auszuüben - ein Bedürfnis, das offensichtlich aus sexuellen Versagensängsten und Ohnmachtserfahrungen gespeist wurde."

Thomas legte seine Hand auf ihren Arm: „Du denkst hier an die sexuellen Übergriffe der Frau, die Florian für seine leibliche Mutter hielt?"

Kai nickte und fuhr fort: „Ja, das meine ich und bin überzeugt davon, dass ihn das familiäre Umfeld geprägt und zu dem gemacht hat, was er letztlich geworden ist."

„Aber warum hat er dann nicht gleich seine Pseudomutter umgebracht, die schließlich ursächlich für seine Fehlentwicklung verantwortlich ist? Warum die Morde an den unschuldigen Frau-

Reif für die Insel?

Inselkrimis im Prolibris Verlag

Antje Friedrichs

Letzte Lesung Langeoog

Inselkrimi

6. Auflage 2005

Paperback, 184 Seiten, ISBN: 3-935263-00-7

Antje Friedrichs

Letztes Bad auf Norderney

Inselkrimi

2. Auflage 2005

Paperback, 204 Seiten, ISBN 3-935263-17-1

Birgit Lautenbach · Johann Ebend

Hühnergötter

Hiddensee Krimi

2. Auflage 2006

Taschenbuch, 144 Seiten, ISBN 3-935263-29-5

Birgit C. Wolgarten

Und es wurde Nacht

Rügen Krimi

3. Auflage 2006

Paperback, 251 Seiten, ISBN 3-935263-24-4

Birgit C. Wolgarten

Der Tod der Königskinder

Rügen Krimi

Originalausgabe 2005

Paperback, 190 Seiten, ISBN 3-935263-32-5

en, die er noch nicht einmal kannte? Und dann diese widerlichen sexuellen Übergriffe, die er postmortal ..."

Kai unterbrach ihn: „Dr. Kugler, der Chefarzt der Maßregelvollzugseinrichtung des Landeskrankenhauses, der mich vor ein paar Tagen besucht hat, vertritt die Auffassung, dass es sich hier um sogenannte Stellvertretermorde handelt. Wie ich ihn verstanden habe, hat Florian sich nicht getraut, seiner Mutter, die ihm ja auf brutalste Weise die Unschuld genommen hat, etwas anzutun, weil sie für ihn zu übermächtig und dominant war. Stellvertretend hat er sich daher schwächere und ihm völlig unbekannte Frauen ausgesucht, sie überfallen und getötet, damit sie keinen Widerstand mehr leisten konnten, und dann an ihnen seine Lust und Rachegefühle befriedigt, wobei er vielleicht immer das Bild seiner Mutter vor Augen hatte. Mit anderen Worten: Als er den Frauen das Leben nahm und sie schändete, tötete er jedes Mal seine Mutter..."